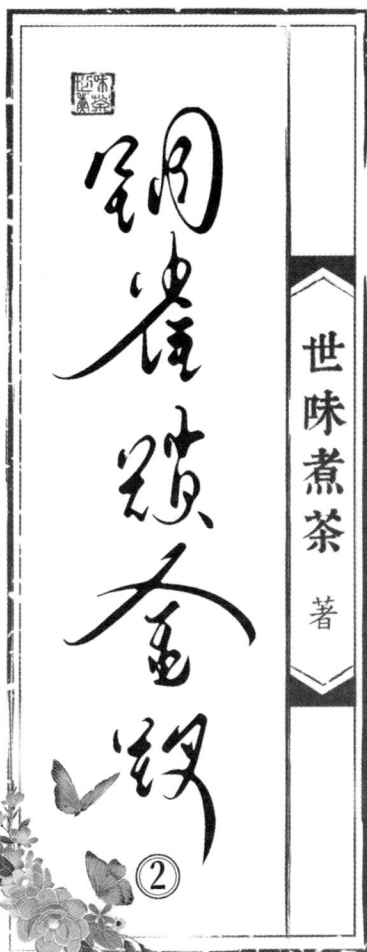

铜雀锁春深

②

世味煮茶 著

中国言实出版社

图书在版编目（CIP）数据

铜雀锁金钗. 2 / 世味煮茶著. -- 北京 : 中国言实
出版社, 2025. 3. -- ISBN 978-7-5171-5085-5

Ⅰ. I247.5

中国国家版本馆 CIP 数据核字第 2025N7D968 号

铜雀锁金钗2

责任编辑：王蕙子
责任校对：许小雪

出版发行：中国言实出版社

　　　　　地　　址：北京市朝阳区北苑路180号加利大厦5号楼105室

　　　　　邮　　编：100101

　　　　　编辑部：北京市海淀区花园北路35号院9号楼302室

　　　　　邮　　编：100083

　　　　　电　　话：010-64924853（总编室） 010-64924716（发行部）

　　　　　网　　址：www.zgyscbs.cn　电子邮箱：zgyscbs@263.net

经　　销：新华书店

印　　刷：长沙鸿发印务实业有限公司

版　　次：2025年7月第1版　　2025年7月第1次印刷

规　　格：880毫米×1230毫米　1/32　8印张

字　　数：215千字

定　　价：42.80元

书　　号：ISBN 978-7-5171-5085-5

目录

—1—

目录

第一章　雨夜惊

袁野走的时候，谁都没有说，悄悄带着一家人上了船，去了遥远的大洋彼岸的国度。

连顾芳菲，他也没说。

顾家长辈早就把退婚帖交到袁野手里，袁野没得选择，也甘心签字了。只是顾芳菲同家里大吵了一架，随后搬出顾家，自己买了栋房子住。

贺州城就好像没有发生过这场喜事一般。

段战舟领了调配的任务，就要离开贺州城，离别的车站里，他一根一根抽着烟："贺州城，安静了很多啊。"

"在的时候总想着把谁弄死，真的都走了，又觉得怪冷清的。"

"哥，这是我最后提醒你。"他吐出一个烟圈，把烟头熄灭，"你想帮助的那个人，未必需要你帮助。"

段烨霖看着段战舟因为抽烟酗酒而弄得面色憔悴，老了很多岁一般，便道："我也最后提醒你一句，珍惜点自己的身子。"

火车进站了，该是启程之时了。

"对了，"段战舟一脚踏上车，半个身子却又折回来，"贺州接连两人倒台，如今是你一人做大，参谋长对你忌惮得很，必定要有所动静了。我听说，他家那对儿女，受了惠子的邀约，可能就要来贺州了。"

段烨霖丝毫不放在心上："来就来呗，兵来将挡、水来土掩。"

顾芳菲病了，风寒入体，拖着很久很久都没好。

要不是照顾她的小丫鬟看着实在是不好了，也不会去鹤鸣药堂请许杭。

她就坐在窗户边的藤椅上，窗台上放着一盆玫瑰花。多日不见，她清瘦了很多，许杭把脉之后发觉并没有大碍，只是微微有点体虚。

她一定在怪自己，怪自己明知段烨霖去抄家却不告诉她，所以不来自己这儿看病。

许杭写了药方子，让丫鬟去药堂里抓药，丫鬟刚接过方子，顾芳菲就开口说："记得带上些钱，别冒冒失失的，拿了人家的东西还不给钱。"

小丫鬟愣了一下，看了许杭一眼，转身拿了钱袋子出去了。

许杭给顾芳菲看病都是不收钱的，自然顾芳菲与他也不谈那么俗的东西，一向你来我往，很有默契。

今天，却是生分了。

许杭轻声说："你心里委屈，又没地方哭诉，若是把我当做一个埋怨的对象会让你舒服点，那也是可以的。"

顾芳菲脸色白白的，唇也白白的，抬起头来，眼底一线暗红。

许杭又说："他走了，你更要照顾好自己。你不相信我，也要相信他，他会回来的。"

"我知道他会……所以我等着，"顾芳菲坚定无比的语气显得很有毅力，"他不愿我看见他脆弱的样子，所以我没有追他而去。等他想明白了，他就会回来，需要一月我就等一月，需要一年我就等一年，直到他回来。"

就像窗台的花一样，今天谢了，来年还有再开的时候。

顾芳菲摸了摸掉落的花瓣叶子，问道："那个金钗杀手究竟是什么人物？小铜关也查不出来吗？"

许杭从她的神情中看不出异样，但莫名担心她会做什么不好的打算，便说："那些危险的事，你不要再想了，袁野也不希望你卷进去。"

"我只是单纯想知道，是谁让我陷入如今这种局面而已，我又能做什么呢？"顾芳菲把脸深深埋进自己的掌心。

看着她颓累的模样，许杭想伸出手去触摸一下她的发，手悬在那里，良久又缩了回来。

自己手上沾着鲜血，摸不得太干净的人。

"你再忍一忍，好吗？"许杭轻柔地像哄一个孩子，"很快、很快就会结束的……"

拖得越久越有人受伤，是该快一些了。

夏日之后就是秋凉，秋凉之后就是隆冬，再过了隆冬便又是一年清明了。

蜀城焚城便是在清明，他不想再过清明了。

过了黄昏，鹤鸣药堂里的客人渐渐少了，到了该点灯的时候，外头下起了雨。

虽然没有雷，但是雨声很大，许杭点起了檀香去去湿气，在灯下看医书。

胡大夫拿着雨伞从门外走进来，抖了抖伞上的水，搁在墙根处。

许杭见他半身湿透便问："胡大夫你拿了药堂里最大的伞，怎么还淋了一身，可是外面风大？"

"不是，不是，"胡大夫抓起一条手帕擦擦脸，"刚才我看门外有一个瞎了眼的乞丐摔倒了，我想请进来避避雨，不知那乞丐是不是有些神志不清，吓得躲我……"

乞丐？这又是风又是雨的，即便是在夏夜，也有可能冷坏人的。

"我去看看。"许杭放下医书往外走，胡大夫替许杭打伞。

药堂门边果然蹲着一个蜷缩成一团的人，浑身淋湿了，头发耷拉在脸上，肩膀一抖一抖的。

那人身穿着白色衬衫，只是被弄得十分肮脏，还有好几处破损。他蹲在墙角，很害怕的样子，眼神无光，谁要是走近，就抖个不停。

"你别怕……"许杭放低声音，试图走近。

那人听到声音，猛地想跑，可因为看不见东西，脚一崴，跌在地上。

水花溅起来，甚至弄了许杭一脸的脏水。

"小心！"许杭不顾自己的脸，先忙把人扶起来，"你别怕，我是个大夫，你倒在我的门前，所以我来看看有什么能帮你的。"

听到这话，那人似乎冷静了一点点，可是肩膀还是一颤一颤的。

许杭想把人带进药堂里，谁知刚摸到那人的手，对方就如触电一般甩开，又蹲下去抱着自己："不要关我！我、我要回去……我要回贺州……"

胡大夫在一旁跟着劝："我们不是坏人，不是要关你，再说，这里就是贺州啊！"

那人耳朵一竖，不可思议一般出声："贺州、贺州……这里是贺州？"

"是。"胡大夫回道，又贴在许杭耳朵后窃窃私语，"当家的，我看这乞儿多半是疯了，指不定是犯了事逃出来的。"

许杭低着头，只是看。

许杭觉得这人说话的声音有几分耳熟，总像在哪里听过，于是偏着头打量那张脸，努力在脏污之下看清那人的面容。许久之后，许杭才微微有些惊讶地重新蹲下去。

不顾那人的挣扎，摁住肩膀，拨开头发，这才终于看清了。

"沈老师？"

听到声音，那人猛得抬头："你、你是谁？"

"许杭，我是许杭。沈老师，你记得吗？"

那人的脸色也开始变了："许、许……"

许杭试图用从前的事物唤醒对方的记忆："贺州城、金甲堂、绮园角楼……你跟我说，若是我想看书，你愿意倾囊相助，你还记得吗？"

"许……杭，小杭？"宛如找到救命稻草，那人紧紧抓住许杭的衣袖。

"对！"

那人张了张嘴，本想说点什么，可是身子一软，晕了过去。

许杭忙用手去扶："沈老师？沈老师……胡大夫，搭把手，帮我把人抬进去。"

"好嘞。"

两人把人救回去以后，就打烊落锁了。

胡大夫准备了些洗澡水和干净的衣服，帮忙把人清理了一下，许杭去准备一些急救的药物。

等收拾妥当，将人放在床上的时候，已经是许杭记忆里熟悉的模样了。

沈老师，沈京墨。

虽说已经是三十二岁，可是沈京墨生得不高，也并不出众，脸又小，看着年纪似乎未到而立之年。从前脸上还有些婴儿肥，比学生还水灵些。可是现在躺在那里的沈京墨，瘦得两颊都凹进去了，眼底乌青，眼角都有些细纹了。

许杭为沈京墨检查的时候还吓了一跳，沈京墨的两只胳膊上全是密密麻麻、大大小小的针孔，有些因为被扎得太频繁而发青发紫，看着就瘆人。

手腕、脚腕，都有锁链的痕迹，脸上有摔出来的磕伤，脚腕有些崴肿，倒是没什么伤筋动骨的大伤。而那双眼睛，似乎一点神也没有，只停在那里，眼珠不动，彻底瞎了。许杭检查了一下，并没有外伤，又把了脉，得不出所以然来。

真是可惜，这双眼睛，原本温和得像春日里的湖水，每一眼都很轻柔。

许杭认识沈京墨的时候，沈京墨是贺州城唯一会吹口琴的教书老师。

那个时候，许杭刚进绮园，日日被打着学戏，偶尔得了空会在绮园的一个角落里偷偷待着发呆。沈京墨作为金洪昌儿子的家教时常来府里，这才偶然遇上了。

昔年，许杭十二岁，沈京墨二十二岁。

沈京墨父母离异，从小跟着母亲，生来一副柔软怯懦的性情，不敢多过问大宅院之事，却也心疼这个受伤的孩子。

趁人不注意时，沈京墨常常带一些药给许杭，甚至还会买些糖人和玩具逗许杭开心。

自然，许杭眼神里的敌意渐渐少了很多。

直到有一天，沈京墨带了一本图画书给许杭的时候，许杭说："我想学医。"

从此，沈京墨便四处搜寻珍贵的医书典籍。

可以说，许杭最早认认真真开始研读医书，是托了沈京墨的福。

又二年，金公子可以自己去学堂了，便不聘请沈老师入府了，许杭却还能定期从绮园角落一个矮墙的墙头上，拿到新的医书。

又三年，一个下雪夜里，医书上附有一封信，沈京墨说自己要随父亲去上海认祖归宗，不能再给许杭送新的医书了，不过那时候，贺州城里已经没有许杭没看过的医书了。

算起来，已经五年杳无音讯了。

只是不知，当初那个温和亲切的教书老师，怎么会被折磨成这副模样？

许杭小心翼翼地给沈京墨洗完澡，换上药，发现沈京墨慢慢睁开眼睛，醒来了。

"沈老师，你有没有哪里还觉得不舒服的？饿不饿？"

沈京墨坐起来，摇了摇头。连日奔波受罪，到了此刻才稍稍放下心来。

"你是小杭……真的是小杭吗？"

"是。"许杭拿起沈京墨的手，放在自己的手上，在沈京墨的掌心写了一个"幸"字，"这是你从前教我的，你说这样写，攥紧手，日子便会变得很幸运。"

旧事重提，沈京墨重遇故人显得十分激动，因看不见就伸手去摸许杭的脸："是、是了，你果然长大了……"

"我还当了大夫，开了药堂。"

"好，真好……我从前就知道，你很聪明也很好学，只是可惜在那样的地方……"

许杭拍了拍沈京墨的手："我已经熬过来了。"

"现在你熬出来了，一定出落得很好……对，我头一次见你，就觉得很喜欢……可惜，我不能看看你长什么样子了……"

沈京墨的笑容淡了下去，忍不住摸了摸自己的眼睛。

许杭又问："是生了什么病吗？"

沈京墨摇摇头："这是一个教训……算了，不提了……反正好不了了。"

许杭见沈京墨不想开口也不勉强，换了个话头："沈老师，你是打算先回家还是住我这里？"

本来只是一句很简单的话，很寻常的询问，可是沈京墨突然脸色一僵，害怕地摇了摇头，说："不行，我不能回去……他们会来抓我的……"

"放心，有我在，没人敢伤害你。告诉我，是谁要抓你？"

沈京墨有些语无伦次，脸上写满了惊恐，下意识想缩到墙角："我不想再被关在那里了，我的眼睛，我……"

大概是被许杭的问话刺激到了，沈京墨整个人都有些要疯魔的迹象，气也喘不上来，脸色铁青。

沈京墨只顾一味地往后缩，差点从床上翻下去。

人太过激动或太过恐惧，对身体和精神的伤害极大。沈京墨身体太虚，又长途跋涉，还受了伤，情绪大起大落，一不留神就容易魔障了。

纵然许杭很少接受过精神有问题的病人，可也知道，对待这些病人只能用软，绝不能用硬。

"老师，老师，你冷静一点！别怕，别怕……"许杭抚着沈京墨的头，在穴位上一下一下地按着，帮助沈京墨放松，安抚的声音中带着坚定的语气，"你现在很安全，这里是鹤鸣药堂，是我的药堂，我已经是一家之主了，在贺州城里、在我身边，就是最安全的所在！没有人会再伤害你！"

许杭的方法真的有效，沈京墨缩在许杭的怀里，恐惧感一点一点褪去，紧绷的肌肉慢慢放松。

完全冷静下来后，沈京墨才伸出一小根指头，勾着许杭的衣袖说："当初我不该离开贺州的，都是我太傻了，是我的错……"

许杭心里不是滋味，这五年，沈京墨似乎经历了太多。

许杭问沈京墨："你不是随家人而去的吗？"

"或许只有我……当他们是家人吧。"

沈京墨说到这里，眼底有些湿润，牙齿忍不住颤抖："当初你还小，我也没有同你说实话。我与生父分离很久，从未在意过认祖归宗，真正让我下定决心，愿意离开的……是、是为了一个人。"

沈京墨大概是恐惧过甚，只说了个开头就不敢再说下去了，喉咙都有些不听使唤，好像再多说一个字，就等于让自己凌迟一遍，生不如死。

最后沈京墨躺了回去，裹紧自己："我、我困了……"

"困了就先睡吧，明日跟我回家，我那儿房间很多。"许杭并不勉强，给沈京墨盖好被子，点了一根安神香，轻轻地拍着沈京墨的背，直到沈京墨睡稳了才熄灯离开。

有仇必报，有恩必偿，这是许杭行事的准则。自打来了贺州，沈京墨是头一个待自己好的人。

滴水之恩，涌泉相报，必须得记在心上。

还得好好查一查。

段烨霖早上去金燕堂吃早膳，听到许杭捡了一个人回来，不免皱起眉头，问道："说吧，昨晚捡回来的人姓甚名谁，不说我可就自己去查了。"

许杭一听倒正中下怀："就怕你不查呢，正好，那你就去吧，务必要查个清楚。"

段烨霖被许杭的话逗笑："这又是怎么说的？"

于是许杭简短地同段烨霖讲了一番，段烨霖本以为许杭只是善心大发，捡了个流浪人回来，没想到听到后面，竟有些离奇起来。

会被人追捕，得罪的应该是有身份的人家。

段烨霖思索一会儿："那我近日让人暗中多看着金燕堂，免得你惹祸上身。"

两人一同去前厅用早膳，蝉衣进来说，沈京墨早起又摔了一跤，许杭便吩咐多派两个人去照看着。

段烨霖不禁疑惑："多大啊，还要你这么照顾？"

许杭解释："沈老师如今眼睛看不见，自然不一样。"

"等下，"段烨霖突然想起什么，"你刚才说什么？你救的那人，是个盲人？"

许杭点了点头。

段烨霖脸色正了一下。

许杭看出有异，追问："你是知道了些什么？"

段烨霖本来不想说，可不说，许杭一定不会罢休，只能道："今日最早的一班火车，参谋长的一双儿女到贺州赴宴，我让乔松去月台迎他们，你可知他们刚踏上贺州城的地，跟我提了一件什么事吗？"

许杭眸子一紧，觉着接下来的不是什么好话。

果然段烨霖就道："他们说，他们家跑了个不听话的奴仆，多半是回了贺州城，让我帮忙抓一下。别的特征也没有说，就只说——是个瞎子。"

噼嚓一下，许杭把茶杯重重往桌上一放，竟把白瓷的茶盖给打碎了，茶水溅了出来。

"这倒还省事儿，也不用麻烦人去查，自己就送上门来了。"

"也许是巧合。"

许杭讥讽一笑："哪来那么多的巧合。而且你没听他们怎么说的，丢了个奴仆？真丢就丢了吧，凭他们的家世，还缺一个瞎眼的下人？只怕是个托词而已。"

段烨霖食指轻叩桌面："这事还不好说。参谋长派自己人前来，多半是想牵制我。照这么看，或许你还真的捡对人了，若沈京墨真与参谋长有关系，现在人在我们这儿，万一今后有个什么事，会好办很多。"

"老师不可以被卷进你的那些破事里去。"许杭瞪他一眼。

"知道了，知道了。"

用过茶，许杭就去了沈京墨现在住的满月园。

许杭本想带沈京墨去医院看看的，可是沈京墨非常排斥，只能作罢。

蝉衣给沈京墨剪了太长的头发，梳得很整齐。现在沈京墨穿着许杭新做的月白长衫，端正坐在院中的石椅上，眯着眼睛似乎在听风声。

沈京墨喜欢坐在院中，晒着太阳会觉得安心许多。

沈京墨显然是刚瞎不久，看走路的姿势动作，以及听到声音下意识用眼睛去找的习惯都证明沈京墨还不熟悉看不见的世界。

许杭走进去，问道："可还觉得习惯？"

沈京墨听到声音，摸索着想站起来，却被许杭按住了。沈京墨淡淡地笑说："你这里自然是最好的，抱歉，给你添麻烦了。"

"老师对我不必这么客气。"

"我哪里还是什么老师？况且我也没教过你……"沈京墨觉得自己担不起许杭一句尊称，"昨夜我真的是太过惊惧才会失礼，没有吓到你吧？"

许杭摇摇头，想到沈京墨看不见，马上开口："你忘了我是大夫，见了病人只会觉得亲切。"

沈京墨听许杭这玩笑话，刚想笑两声，可是胸口一疼，咳嗽了起来。

许杭给沈京墨顺了顺气，叹道："你的身体血虚得实在厉害，全身上下竟一点血色都没有。如今盛夏天气，蝉衣都要给你备着汤婆子你才不打冷战。"

许杭的话只说了一半，沈京墨不仅常出冷汗，肌肉无力，呼吸也很急促，脉搏快却微弱，容易晕厥休克。

许杭想引沈京墨主动开口，自己也好帮一把。可是沈京墨咳完了，支吾着换了个话头。

"小杭你看，"沈京墨拿起桌上的东西，献宝一样给许杭看，"蝉衣给我买了一根竹杖和墨镜，我还同她玩笑说，再买张桌子，写个招牌，我就可以出门算命去了。"

还是这样。沈老师这性子，总怕给别人招惹麻烦，是那种被人踩了一脚反倒自己先道歉的人，最会打落牙齿和血吞了。

到底发生了什么事？

要想知道，怕还是得问问贺州城新来的贵客了。

领事馆举办此次宴会是因为惠子生日，来的人不多，都是同惠子交好的对象。至于请段烨霖，不过是因为如今贺州城是他做主，不得不给他几分脸面。

宴会开到一半，两道身影才姗姗来迟，一个俊美一个娇俏。

男的身穿蓝紫色碎暗纹西装，上衣口袋别着一个狼头胸针，一双桃花眼显得有点妖气；而那个俏姑娘扎着高马尾，身着黑红相间的及膝单肩裙，性感不足但是可爱有余。

他们便是人人都知道的，参谋长的一双儿女，章修鸣和章饮溪。

这二人一出来，不少谄媚逐流之人就迎上去，以酒杯来敬。

"哎呀呀，章先生果真气度不凡！"

"二位远道而来一定辛苦了，这几日可有安排？没有的话，请一定给我面子。"

"章小姐今日可真是艳压群芳，来，我先干为敬。"

好一群聒噪麻雀，叽叽喳喳，喋喋不休。

章修鸣脸上始终带着一种似笑非笑的表情，只是对着众人轻轻点头，客套得很。不过章饮溪就不耐烦多了，皱着眉、嘟着嘴："怎么谁都来敬酒？"

不屑的语气惹得众人好没面子。果然是豪门贵胄，眼高于顶。

惠子笑着迎上来："是我怠慢妹妹了，来，这边坐。"

她牵起章饮溪的手往前走两步，又转过身，对众人说："这天仙似的小妹妹我可先领走了啊？大家别怨我，人家是小姑娘，自然要害羞点的。有什么酒，留着让我伤身子，有什么浑话，还是说给我这皮糙肉厚的才好！"语尾还眨巴眨巴眼睛。

调教出来的交际花，两三句话，既夸奖了章饮溪，又解了宾客的尴尬，不仅把气氛调动起来，还撒了个让人心痒痒的娇。比起那个美而刺人的丫头片子，还是这珠圆玉润的佳人更贴心。

聪明人敬了几杯，顺着这个台阶也就下了。

章修鸣在宴会中同其他人来往谈话，惠子则同章饮溪坐在沙发上聊了几句。

章饮溪之所以跟着哥哥前来，是想知道父亲口中卧虎藏龙的贺州城有什么了不得的，能让父亲日日夜夜记挂着。

现在看来，似乎也没什么特别的？

眼见贺州城处处都不如上海滩，她自然嗤之以鼻，下巴都扬得高高的，而那些来献殷勤的男人也看着一个比一个不入流，闹得她也没心情说笑。

直到段烨霖带着乔松，一身军装地迈进来。

她眉头一抬，眼睛一亮，附在惠子耳边："惠子姐姐，这个就是段司令吧？"

惠子答："嗯，你没见过吗？"

"以前只见过他弟弟段战舟，两兄弟确实挺像的，"章饮溪一向心比天高，能从她嘴里听到不是损人的话已经很不容易了，"在家听父亲说起过这个段司令的事迹，什么骁勇能干啦、谋略惊人啦，本来以为是夸大其词，今天看见真人，倒或许还能信一点点。"

"这段司令守在这儿，我们都不敢轻举妄动，更何况和他作对的两个军官都死于非命，他自然不简单。"

章饮溪不由得多打量两眼："哦？有这么厉害？"

惠子用指头点点她的鼻子："小丫头，可是看上了？你看这段司令一进来，就被那些富家小姐堵着，你可得抓紧。"

章饮溪瞄了一眼，鼻子哼了一下，眉眼之间都是盛气凌人："我生来与那些庸脂俗粉不同，从来该是他们来拜见我，什么时候轮到我自贬身价？何况，我不过觉得他比别的人顺眼点罢了。"

她们二人咬耳朵的间隙，段烨霖已经打发了其他人，往惠子处走来。

章饮溪余光见到段烨霖靠近，安稳坐着，眼睛也只盯着手里的红酒杯，摆出对段烨霖不感兴趣的模样。

从小到大，无论什么场合，她都会是男人眼中的主角。

依她的经验，下一句，这个段司令就会请她去舞池中共舞一曲。而她通常会一口拒绝，只有当男人恳请再三，她才面有难色地答应。

不过，若是这段司令态度诚恳，她或许可以考虑给他这个面子。

果然，段烨霖在她面前停下了。

"这位小姐……"

来了。

章饮溪心里得意一笑，手已经缓缓准备放下红酒杯，等着段烨霖伸出邀请的手再款款站起来。

"能不能麻烦让一下？我想给惠子小姐敬一杯酒。"

"啊？"章饮溪没听到本该听到的话，惊讶地瞪大眼睛看着段烨霖。

她没听错吧？

段烨霖皱着眉重复了一遍。

收拾好自己的情绪只需要一瞬间，章饮溪觉得有点被打脸的感觉，心里一时有些羞愤，只是面上端住了，拎起裙子站起来。

不过一开口还是有点没好气："喏，请吧。"她拎着裙子的手暗暗收紧。

惠子饶有兴趣地看着，嘴角绕着淡淡的笑意，也跟着站起来说："段司令不认识，那就我来介绍一下，这位是参谋长的千金，章饮溪小姐，今天早上还是您派手下接她的呢，怎的这会儿倒生分了？"

这时候段烨霖才正眼打量章饮溪，不知为何，章饮溪那双鹿一样的眼睛看着他，略有一些不满的傲气。

"原来是章小姐，幸会。"他象征性点了点头，然后转过头，一秒都没有多看她。

章饮溪脸色有点点僵。

她原本以为，这段烨霖先前无视她是因为想先给主人敬酒，现在当面介绍了，居然还如此冷淡。

枉她还在心里想着，若是段烨霖要同她握手，她肯定要让他吃个白眼，尴尬一会儿。谁知，这人竟然只是点了点头？

她故意拿捏着语气说："惠子姐姐，段司令日理万机，像我这样无名小卒，自然不记得。"

可怜模样，寻常人见了该心疼的。

惠子刮她的鼻子："你要是无名小卒，宴会上其他的小姐都要无地自容了。"

章饮溪露出小女儿的嗔怪："惠子姐姐……"

段烨霖懒得看这种拙劣的宴会互相吹捧，随意瞥了一眼，口气平平淡淡："章小姐见谅，我年纪大，记性差，所以只挑紧要的记。"

意思是，你这无关紧要的东西，没必要留心。

一针见血，杀伤力强。

章饮溪的笑容不自然了，今晚已经是她第三次被段烨霖气得内伤了。

这家伙，是欲擒故纵还是真这么心高气傲？

从来没有哪个人敢这么敷衍她，她心里有股被怠慢的火气，一口银牙也暗暗地咬了咬。

这时候，章修鸣插进三人之中，和段烨霖打招呼。他们二人从前是见过几面的，不算熟也不算生。

段烨霖不大喜欢章修鸣，这个人有城府，看着就很危险。

而章修鸣身为章家人，自然也对段烨霖没有什么好感。

两人虚伪地碰杯。

"段大哥如今在贺州算是称王了，我们兄妹到了这里，还要你多照顾。"

段烨霖摸了摸自己的衣扣："照顾不敢当，称王更不是，我只是做该做的事，所以命长一点罢了。"

暗指前两个都是不安分守己才丧命，也威胁了章修鸣。章修鸣若是妄动，那下一个死的就是他。

"段大哥的话，我一定记得。"

两个人对视一眼，竟然有点你来我往的博弈之感。

"对了，二位拜托的事情，我有些不太明白，"段烨霖故作关心问道，"章小姐究竟是丢了一个怎样的奴仆，若是觉得那人做事不贴心，要不，我替你再找一个便是了。"

他仔细看两人的面色，章修鸣瞪了章饮溪一眼，章饮溪有些后知后觉的心虚。

章饮溪没想到段烨霖会在这里提起这件事，便说："段司令好意，我很感动，只是我用惯了那个人，轻易不想换。"

看见她眼神躲闪，便知道有所隐瞒。

他于是故作威严："小姐，别怪我鲁莽。我贺州城的兵都是用来镇守百姓安全的，不是为富贵而遣。如果当真只是一个奴仆，我想我的士兵们怕是没本事，找不到。"

"你这话什……"章饮溪不满段烨霖的态度。

"段司令见谅！"章修鸣知道自己妹妹是个什么德行，生怕她口不遮拦，便先打圆场，"这个人偷了我们家的一些财宝，虽说也不值得什么钱，可是其中有我母亲的陪嫁品，所以格外上心。一个奴仆，自然用不上段司令的手下，我们自己找就是了。"

段烨霖表现出一种恍然大悟的神情，半是认真半是玩笑地说："这样啊……不过，这里是贺州，不是上海滩。你们要找人，我自然不管，可要是在城里大肆搜罗，惊扰百姓，那可是要吃牢饭的。"

章修鸣的桃花眼笑得很有风情，却又有些狡黠："段司令说笑了，为了一个奴仆，哪里值得？"

酒杯碰了一下，各怀心事的人各自喝下，自然滋味不同。

惠子今天难得话很少，一直都只是单手撑着下巴看戏。她看着这贺州城接下来要粉墨登场的人物，心里盘算着自己的计划。

宴会结束了，理妆的房间里传来发脾气的声响。

"大哥！你刚才在那人面前说的什么话，什么叫不搜了！那个下作的东西当然要抓回来弄死才行！"

房间里，章饮溪插着腰对着章修鸣大呼小叫，大小姐本性暴露无遗。

章修鸣插着兜在窗户前看着段烨霖离去的车队，眼睛微微眯起来："你没听懂他的话吗？我们刚到贺州，别忘了父亲的嘱咐，不要太张扬了。"

"怕什么！父亲是参谋长，张扬又怎么了？我就是……就是看不惯他那桀骜的模样。"

"我看，你分明是看不惯他不讨好你的模样吧？我们家的小公主，也有人不买账的时候了。"章修鸣与她相反，心情一点不受影响。

"哼！"章修鸣板了一下脸，"我还要说你呢，你得多糊涂，才会让段烨霖的人帮你去抓人？这事漏出去，还要不要脸面了？"

章饮溪的脸红了一下，嘴巴还硬得很："我、我……所以我才说只是个奴仆嘛，我以为随便指使找找就好了，哪知道他们会想那么多。"

"这就叫愚蠢。"章修鸣不客气地批评。

"好好好，怪我！全怪我！"

见到自己妹妹发脾气，章修鸣撇着嘴唇，无奈地笑了，只能哄了哄："行了，行了，你放心，大哥一定会帮你把人找回来的。"

"你少哄我！"

"那可是我妹妹重要的药罐子，再说，不把人抓回来，谁去给鬼爷交代？嗯？"

章饮溪气鼓鼓地坐下："这个破地方真是哪里都让人讨厌！让我找到那个人，我非要弄死不可！"

接下来又是细碎的一些骂声，再然后也就没有声息了。

他们二人在这不熟悉的地方说话，倒是一点也没忌讳，自觉也不是什么紧要的事情，谁知道被一个在门口伺候的女仆听着了。女仆眼珠子转了转，都记下了。

两个小时后，这番话以两千银元的价格卖了出去，先到了乔松耳朵里，再进了段烨霖和许杭的耳朵。

当夜，这女仆就上了离开贺州的船。

虽说信息不多，倒也是一番值得推敲的话。

再加上段烨霖将今日宴会上的事情同许杭当笑话一样讲，许杭听完，给了一个很有意思的评价。

"一个花瓶草包，一个笑面精狼。"

段烨霖嘴里咂吧咂吧味，觉得评价得很是到位。

都说龙生九子，各有不同，这章家的兄妹两个人还真不像一母同胞的。

"都不成什么气候。"许杭把铁皮石斛熬出来的汤递到段烨霖面前，"你今日倒肯用偷听墙角这样不入流的法子了？"

"对什么人用什么招数，"段烨霖喝了一口，味道清甜，"要不是如此，今日，我怕是连你的一碗汤都喝不到。"

许杭一听，果真一抽手就把汤给端走了，让段烨霖喝了个空。

"分明也是你自己想去查人底细，别到我这儿来卖乖。"

段烨霖对许杭这张厉害的嘴真的没办法，于是伸了一个懒腰，说："看来，你后院里那个沈京墨，就是他们要的人。"

想到沈京墨，许杭不由得拧紧了眉头。

章修鸣来贺州的第二天，就去了花街柳巷。

自然，请他的是贺州城的几个纨绔，他愿意给他们这个奉承的机会，无非也就是借着他们的口探一下贺州城的情形。

几个美人依偎在章修鸣怀里，喂葡萄给他吃。

章修鸣吃下去，又钳住其中一个美人的下巴，看她的牙。

"宛如编贝……真是一副好牙口。"

那美人一向以一口白牙自傲，客人们都爱看她笑，现在被夸，更是欣喜。

章修鸣问道："你身价是多少？"

美人一听，这是要赎她回去，一下子喜不自胜："五百银元。"

章修鸣从口袋里拿了一叠钞票出来："这是一千，去告诉你妈妈，我要带你走。"

美人乐得笑容都藏不住了，千恩万谢后，一路小跑着就赶着出去了。

同行的纨绔子弟一个个都笑了："章二少真是好风流，这随手就带走了一个美人，你若是再多待两天，这全烟花巷的美人可都要跟了你去了！"

谁知章修鸣喝了一杯酒，舔了舔唇："为了美的东西，一掷千金是应该的。"

不过又有人说："可是方才的那个，没有头牌漂亮。"

"美人在骨不在皮，"章修鸣的眼神变得像狼一样，"我别的嗜好倒是没有，就是喜欢收集美人身上的事物。"

"这个收藏我也喜欢，哈哈。"

众人没仔细听章修鸣话里真正的意思，喝过一轮后，渐渐也就散了。

等只剩下章修鸣一个人的时候，他叩了叩桌面，外头的手下捧着一个托盘上来了。

章修鸣像欣赏古董一般看了一会儿，满意地说："不错，比家里那副还要好，看来这贺州城也是有宝藏的。"

"那女人呢？"

下人回答："给了她钱让她自己找大夫了，现在在楼下躺着。"

"已经没用了，由她去吧，咱们走。"章修鸣松着衣领，披着衣服从楼梯上往下走。

他的足尖刚准备踏出门，就见门外围着一小圈人，里头是那个美人，躺在地上呕着血。

他会停下来，不是动了恻隐之心，而是有人请来了一位大夫。

在这里讨生活的人，大多数大夫都不属于医治，每每都是自己斟酌买药。而这个美人已经被赎，却又被弃，算是自由身，妈妈不愿意出钱帮她，就把她丢了出来。

整个贺州城，也只有鹤鸣药堂，才会不另眼看人。

章修鸣只看了一眼就挪不开了。

那医者的手，纤细、有节，长一分嫌长，短一分嫌短，似水糯做的，手指飞快地诊脉、施针，宛如蝴蝶飞舞。可知那皮肉之下，是多么灵巧的骨头。

"这人是谁？"章修鸣给了身旁端茶小厮一块银元。

"这是许杭，许大夫。咱贺州城里，最厚道的药铺就是许大夫家的鹤鸣药堂了。"

章修鸣点了点头。

终于，找到一副美人骨了。

这边许杭忙着救人的事情，另一边的金燕堂里，沈京墨倒是出了一点麻烦。

原是沈京墨因为看不见，什么都做不了，一整日都无所事事，只能思索今后的打算。

虽然许杭说让自己安心住，可自己到底不是许杭的什么人，不能挟恩求报，那倒真是小人。未来日子还长，总得找些养活自己的法子。思来想去，沈京墨猛然想起一个地方。

从前自己教过书的学校后头，有个济慈院，以前自己也是常去的。那济慈院是官办的，里头多是孤儿、残疾儿之流，倒是也常需要一个老师。

虽然看不见，但说说故事、讲讲课文也是容易的。那地方要求不高，纵然钱少，可包吃包住，也够活着了。

他打定主意，本想叫蝉衣，可叫了几声，蝉衣在后厨房做事没听到，他也不好意思让人家忙里抽手，就自己拿着竹杖出门去了。

在贺州活了二十七年，沈京墨对这里的每条街、每块砖都很熟悉。可是瞎了眼以后，贺州对于自己，陌生得像个新城镇。

沈京墨大约记得，出了金燕堂，拐两个弯，过长街，过了桥再经一巷子就到了。

那地方偏远，沈京墨走着走着，街上的嘈杂声越来越轻。

沈京墨走得很慢，别人五分钟的脚程，沈京墨需要半小时。

沈京墨走过一个路口的时候，被一个人撞了一下，摔在地上，那人骂了一句："没长眼啊！"

沈京墨连连道歉，然后站了起来。这一撞，撞没了方向感，沈京墨一下子手足无措起来。

一个收摊回家的卖菜婆婆见沈京墨有难处，便问："孩子，是不是找不着路了？"

"婆婆，济慈院怎么走？"

卖菜婆婆把沈京墨转了个方向，拍拍沈京墨的背："就这样，往前走，过了桥就是了！"

沈京墨略略弯腰："谢谢婆婆。"

卖菜婆婆见沈京墨有礼数又长得不错，便说："你要是有事啊，办了早点回去，这两天城里有人在抓个瞎子呢，你可要小心啊！"

"有人……在抓瞎子？"沈京墨的心绷紧了一下。

"可不是嘛，就我隔壁那个天生瞎眼的搓背小子，前两天还被人闯进家里，差点就带走了！你自己当心啊！"卖菜婆婆唠叨完就走了。

沈京墨站在原地，喉咙干渴，背部出汗，大热天也像掉进了冰窟窿。

是他们吗？

完了，他们一定是来抓自己的，没想到动作这么快，竟一点喘气的机会也没有。

沈京墨抖着手，加快了脚步，想赶紧找到济慈院。他现在孤身一人站在大街上，就像被暗处的眼睛盯着一样让人害怕。

沈京墨跌跌撞撞地下了桥，拐进巷子里。

巷子的安静让沈京墨心安。

一手扶着墙壁，一面往前走，沈京墨记得出了巷子就是济慈院的大门。这么一想，脚步也快了起来。

正当沈京墨摸到墙壁尽头，嘴角微微一松，吐了一口气，准备迈出巷子时，肩膀却突然被人往后一拽，整个人就往墙上贴！

沈京墨刚想开口，一个宽厚的手掌就捂住了他的嘴巴，死死地把自己制住了！

沈京墨天灵盖一阵发麻，四肢百骸血液倒流，心脏几乎都要跳出来了。

是打劫？还是抓自己的人？

巷子里的空气开始凝固，沈京墨甚至屏着呼吸不敢乱动。

这个人要比自己高，肌肉很紧实，气力也很大，应该还很年轻。

沈京墨的脑子还在糊里糊涂地转动，腰间就被一个坚硬的东西顶住了，是枪。

男人开口了："别动也别叫，不然子弹不长眼。"这声音听起来血气方刚的，不过略有些低沉。

沈京墨不敢乱动。

同时还有些雀跃，因为这男人不是来抓自己的。沈京墨宁愿遇见穷凶极恶的歹徒，也不愿再被抓回去。

可是此人有枪，绝非善类。

忽然，沈京墨听到巷子外有一些细碎脚步声。

男人又威胁道："你走出去，看看巷子外有多少个穿黑衣的人，暗暗给我比个数，不要耍花样，百步以内，我枪准得很。"

沈京墨下意识点了点头，马上就摇了摇头。

男人这才注意到，沈京墨戴着墨镜，一手执杖，与常人不同。

"你……看不见？"他一把扯下沈京墨的墨镜，动作有一点粗鲁，沈京墨吃痛地皱了皱眉。

想必男人已经看到自己这双毫无光彩的眼睛，眼珠不自然的停滞不是轻易能装出来的。

不知道为什么，本来看一眼就可以确认的事情，这男人却看了很久。

"你这张脸……"那男人刚想说点什么，手上一疼，被沈京墨狠狠咬了一口。

男人吃痛撒手，沈京墨慌乱之间推了他一把，自己手里的竹杖也落在地上，发出了清脆的声响。

巷子外马上就有人跑过来："谁在那里？"

沈京墨只听得一句威胁的话："管好自己的嘴。"然后是一阵窸窸窣窣的声音。

沈京墨试着摸索自己的竹杖和墨镜。

有几个人脚步汹汹走进巷子，停了一会儿，似乎是在查看什么。

沈京墨才找到了自己的东西，就听到那几个人嚼舌根："就是一个瞎子摔了，咱们走吧。"

另一个人说："好不容易把那家伙逼到角落，这要是抓不住，咱们回去还不得被弄死！"

于是有人问道："喂，瞎子，你刚才有没有遇见什么人？"

沈京墨抖了一下，心里暗暗地思索起来。这个巷子是一些贩卖摆摊的人堆杂物用的，方才数秒的时间，那男人跑不远，一定还在巷子里。

沈京墨虽然觉得那男人不像什么好人，可眼前这几个追捕男人的人，听起来也不是善类。

沈京墨在金燕堂待了几天，与段烨霖的手下也是打过招呼的，当兵的人不是这种做派。既然不是当兵的，那就是为私事而抓人。

或者，两边都不是什么好角色。

现在不知道哪个角落里有把枪正对着自己，沈京墨觉得自己应当谨言慎行。

其实还有一点，方才那男人推自己上墙时，一只手挡在自己后脑免得撞上砖石，这之后才去摸的枪。沈京墨觉得，能下意识这么做的人，本性不坏。

于是沈京墨说："我、我是个瞎子，哪里看得到人？不过，刚才从那边桥上过来的时候，有个人撞了我一下，往河对岸去了……不知是不是你们要找的人？"

沈京墨指了个很远的地方。

那些人沉默了一下，说："那你走吧。"

沈京墨拄着拐杖站起来，摸索着匆匆出去。谁知刚走了两步，就绊到了什么东西，摔倒在地。

"啊！"

那些人哈哈大笑："原来真是个瞎子，哈哈哈——"

看来是他们故意来试探自己。沈京墨不敢说什么，忍着疼站起来就走了。

"行了，赶紧追！"那几个人很快就顺着沈京墨之前说的方向跑走了。

沈京墨脱离了困境就去了济慈院，也不知道刚才那男人能不能脱险。

济慈院的院长今日不在，沈京墨不仅白来一趟，还惊心动魄了一场。

回到金燕堂的时候，蝉衣在门口就扑上来："啊呀，沈老师可算回来了！您可急死我了！我还以为把您弄丢了呢！"

沈京墨有些抱歉："对不起，蝉衣，我就是出去走走。"

"那您以后一定要跟我说一声！您的腿怎么流血了？"蝉衣尖叫起来。

沈京墨听蝉衣这么一吼才明白自己受伤了。刚才在巷子里摔了以后就觉得一直麻麻地疼，这一路更是越走越不舒服，原来是因为破皮流血了。

很快，沈京墨就被蝉衣推着赶着进去包扎了。

巷子里，躲在杂物后的男人在听到四周安静之后，从怀里掏出一个小小烟花筒，往天上一放。

这烟花的样式很奇怪，声儿也如鹰啸。

一盏茶的工夫，四面八方跑来许多身穿黑衣的人，跑到男人面前，纷纷低头。

为首有个打扮好些的人上前道："鬼爷，您受惊了！"

那个叫鬼爷的男人问道："怎么样了？"

"弟兄们连夜集合，现在都到了贺州城，只要您一声令下，马上就可以开始围剿那些叛徒！"

"那还等什么？"男人的眼睛露出杀意，连带着他眼角的刺青也有点凶光，"记着，一个都不留。"

"是！"

这个叫鬼爷的，就是叱咤上海滩的阎帮堂主，萧阎。

阎帮前身是青帮，看似个黑组织，其实掌管着大上海大半的水漕运以及一些特别的东西，比如——枪支弹药。因全国各地都有青帮的人，连军阀也不得不忌惮几分。所以，上海滩有一句话说："摧眉折腰事权贵，权贵折腰事青帮。"

可几年前冒出来了一个毛头小子，从打手开始做，打打拼拼，最后一举上位，取代了原堂主。而这毛头小子今年才二十二岁，还给自己起了个名号——鬼爷。

萧阎受人敬重，是因为他重兄弟情义，甘愿为兄弟两肋插刀，才让许多人甘愿肝脑涂地，为他赴汤蹈火。

然而这次，正是他的一个副堂主妄想取代他，骗他说自己在贺州有难，企图让他身陷囹圄，想瓮中捉鳖。

萧阎谨慎惊人，见机逃走，联系手下前来反击。刚才千钧一发，多亏了那个盲人的帮助，逆转了形势。

一批人四下散去，剩下一些人留着保护他。

萧阎刚踏出两步，忽然又想到什么，勾着手叫来一个人，指了指不远处一路滴着血的地面："你去顺着这血迹找找，看看最后通到哪里去，悄悄的。"

这吩咐虽然奇怪，但手下还是去照办了。

萧阎原本解决了事情，是打算马上回上海滩的，现在觉得，还得多住几天。

次日，一大早。

萧阎包下了贺州最贵的昌隆大酒店，所有人都住在其中。

他在房间里抽着烟，一个被五花大绑的人跪在他面前，且鼻青脸肿的。

这就是背叛他的那个副堂主，陈述。

有人揪着他的头发让他抬起头来，萧阎一脚踩在他肩膀上，吐出烟圈喷在他脸上。

"还算有点骨气，没哭着求我饶你一命。"

陈述哼了一声："我呸，萧阎，你算什么东西！我比你入帮早了十年，你个乳臭未干的小子！你凭什么做一把手？！"

萧阎踢了他一脚："就凭你现在输了。蠢货，真以为年纪大就是王道啊？"

"你不就是运气好，我不是输给你，是输给运！"

萧阎笑着在他脸上拍了拍："我十八岁在上海滩打打杀杀，你还不知道在哪个温柔乡起不来呢！看你年纪大就给你点身份，你却敢蹬鼻子上脸？"

"成王败寇，有什么好说的！"

手下人忙问："鬼爷，要不要拖出去，处理了？"

"嗯，就在那些叛徒面前行刑，看完了也一样处理。所有人都去欣赏一下吧，让帮里有贼心的好好记着教训。"

冷酷的命令一下，陈述就被人捂着嘴拖了出去。

萧阎把烟灭了，仰头闭眼歇了一会儿，才压着嗓子问："廖勤，那人找到了吗？"

廖勤回："跟着血迹，一路跟到了金燕堂，听说那是贺州城里一个大夫的私宅。"

大夫？萧阎皱了眉，坐起来。这个回答让他觉得很奇怪。

"就这样？"

廖勤把头低下："那家人口风特别紧，什么都问不出来。"

"废物。"萧阎冷冷评价。

怕他生气，廖勤竹筒倒豆子一般说："不过我在外头埋伏了很久，直到有个丫鬟出门买杂物，听到她跟门口管家说去药堂给什么沈老师拿点止血的药……鬼爷，需不需要我带几个兄弟去把人带回来问话？"

沈老师……沈……

看来就是了。

萧阎缓缓睁开眼睛，眸子里闪过一些光："不用，我知道是谁。我需要你替我去查查，十年前贺州城的存熙学堂有个叫沈京墨的老师。这么多年来，他身上都发生了什么事，经历如何，一五一十的，我全要知道。"

"是！"

"对了，还有……"萧阎又说，"特别是要查清楚沈老师那双眼睛……究竟是怎么瞎的。"

廖勤跟着鬼爷三年了，很会察言观色，自然明白他要查这个沈京墨，是因为关心。

看来这个人，与鬼爷的过去有些关系。

若真的是什么好的过往，那这个沈老师，可真是交了大运了。

鹤鸣药堂来了一个富家公子哥。

章修鸣走进药堂里，马上就有药徒问："先生哪里不舒服，想问哪一类的诊？"

他抬头看了看牌子，竟然不知道现在的中医馆分类这么细致。

他说："我也不知道哪里不舒服，我只挂许杭的诊。"

药徒有些为难，解释道："这、这我们当家的不轻易坐诊……"

"我前两天还见他出诊来着，怎么现在病人上门也不坐诊？"

"我们当家的都是看心情才出诊的。"

章修鸣还想说点什么，许杭已经从后院走了进来。

许杭听到了前厅的对话，便在药柜边说："既然先生信我，那就这边来诊脉吧。"

说罢给了药徒一个眼神，让他下去。其实这也不是什么稀罕事，以前也有人只信许杭的医术，上门点许杭的名。只是熟客知道许杭的规矩，不是真厉害的急病也不会来麻烦许杭。

章修鸣挽起袖子，往许杭面前一放。许杭伸出两个指头一探，仔细诊断起来。

许杭见他红光满面就知道并无不妥，再加上把脉过，便说："先生的身子很硬朗。"

章修鸣扯谎："是吗？可我夜不安枕，还有点水土不服，可能是上火吧。"

"那就带点降火药吧。"

许杭刚收回手指，就听到章修鸣宛若可惜地说道："许大夫这双手生得真好看，日日只用来熬药问诊，真是太可惜了。"

许杭的眉头皱了皱，声音开始冷下去："平常人家，为谋生计，哪里有什么可惜不可惜？"

"我只是觉得暴殄天物了。"

许杭拿起笔草草写了个药方交给药徒："去给章先生开药吧。"

章修鸣说："我刚来贺州，怕是不方便熬药呢。"

许杭眼皮也不抬："您若是不急的话，我这里熬好，您喝了再走也行。"

"好，那我就在这儿等着。"

章修鸣托着下巴，一副乖巧模样。许杭看了他一眼，就到后头去了。

药徒一边照方子抓药，一面说："黄连、木通、龙胆草、穿心莲、山豆根……哎哟喂，这人不是上火，是着火了吧？当家的，你这药开得能把人苦死。"

许杭讽刺一笑，又加了一把苦参："这个病人从前甜头吃多了，现在是自找苦吃。"

不过小半个时辰，一碗黑糊糊的药就放在了章修鸣面前，闻着倒没什么太大气味，粘稠度倒是挺惊人的。

章修鸣端起来尝了一口，苦得他险些喷出来。

"咳！"

这苦，真像是黄连提纯了千百遍，一入口直奔心底深处，就连太阳穴也一突一突的，整个舌苔麻麻的。

许杭在那儿看着他，不冷不热地说："药得趁热喝才好。"

章修鸣就知道，这是在整他呢。

良药苦口利于病，这点苦他还吃得下。

于是他轻轻笑了笑，端起碗，一饮而尽。这一次，他有了准备，眉头都没有皱一下，喝得一滴都不剩，甚至放下碗以后，还做出回味的模样舔了舔嘴角。

只是他自己知道，后背略微出了点汗。

许杭看着他的举动，也微微眯了一下眼睛。此人一进门，许杭就知道他是谁了。花街柳巷遥遥一见，可真够让人印象深刻的。

本以为给他一个下马威，就能杀一杀他的气焰，没想到竟是个不按常理出牌的人。

没有想象中的简单。

病也看了，药也喝了，再不走也没有理由了。章修鸣一面往门口走，一面说若是药效好他一定常来。

"许大夫，那下次再见。"章修鸣一只脚已经跨出了门槛，突然转过身来，盯着许杭看。

许杭的脸色黑了一下，身子也僵着，瞪着章修鸣。

章修鸣笑了一下："忘了自我介绍，我叫章修鸣，以后只当多个朋友吧。"

许杭没理会："慢走不送。"

这个人说话做事都让人鸡皮疙瘩起一身，明明袁野也说过一样的话，可是一个就让人觉得温暖，另一个却让人退避三舍。

章修鸣也不在意许杭的冷漠，摆摆手，扬长而去。

好不容易送走了麻烦，许杭正准备回去继续忙，却迎面撞上了段烨霖。

"章修鸣怎么来了这里？"

"来看病的。"

许杭被章修鸣弄得心烦，脸上不悦，快步往内堂走。

段烨霖跟了上去，掀开帘子说道："章修鸣不是什么好人，你最好不要和他有什么来往。"

许杭懒得应付段烨霖，随口道："我和什么人来往还需要和你报备不成？"

许杭的态度让段烨霖气不打一处来："我是为了你好。"

"为了我好？难道你不是觉得他身份尊贵，我便会趋炎附势，攀附巴结他吗？"许杭干脆点了点头，道，"对。你猜得不错，我就是那样的人。"

段烨霖正欲开口，许杭却不想再同段烨霖说话，他背过身去："我不想看见你，你出去。"

"你……"

"出去！"

段烨霖看着许杭那副样子，最后拂袖而去。一出去，走到车边，他就狠狠踹了一下车门泄气。

车里的乔松抖了一下，坐在驾驶室里半天不敢动。一直等着段烨霖脸色微微好一点，才打开车门让段烨霖进来。

"司令，这事儿不能怪许大夫……"乔松开起车来，"许大夫就是不爱解释了些而已。"

"他什么话都不肯说，什么也不肯解释，谁都不知道他心里在想什么。"

乔松打着方向盘，说："对了，司令，近日贺州城多了很多黑衣人。"

"黑衣人？"

"对，前两日还在大街小巷穿来穿去的，打扮都一样，还挺像练过的………喏，就前面那人那样的！"

乔松突然指了指从车前跑过去的一个人影，段烨霖定睛一看，顿时放大眼睛。

"阎帮的人？怎么跑贺州来了？"

"阎帮？就是那个鬼爷的帮派？"乔松啧啧两声，"我倒是有听说，那个鬼爷老家就是贺州的，该不会是回乡祭祖吧？那可算是衣锦还乡了。"

段烨霖笑了一下："祭祖也就罢了，就怕惹点什么麻烦。这几天让人在城里多巡逻几次，省得出事！"

"明白了。"

段烨霖只以为阎帮的人在城里来回会惹事，他哪里晓得，他们是在找金燕堂里的沈京墨。

沈京墨后来在蝉衣的陪伴之下，又去了一次济慈院。这回倒是顺利，院长同意沈京墨留下当个老师，陪孩子们玩耍。

济慈院的孩子都很乖巧，不会大哭大闹，沈京墨每日下午都会给他们吹口琴听。

沈京墨吹的是《送别》，口琴的声音有点扁平，带着一点呜咽的感觉，每一声吹出去，尾调似在叹息。

孩子们听了很多遍，已经能跟着唱了。

"长亭外，古道边，芳草碧连天。晚风拂柳笛声残，夕阳山外山。天之涯，地之角，知交半零落。一壶浊酒尽余欢，今宵别梦寒。"

院子里孩子们在唱着，院子外有个人背靠着墙抽着烟也在听着。

萧阎偏过头，看着被孩子围在房中的沈京墨，一下子就想到很多年前。他没什么音乐细胞，不会唱多少歌，大约也只会这一首《送别》，也是沈京墨吹口琴教的。

大概沈京墨教过的学生，都会唱吧。

十年前，他十二岁的时候，还在存熙学堂里上学。那个时候因为父母各自离异，谁都不管，天天打架斗殴。

老师们都嫌他是个麻烦，不肯管他，甚至只要在课堂里看见他逃学还分外开心。

只有沈京墨，会顶着盛夏的太阳，跑遍贺州城每个角落，最后在一家餐馆的仓库里找到被诬陷偷东西而关起来的他，说："找到你了，跟我回去吧。"

他以为沈京墨再善良也只是会救他出去，会替他给餐馆赔钱道歉，甚至逼他承认自己没有做过的事，然后回去再打骂他一顿。

因为以前那些老师都是这么做的。

可是这个看起来怯懦胆小的老师，把他抱在怀里，面对五大三粗的几个厨子，一点也不退缩地说："他是我的学生，他说没有偷，就是没有偷！"

靠在沈京墨怀里的他，听到这人尽管紧张得心跳都加速到快跳出来了，但抱着他的手一刻都没有松开过。

十年了，他长大了，沈京墨也老了一些。

萧阎在院外看了很久，直到沈京墨哄得孩子们都回去了，再拄着竹杖慢慢地往回走。

沈京墨走得很慢，萧阎就在后面慢慢跟着。

当初好像是反过来的，沈京墨经常会在下课以后跟着萧阎，生怕他又去和别人打架。

沈京墨自以为躲得很好，其实早被萧阎发现了。

他只是觉得，被这个老师跟着，让人担心的感觉挺好的，所以才一直没有拆穿。

原来……跟着别人的感觉是这样的。

看沈京墨趔趄一下，他差点冲了上去，又看沈京墨停下来，就担心是不是出事了。

萧阎跟了好一会儿，看着沈京墨进了金燕堂的门，被一个丫鬟领进去才作罢。

他又在门外站了一小会儿，直到廖勤来找到他。

"鬼爷，能查的都查清楚了。"

"说。"

"沈京墨在存熙学堂教书五年，这五年并没有什么异常，后来跟人去了上海。我问过沈京墨当时的邻居，都说是去寻亲戚，所以没人知道。奇怪的是，上海那边的兄弟发来消息，说沈京墨到了上海之后，就没了踪迹，这五年……竟然一点也查不出来。"廖勤越说声音越低。

萧阎目光一凶："认真查了吗？"

"森爷亲自去查的。"

森爷是阎帮里一个分量很重的前辈，专管刺探情报。他若亲自出马，必定是竭尽所能地去查，查不到就说明真的有难处，而不是不尽力。

"还有呢？"

"沈京墨再度有了行踪，就是这个月刚刚出现在贺州城。一出现，眼睛就已经瞎了。我怀疑，是同沈京墨去寻的那家亲戚有关。"

萧阎仔细想了想廖勤刚才的话："哪门子的亲戚？"

"是参谋长，章尧臣。"

"什么？！"萧阎瞪圆眼睛，看了看四周，一把将廖勤拉进巷子里，压低声音质问，"沈京墨跟章尧臣什么关系？"

廖勤跟着放低声音，贴在萧阎耳边说："森爷花了很多人脉才查到，沈京墨是章尧臣和其前任发妻所生，只是章尧臣功成名就以后，便弃了他们，娶了现在的夫人，生下了如今的章家儿女。沈京墨随母姓，他们不喜欢争抢，所以从来没人知道。"

听到这里，萧阎才想起来，为什么从前去章家做客时，明明章家只有两兄妹，却从二开始排，一个是章二少，一个是章三小姐，原来这上头还有一个。

那就很清楚了，沈京墨这五年一定与这家人脱不了干系。

廖勤肚子里还憋着一件事，他打量了一会儿萧阎的脸色，才斟酌着措辞说道："其实……这沈京墨，跟您还有点瓜葛……"

"有话快说！"

"您还记不记得……章家先前说，要送个人给您当人质的？"

廖勤这一提醒，可让萧阁想起来那件被他丢到脑后的事情了。

前段时间，萧阁在码头扣下一批走私品。章尧臣得知后，派人送了大量钱财，软硬兼施，想让他睁一只眼闭一只眼，最好是能和他一起合作。

萧阁虽然对章尧臣没什么好感，却也知道，跟章尧臣撕破脸皮对双方都没好处。

于是他随口开了一个条件，说东西可以还，但是必须经过他的手，免得日后出了事赖上他，徒增麻烦。所以为了表示彼此信任，请章家送个血亲到他这里押着，算个担保，要是一切顺利，他再把人送回去。

本以为这么无理取闹的要求，章尧臣不会答应，谁知次日他们就派了人说要送人过来。

原本萧阁还奇怪，章尧臣怎么舍得，后来才知道，原来是个不受宠的。

又过了两天，听说那人偷跑了。

跑了也挺好。

萧阁觉得那家伙也可怜，就没派人去抓，倒是借着这个事好好做了一通文章，称章家人言而无信，把章家的势力好好打压了一番。

现在廖勤提起这件事……难道说……

他脸色变了一下："你是想说，章家送来又逃走的那个人，就是沈京墨？"

廖勤点点头："是。"

真是兜兜转转绕回了起点，早知道事情这么简单，又何至于走麻烦的一条路。

萧阁又拿出一根烟，刚想点火，又问道："沈京墨跟这家人什么关系？"

"沈京墨从前在这里做过家教，这家主人和您同岁，好像也是师生关系。"

萧阁忽然就把烟扔到地上，用脚碾了碾，眉心浮起个川字。

"去准备一下。"

"啊？"廖勤傻了，"准备什么？"

萧阁目光如炬，干脆利落给了两个字，掷地有声："抢人。"

药堂里，许杭刚抓了一包分量较轻的迷药，想着回去哄沈京墨喝下，再带去医院验一验眼睛，那双眼睛若是能救得回来也得早点治疗。

可是，偏偏出了岔子。

蝉衣气喘吁吁地跑进来，就连发髻都有些歪了，她来不及扶一扶就冲到许杭面前。

"当家的！沈、沈老师被人抢走了！"

许杭脑子轰的一声炸响，一把抓住她的手腕："谁干的？"

"不知道，今儿沈老师刚回来，突然就闯进来好多穿着黑衣服的人，为、为首的眼角还有块刺青……他们看起来凶神恶煞的，我、我眼睁睁地看着沈老师被他们拖进车里带走了……这可怎么办呀……"蝉衣急得哭了起来。

好大的胆子！敢闯进金燕堂抓人，来人身份一定不简单，难道是章修鸣的人？可是章修鸣是怎么知道沈京墨在这里的？

不对，许杭否认了这个想法。

章修鸣不会这么鲁莽，哪怕知道了，也不会如此大张旗鼓地去抓人。

许杭一时有些头疼，无论来抓人的是谁，只怕沈老师都有危险。

现在该怎么做呢？

蝉衣倒是给许杭出了个好主意："当家的，咱们赶紧找司令吧，让他出兵去救人呀！"

听罢，许杭的头疼又厉害了些。

才刚刚和段烨霖闹得不愉快，现在去找他，正是最尴尬的时候。

第二章 红白脸

段烨霖这边正忙着，就见乔松兴奋地跑进来，门也不敲，直接喊道："司令，司令！来了，来了！"

段烨霖被他吓得一口水差点呛着，擦了擦嘴："来什么来，我没让你进来！"

"不是我，是许大夫来了！"乔松知道许杭很少主动来找段烨霖，所以他的惊讶不亚于看见太阳从西边出来。

说话间似乎听到脚步声了，段烨霖摆了摆手，示意乔松出去。

敲门声响起，"咚咚"两下。

段烨霖道："进来。"一副公事公办的语气。

门一开，许杭拎着一个食盒进来了。段烨霖只是抬头瞄了一眼，又埋头去看已经批改过的公文，等着许杭开口。

"有事吗？"段烨霖脸上看不出一点热情，客气得像遇见一个陌生人。

这份冰冷让许杭宛如吃了一个闭门羹。

许杭把食盒往桌上一放，眼神有些不自然地瞥向一边："蝉衣特意给你做的荷花糕，说放久了就坏了，一定要我送来。"

段烨霖从案牍中抬头瞟了一眼："嗯，放着吧。"

许杭见他冷淡，原本就不擅长贴人冷脸，此刻更开不了口了，半天才说："你很忙吗？"

"你不是都看到了？"段烨霖终于抬头看许杭，用钢笔头敲了敲堆积的公文，"忙得没空吃东西。"

许杭的脸色微变了一下，嘴角一绷，转过身道："那司令继续，我不打扰了。"

"你就是为了送东西来？没别的话说？"

许杭站在门边，抿着嘴不说话。

段烨霖觉得两人这样怄气实在是幼稚，便率先打破沉默，道："好了，好了……你来有什么事？"

许杭闻言微微转回身，这才知道段烨霖方才是在耍自己。他在甩门离去和顺着台阶下之间犹豫了很久，觉得还是不能在这个时候任性，就走到了段烨霖面前，把沈京墨的事一五一十地都说了。

段烨霖说："你这事情不好办，又不知道是谁，总不能让我为了私事在城里挨家挨户地搜查吧？"

话里有几分拒绝的意味。

许杭却咄咄逼人："所以，事不关己，你就不拿它当一回事了。"

段烨霖好笑地看着许杭，说："好吧，好吧，今日你算是找对人了，你说的那些人，我还真的知道是谁。"

"谁？"

"鬼爷。"

廖勤抢人的速度倒是很快，金燕堂看起来是豪门侯府，其实里头家丁丫鬟总共也就几人，没什么反击之力。

沈京墨就更不用说了，瞎子一个，他们三下五除二把人塞到了车里，按照萧阎的吩咐，送到贺州医院去了。

萧阎的意思是先让医生治一治那双眼睛，看看有没有救。可是廖勤没想到，抢人容易，救人倒是难。

沈京墨先是稀里糊涂地被带走，上车的时候还一脸懵懂，等到被人推着下车才反应过来，吓得面如土色。

等到廖勤把沈京墨带进医院，沈京墨闻到那刺鼻的消毒水味，立刻拔腿就往外跑。因为看不见，他还差点从楼梯上滚下去，幸亏手下人眼明手快，一把将他摁住了。

"轻点！轻点！"廖勤生怕那几个人手下没个轻重，"把人弄伤了有你们受的！"

沈京墨拼命挣扎道："放开我！不要！我不要在这里……不要关我……"

"我们没有要关你，就是看一下你的身体……"

"不要碰我！"

廖勤头疼得很，这人打不得骂不得，要是用强，怕是会伤到人，最后没办法，只能先让人腾一个房间出来，让他进去待着，然后安排人看着，自己去请鬼爷来。

萧阁本来在同贺州的几个小堂主打牌九，听了廖勤的话，把牌一推，将全部的钱都扔在桌上："今日算我输，改日再打。"然后他匆匆去了医院，剩下其他人大眼瞪小眼。

医院的高级病房外，几个拿着针筒和药物的医生、护士还在门外劝着，一看见萧阁来，连忙退到了一边。

"怎么回事？"

医生说："病人情绪很激动，什么都听不进去，我们一靠近就反应激烈。"

萧阁皱了皱眉头，打开门。门里，沈京墨蹲在角落里，把自己缩成小小一团，原本无神的眼睛里写满了惊恐。

一听到声音，沈京墨便肩膀一颤："出去！你出去！"

萧阁快步走上前，摁住沈京墨的肩膀："只是让你做个检查，不会吃了你的。"

说话的声音有些耳熟，沈京墨想了一下，问道："你是那天巷子里的人？"

"是。"

"为什么……抓我？"

萧阁把沈京墨拉起来，带到病床边让他坐下，说："以后你会知道的。"随后对门外的医生说："愣着干什么，还不进来检查！"

沈京墨心惊，差点从床板上弹起来："你要干什么？！"

萧阁的手死死按着，不让沈京墨乱动。医生冷汗直冒，试图让沈京墨冷静："这位病人，你别紧张，我们就是看看你的眼睛，再抽一点点血拿去化验检查一下，不疼的，好吗？"

"不要！"谁知沈京墨听到这番话，更是崩溃得挣扎起来。

萧阁原本怕伤了沈京墨，不敢太用力，这会儿只能用手箍住沈京墨，把沈京墨的一只手伸出去给医生，厉声道："愣着干什么，还不快点！"

"是！是！是！"

沈京墨虽然动弹不得，可身子却一阵一阵地发抖。沈京墨感觉医生撩起了自己的衣袖，胳膊露了出来。

沈京墨的胳膊上，沿着动脉的地方，全是密密麻麻的针孔，乌青一片，看着就很疼。

医生都不由倒吸一口气。

萧阁的瞳孔也瞬间放大，难以置信地盯着。

医生赶紧拿消毒的棉签，找沈京墨手上还可以下针的地方，慢慢擦拭。

沈京墨还是本能地想逃，萧阁把沈京墨死死按住。

此时的沈京墨一点反抗的力气都没有，身子僵硬得像块顽石，他咬着自己的下唇，在针尖即将戳进身体的时候，终于还是出声哀求了。

"不要，求你不要……不要这样……"

萧阁不忍听下去，瞪了医生一眼："别慢腾腾的，速战速决！"

针头立刻就戳了进去。

那种血液离体的感觉，让沈京墨发出一种低哑绝望的哀号。沈京墨微微仰着脖子，下巴高抬，仿佛濒死一般。这种完全不加掩饰的畏惧和痛苦让人怀疑这根本不是简单的抽血，而是抽命。

若不是亲眼看着，萧阁一定会把这个医生从楼上扔下去。

医生的动作很快，抽完一小针管的血，就匆匆离开了病房。

萧阁替沈京墨按压着针孔，又擦上一点药，再偏头一看，发现沈京墨已经晕过去了。

他擦了擦沈京墨嘴角的血迹："怎么会怕成这样？"

廖勤以为是在问他，便说："莫不是晕血？"

"都看不见，怎么晕血？"

萧阁把沈京墨轻轻放在病床上，盖好被子。一个小检查，两个人身上都挂了彩，特别是萧阁。

萧阁拿手帕擦了擦，眉头都没皱一下："把这里的情况告诉森爷，再让他查查章家的人，总能查出来那空白的五年。"

"是！我马上给森爷发电报！"

廖勤刚准备从病房门口出去，另一个手下便从外头走进来，对萧阎道："鬼爷，外头有人找您。"

"谁？"

"贺州城的司令，段烨霖。"

段烨霖的名头，萧阎还是个毛头小子的时候就听过了，大名鼎鼎，久闻未见。

这次他到了人家的地盘，又在这里撒野，大街小巷地抓叛徒清理门户，却没有跟主人家提前知会一声，确实有点不太厚道，也太过放肆。

现在对方找上门来，的确是他理亏。

他又把廖勤叫回来："再多发一封电报，让上海发一些军需用品过来，送到小铜关去，就当是我们阎帮给他们的赔礼。"

廖勤点了点头，给萧阎开门。他们往外走，过了一个拐角到大厅里，就看见穿着军装的段烨霖和他身旁站着的人。

廖勤在萧阎背后压低声音道："鬼爷，段司令旁边那个是金燕堂的主人……"

萧阎的眼神凌厉了起来。

原来不是来兴师问罪，而是来要人的。

许杭有想过，这个所谓的"鬼爷"是什么模样，却没想到这么年轻。

"在下萧阎，初来贺州城，办点私事，给段司令添麻烦了。"萧阎走上前和段烨霖握手。

伸手不打笑脸人，段烨霖也跟他轻轻一握。

"萧少难得来一趟，应该是我招待不周才对。"

"段司令客气，备了点薄礼过两日送到，还请段司令笑纳。"

"礼就算了，只是我这儿丢了个人，不知道你手下的人有没有见过？"

本以为段烨霖会铺垫一会儿，谁知他挺直接。开门见山也好，省了许多弯弯绕绕，萧阎也不是喜欢打哑谜的人。

萧阎笑了笑，从口袋里拿出烟，廖勤帮他点火："这两天我抓的人挺多的，大多都已经弄死了。"

说到这里，他顿了顿，看许杭的眼神变得凶了一些，接着说道："唯有一个喘气儿的，是从金燕堂里抓来的，不知道是不是段司令说的那个人？"

"那人是我的朋友，不知道哪里得罪了你，如果是银钱可以解决的，大家就不要动刀动枪的，可好？"

萧阎看了段烨霖一眼，双手抱胸："对不住了，段司令，这人我不能放。"

"哦？"段烨霖的眉毛抬了抬，"是我朋友做错了什么不成？"

"没有。我就是不想放，段司令难道要跟我抢吗？"

没等段烨霖开口，许杭上前冷声问道："你与沈京墨有什么仇怨？沈京墨的眼睛是你弄瞎的吗？"

萧阎皱了皱眉，吐了个烟圈："这话我还想问你呢。"

"什么意思？"

"你与沈京墨有什么关系，为什么那么紧张？"萧阎的目光锁定在许杭身上，审问般开口。

许杭不客气地回他："与你无关。"

"那我也无可奉告。"

萧阎和许杭对视一眼，两个人针锋相对，分毫不让。段烨霖夹在这两个人当中，一时竟有些不知该如何转圜。

这时候，一位医生拿着报告匆匆走出来，递给萧阎："鬼爷，紧赶慢赶查了些结果出来，只是我这小医院化验科的设备有限，您多包涵。"

萧阎二话不说劈手夺了过去，前面那些乱七八糟的数据他也看不懂，唰唰唰直接翻到最后一页看结论，看着看着就生气了，一把将东西扔到医生脸上："无治疗意见是什么意思？！"

诊断书掉在地上，许杭偏过头看了一眼，上面写着"服用抗结核药物，产生副作用，导致双目失明，全身血液缺失严重，血压偏低"等字样。

这个萧阎费这么大劲把沈京墨拐走，是为了治病？

这人究竟是敌是友？

医生吓得战战兢兢，忙说："我这里……这里医术和设备有限，可能……可能您回到大上海找个洋医生，或许还有救。"

这番话，许杭已经听出来意思了，人多半是没得救了，这个医生才会祸水东引，让人另寻高明。

许杭拿起诊断书问："为什么用了抗结核的药？"

中医里称结核是痨病，然而许杭给沈京墨把过脉，虽然虚弱，但绝没有痨病。

医生摇摇头："这我也不知道，只是检查出来他的眼睛就是因用这类药过多才伤的。可能是吃错药了？"

"你才吃错药了！我问你，沈京墨身上的针孔是怎么回事？！"萧阎怒瞪了医生一眼。

"那针孔……针孔看起来，好像是常年抽血抽的……"

"你确定？"

"医院常有穷人来卖血，既怕死又想要钱，每次抽得少但来得勤，久而久之手上就青一块紫一块的。而且采血用的针头比普通的大些，那位病人手上多是这种大针眼。"

萧阎越听，心里越是憋火，又不知道怎么发泄。廖勤看那医生快被吓哭了，赶紧给他使眼色，让他快下去。

多年不见，难道沈京墨窘迫到以卖血为生了？

看出萧阎心里的疑惑，许杭反而很是笃定地开口："沈老师绝不会主动去卖血的。"

段烨霖看向许杭："你为何这么确定？"

"从前沈老师就很小心自己的身体，怕摔了伤了。我当初觉得奇怪，故而问过，原来是因为沈老师血型特殊，万里挑一，一旦失血过多就十分危险。况且沈老师的血就算拿去卖，也鲜少能找到匹配的。"

除非，这血是专门供同样血型的人用。

许杭脑子里转过了许多种可能，真要验证，还得去问沈京墨。

这时有个手下在萧阎耳边说了句什么，萧阎转身就往病房走。

许杭看见了，紧跟着往前去，萧阎也没让人拦。几个人走进病房一看，原来是晕倒的沈京墨已经醒来了。

"沈老师？"许杭走到病床边，看到沈京墨无恙才安心。沈京墨听到许杭的声音，伸出手，许杭一把握上，两个人都放心多了。

"有什么话赶紧说，说完赶紧走。"萧阎掸了掸烟灰，"沈京墨是我的人，我是一定要带走的。"

"谁是你的人？"

"沈京墨。他是章家送给我的人质，我之前不小心弄丢了，现在带走是天经地义。"萧阎毫不避讳地把这个信息告诉了他们。

段烨霖和许杭都如被雷劈了一下。

章家，果然和章家有关。

许杭冷笑了一下："如今哪里还有送人质的说法？"

萧阎得意得很："不信？你问沈京墨，他是不是章家亲手送给我的。"

房间里所有人都齐刷刷地盯着沈京墨。

沈京墨现在才知道，这个在巷子里劫持自己的男人是谁，于是试探着开口问："你就是那个鬼爷？"

"是。"

沈京墨脸色煞白，呼吸急促，好像下一秒就要晕过去一般。许杭怕沈京墨急火攻心，忙给沈京墨顺气。萧阎脸色也变了，想上前看看，却被许杭一巴掌打掉了手。

"你想害死沈老师吗？沈老师的血虚很严重，受刺激容易晕过去，现在他看到你就会害怕，不想沈老师出事，你就先回避！"

"你再说一遍？"萧阎不满许杭的态度。

"你都敢到我家抓人，自然知道我是什么人。究竟我是大夫还是你是大夫？要是想沈老师活得好好的，你就出去。"

许杭这番话虽然有危言耸听的意味，但十分有效。

萧阎僵了一下，看着缩头缩脑有些畏惧的沈京墨，只能把手缩回去，退后了两步。

"我只给你一个小时。"他说完就带着所有手下到走廊里等着，段烨霖也跟着出去了。

房间里只剩下他们两个人，沈京墨闻到许杭身上的药香，是他熟悉的、令他安心的气味。

许杭像哄小孩一样拍着沈京墨的背，问道："沈老师，他说的可是真的？"

沈京墨闭上眼，逃避般没有回答。没有回答，也就是回答了。

"他是不是你一直害怕的、躲避的那个人？"

沈京墨摇头。

"那你怕的是章家人吗？"

沈京墨迟疑了一下，点头。

"他们都对你做了什么？"

沈京墨觉得身上每个针孔都开始疼起来了："我不想说，小杭，别逼我说，好不好？求你了……"

许杭按住沈京墨的肩膀："不是我在逼你说，是你在逼我问。沈老师，你真的以为缄口不言就能太平了吗？就算你躲回贺州，躲进金燕堂，那个鬼爷还不是找到你了！我不妨告诉你，章修鸣、章饮溪兄妹也在贺州。"

沈京墨背脊一凉："他们……他们也……"

消磨心理防线不能一味用软，许杭试着刺激了一下，再安抚一番："谁是你的威胁、谁是你的敌人，你必须告诉我，我才能知道怎么去保护你。你信我，好不好？"尾音带了点乞求的意味。

沈京墨的心墙一下子就被许杭抽掉了一块砖头，新鲜空气吹进来，更多的砖石轰然倒塌了。

原本以为难以开口的事情，如今好像也有了讲述它的力气，又或许是憋得太久了，一时不知道从哪里说起，直到现在才理清头绪。

"小杭，你开开窗户好不好？我不喜欢消毒水的味道。"

许杭把窗户打开，夏夜的湿热空气溜进来，沈京墨呼吸了几口，才开始回忆。

"他们……关了我五年，五年零十三天。"沈京墨的左手揪着床单，慢慢用力，"我记得也是像病房一样的房间，白色的墙，白色的床单，消毒水的味道……还有一个又一个针头。"

时间倒回到五年以前。

某个夜晚，沈京墨在绮园墙头放好最后一本给许杭的医书，就匆匆跟着别人离开了贺州。

那个人，沈京墨才认识不过一个月。

对方是新来的老师，温和有礼，见识多，也很会说话，渐渐地，两个人关系好了起来。

后来，那人怂恿他去大上海找份营生。

在船上，那个男人说："上海车水马龙，高楼林立，还有很多金发碧眼的外国人，等到了那里，我带你去四处逛逛。"

说得沈京墨都开始憧憬起来。

然而，沈京墨刚踏进上海滩，甚至还来不及看看上海有多么繁华，就被码头上突然涌出来的一批人架着带到了一个精致的庄园里。

在那里，沈京墨再一次见到自己的生父，也是头一次见到自己同父异母的弟弟妹妹。

"这就是奶奶天天念叨的人？"

说这话的是章修鸣。

自从章尧臣抛弃了糟糠之妻，他们的父子情分就算断了。但是章奶奶很喜欢沈京墨的母亲，连带着对章尧臣也很是不满，更不用说章尧臣的后妻和章家兄妹了。因为章奶奶的坚持，章家族谱上还留有沈京墨的位置，即便沈京墨不在自己的膝下长大。

如此尴尬的重逢，章尧臣说的第一句话就是："你妹妹身体不好，需要用你的血，京墨，你不会不愿意吧？"

沈京墨傻乎乎地抬头，看见那个面无血色的妹妹坐在铺着天鹅绒的椅子上，身上的蕾丝洋裙一层又一层，脖子上的玛瑙项链和脚腕上的绿松石都是自己此生没见过的东西，更不用说这房子的五彩玻璃窗和里头的珊瑚玉摆饰、羽毛般触感的地毯、洁白的瓷器，以及能躺下两三人的进口沙发。

富贵人家大约就是这样，唯有自己，粗布麻衣，显得那么格格不入。

"你……是骗我来这里的？"

男人不好意思地偏过脸，说："对不起，京墨，我们家需要参谋长的帮助，你就当是积德行善吧。"

沈京墨仿佛第一天认识这个人，不可思议，不能理解他说的每一句话。

章尧臣一副高高在上的样子，一点也不像个父亲，反而像个打赏下人的老爷："京墨，你不用担心，只要小溪身体好了，我会给你一大笔钱，让你回贺州过好日子的。"

沈京墨不知道该心痛还是该心寒，回了一句错误的话："我若不愿意呢？"

无论愿意不愿意，这根本由不得沈京墨选择。

沈京墨立刻就被关进了那间白色的病房里，穿着白大褂、戴着口罩的医生鱼贯而入，把沈京墨绑在病床上，用针头戳进他的皮肤，取了一整袋血。

沈京墨挣扎，可是双拳难敌十几只手，除了像条搁浅的鱼任人拿捏，竟然别无选择。

血液从身体里流出来的感觉那么明显，好像灵魂渐渐地被抽走了一样。

趴伏在床上，毫无尊严地被取血，满脸惊恐的沈京墨抬起头来，看着门边那几个表情不一的人：有看好戏的章修鸣，有不屑一顾的章饮溪，有假模假样的章尧臣，还有那个表面上有些不忍心看，实则虚伪至极的男人。

他们每一个人，都无视自己的哀求和抵抗，强迫自己接受这样的折磨。

那个时候沈京墨忽然明白，在这个庄园里，没有人把他当成一个人来看待。

当天夜里，沈京墨的手脚都上了枷锁，被困在床上。望着天花板的时候，沈京墨想到了母亲。

母亲一直都知道他血型特殊，不能伤着碰着。每次出了血，她都会心疼得不行，炖很多补血的红枣汤给他喝。

如果母亲还活着，看到自己现在这副模样，怕是要心疼死了。

从那之后，每到固定的时间，都会有人来取血。

渐渐地，沈京墨大约知道，章饮溪身患重病，时常呕血，需要输血才能活下去。而章尧臣血型特殊，以至于他的子女都随了他，要想找一个血型匹配的人打着灯笼也难寻。章尧臣不舍得章修鸣遭这份罪，所以只能让沈京墨来了。

一袋一袋的血被输送出去，沈京墨从最开始的挣扎，到后来的放弃，再到本能反抗，结果都是一样的。

他每日因为贫血而昏昏沉沉，肌肉酸痛，五脏六腑时常抽疼。他甚至都不敢有太多情绪，稍微激动一点，就容易惊厥休克。

章饮溪的身体渐渐好了起来，沈京墨的身体却渐渐衰弱了下去。

五年待在同一个房间是什么感觉？

沈京墨时常觉得自己应该是疯了，就算没疯，也在疯的边缘了。那个房间里什么都没有，不取血的时候就没有人会靠近他的房间，他只能坐在床上，看着天窗。

天窗上的蜘蛛网他都能看半天，看着看着眼泪就流下来了。

沈京墨不是没有想过逃跑，他试了一次，还没出庄园的门就被人摁住了，拖回房间里打折胳膊又接回去。

他也不是没有想过自尽——曾偷偷藏了一片碎玻璃割腕，可人还没晕过去就被发现了。那阵子他天天被绑在床上，算是彻底没了尊严。

有时候，抽血抽得狠了点，身体忍不住痉挛，他都会在心里渴求，不如让自己死了吧。

可惜，未能如愿。

到了第五年的时候，抽血的次数少了。

有一天，章饮溪能面色红润地站在沈京墨面前了，她第一件事就是打了沈京墨一个耳光。

"就是因为你，我哥哥只能排行第二，而我也只能是章三小姐。要不是看你还有点用，父亲早就送你去见你那个短命娘了！"

这番话，竟然是出自一个因为自己的血才能活下来的女孩子。

沈京墨没有还口，也没有还手，他知道，若真那么做了，最后吃苦的还是自己。

章饮溪"哼"了一声："你的血，我已经不需要了，医生说我已经痊愈了。想想也恶心，我身体里竟然流淌着你的血！"

她一面说着，一面拿出手帕擦了擦自己刚刚打过沈京墨的手，然后把手帕丢在沈京墨面前。

沈京墨看了看，那方手帕的料子比自己穿的衣服料子要好得多。

沈京墨试着开了开口，发现太久不说话，嗓子真的会生锈："那我可以……走了吗？"

章尧臣说过的，章饮溪好了，自己就能走了。

"当然可以。"回答这句话的是从门外走进来的章修鸣。

五年的时间让他长得更高了，他走到沈京墨面前，伸出手，似乎想摸一摸这个可怜的东西。沈京墨下意识躲开了，章修鸣见沈京墨那副惊弓之鸟的模样，笑道："放心，很快我会亲自送你出去的。"

章修鸣没有撒谎，他真的送沈京墨出去了。

只不过，他是把沈京墨从这个牢笼挪到另一个囚牢——把沈京墨作为一个人质，代替他，送去阁帮当抵押。为了防止沈京墨逃跑，多生事端，章饮溪在他的吃食里面下了药。

沈京墨那双眼睛就是因此没了光彩的。

沈京墨第一天瞎的时候，还只是迷糊，能感知明暗，只是眼前像有一片白雾，怎么都绕不开。

沈京墨吓得六神无主，四处摸索，没走两步就会摔倒。他双手紧张地摸着四周的事物，感觉自己掉入黑夜之中，寻不到出路。

"我的眼睛……为什么看……看不见了？为什么……"

沈京墨跌倒，出丑，换来的是那群人更加肆无忌惮的耻笑。

"你们看呀，真蠢，又摔了。"

"哎，你去绊一跤看看！"

"哈哈哈，摔得真丑！"

"你说鬼爷看到这样一个蠢货，应该会气得直接一枪崩了吧？"

"鬼爷的脾气那么臭，肯定不会留着他。沈京墨瞎了，比之前那要死不活的模样有意思多了，你们说是不是呀？"

刀言剑语，每一下都扎在沈京墨的伤口上。他就像是舞台上的小丑，被人戴上面具、被迫表演、被迫逗乐，观众才不管在面具后面的他是怎么哭的。

就是因为这样，他们放松了警惕，沈京墨才找到机会逃了。

说起来也巧，沈京墨迷迷糊糊躲进一个货箱子里，又稀里糊涂地被装上船，而那艘船正好是萧阁回贺州城的船。

没有人知道沈京墨是怎么下的船，又是怎么摸爬滚打像个落魄乞丐一样滚回的贺州城。只能说上天垂怜，让沈京墨倒在了鹤鸣药堂的门口。

于沈京墨而言，这五年像皮肤上被针扎出来的针孔一样，碰或者不碰都疼得要死。

沈京墨宁愿不得好死，也不愿再回到那个恐怖的庄园里了。

说完故事的沈京墨长长吐了一口气，空气里的消毒水味已经消散干净了。

许杭握着床边栏杆的手一会儿紧一会儿松，脸色一会儿黑一会儿白。

沈京墨惨然地笑了一下："是不是觉得我倒霉了些？"

"是，以前的你是。"许杭的手压在沈京墨的手背上，"以后倒霉的，就是那些渣滓了。"

许杭换了个话题："你和那个鬼爷什么关系？他好像认识你。"

"我只是之前偶然跟他在巷子里打了个照面而已。"

许杭看了看怀表，距一个小时只剩十五分钟："他看起来不像只拿你当萍水相逢的路人。段烨霖今天没有带兵来，我不一定能带走你。"

沈京墨关切地说："你不要牵扯进来，我不想连累任何人！你没有见识过他们的可怕，若是把你害了，我会良心不安的！"

"沈老师，我会救你的。"

"我大概这辈子都逃不出来了，要真是这样，我也认命了，最多就是个死……可你好好的，你别……"

"沈老师，我这个人有仇必报，有恩必答，你不用担心我，保全你自己就是了。"许杭坚定无比地说，"最多三天，到时候他不放你走，我也会想办法带你出来的。"

说来有些惭愧，身为师长，如今反要小自己十岁的学生护着，可沈京墨却对许杭全心信任。

许杭又叮嘱了一会儿，站起来想出去，又想起一件事："我看那个鬼爷是个吃软不吃硬的。你尽管装害怕，他一时半会儿或许还拿你没办法。"

"啊？"

"他和你无冤无仇，没必要这么大费周章地害你。"

沈京墨没太懂许杭的意思，只懵懵懂懂地点了点头。

一个小时到了，许杭走出门，走廊里的萧阎和段烨霖走上前来。

段烨霖方才在外头同萧阎聊了几句，知道今天是不可能把人带走了，便主动开口对许杭说："少棠，萧少不会对沈京墨做什么过分的事，咱们先回去吧。"

许杭审视一般看了萧阎一眼，问："你凭什么让我相信你不会伤害沈老师？"大有对方回答不出个所以然来，他今日就不会罢休的气势。

萧阎垂眸看着眼前这个脾气甚大的人，嘴角绷了绷，到底还是回答了："就凭沈京墨曾经也是我的老师。"

这个回答许杭没想到，也着实被惊着了。

都说前人栽树，后人乘凉，可沈京墨竟是前生栽树，后生乘凉。虽说命途多舛，原来运气都在后头藏着呢。

先是许杭，再是萧阎，如今虽不敢说沈京墨桃李满天下，但当年的拳拳厚爱终是有所偿还。

许杭这会儿语气才略微好了一些："可沈老师怕你，不想和你待在一起。"

萧阎的目光里带着愠怒："用不着你来评判，若真的不愿意，沈京墨自己会说。"

来回几句以后，许杭大致已经摸清了萧阎的脾性，眼下已经确认过沈京墨没有危险，也不急于把人带走。

许杭又叮嘱道："沈老师的身体很虚，惊惧、晕倒都很伤身，你不要去刺激沈老师。我会每天熬好补血养气的药汤让人送来。还有，沈老师不喜欢医院，也不喜欢被关在房间里，多让沈老师晒晒太阳。"

"知道了。"萧阎记住了许杭说的每个点。

直到许杭和段烨霖走出贺州医院，萧阎才推开病房门走进去。

沈京墨又抖了一下。

每次都这样，他一出现，这人就哆嗦，难道他有那么可怕吗？

"对不起。"

"抱歉。"

两个人竟然同时开口说了相似的话。

沈京墨愣了一下，接着说："小杭说，你只是想帮我治病，对不起。"

萧阁摸了摸脖子："是我先吓到了你。"

听起来这人似乎还不错，沈京墨大着胆子问："那……那我可以走了吗？"

"走？你想去哪里？"萧阁皱紧了眉头。

"去小杭那里。"

萧阁没理会，自顾自地说："你哪里都不许去，我会安排你的去处。"

萧阁带着沈京墨出了医院，一路开车到昌隆酒店，回到了自己的房间里。

"闹了一天，你也累了，这里是换洗的衣服，水在这边，要我帮你吗？"萧阁把人带进盥洗室后，帮沈京墨放洗澡水。

沈京墨抱着那丝绸质地的衣服手足无措，满脸慌乱。在陌生的地方洗澡睡觉，沈京墨实在有点难以接受。

"我……我没什么用处的，就算拿我当人质，章尧臣也不会顾忌的，你还是让我走吧……"

听他反反复复强调要走，萧阁心里烦。

"你听着，"萧阁一字一顿，说得很慢，"我让你留下，你就留下，你对我有没有用处，是我说了算。"

沈京墨被这威胁堵住了嘴，又想起许杭说不要去触怒他，只能傻乎乎点头。

萧阁走出盥洗室，顺手带上了门，但并没有关死——沈京墨看不见，他怕里面万一出什么事，所以留了条缝隙。

一个多小时后，沈京墨才穿着睡衣从里头慢慢摸索着出来。

沈京墨在洗澡的时候想了很久，终于还是在萧阁预备熄灯的时候问他："你从前是不是认识我？"

萧阎关灯的手收了回来。

"因为，你给我的感觉……好像是认识我的，可是我不记得你是哪位……"

这也不能怪沈京墨，沈京墨被关了五年，很多人的声音都听不出来了。像许杭，长这么大了，和小时候的声音也不一样了，第一次重逢时沈京墨也没认出来。

萧阎不是不明白，但依然觉得心里不平衡。

他说："你若想起来我是谁、我叫什么，我就放你走。"

次日一早，沈京墨刚醒，许杭的药就送过来了。

萧阎出门办事，留下廖勤照看沈京墨。沈京墨一边喝着药，一边唤他："廖先生？"

"沈老师叫我廖勤就行了，我只是个打杂的。"

"可……"

"鬼爷会责怪我不懂礼数的。"

沈京墨知道他们这样的帮派规矩多，也就遂了他的意思："廖勤，你们……鬼爷叫什么名字？"

廖勤憨笑回道："鬼爷临走前吩咐过，这类问题一律不能回，要您自己想。"

沈京墨低了低头，没想到被看穿了，又问："那年岁呢？"

"不能说。"

"籍贯？"

"不能说。"

沈京墨有些挫败，真是一点头绪都没有。不过，如果那人认识自己，一定也是在贺州认识的吧。

喝完了药，用过了早膳，廖勤吩咐人收拾，又说："沈老师，您若想去哪里走走，跟我说，我安排车接送您。"

沈京墨丝毫未掩饰惊讶："我能出去？"

"您又不是在坐牢，当然能出去，"廖勤解释，"不过我得一直跟着您，也得带您回来。另外，鬼爷不准你去见那个许大夫。"

沈京墨明白了，不过这种状态已经算不错了。

"那我想去济慈院。"

今日天阴，没有雨，看起来要下不下的。

许杭拎着药箱，从黄包车上下来，站在领事馆的门口，伫立了一会儿。

这是许杭今日接的第一个病人，来人一说是去领事馆，许杭愣怔了一下，还是接了。

本来以为是惠子要同自己说什么，没想到进了茶室，看到的却是一个穿白色洋裙子的娇俏小姐。

同样是千金，顾芳菲给人的感觉是知性，惠子是性感冷艳，而眼前这个人，着装一味华丽，层层叠叠，美则美矣，难以亲近。

她正在闻香炉里散发出的袅袅香气，看到许杭进来，眼皮也没有抬一下，慵懒地说："都来了傻站着干吗，还不过来给我把脉。"

脾气倒是挺大。

许杭走上前，拿出看诊的东西。她把手往前一搁，许杭的手指头轻轻搭在她的脉搏上，然后就听见她说："你就是许杭吧？"

许杭看了她一眼。

"我哥哥最近日日跑去药堂，还喝一些闻着就恶心的药，我好奇，才请你过来给我看看。不过你也有点心气儿呀，还知道摆谱儿。"

哦，原来这个人是章饮溪。许杭一言不发，只安心诊脉。

许杭抬起手，脉象已经探出来了："章小姐身体好得很，我医术不精，看不出有什么问题。"

章饮溪一听就嗤之以鼻，把手收回来："还以为是什么了不起的大夫，什么都看不出来，要你何用？"

许杭不急不躁："我只是个普通大夫，看看小病还凑合，这里的毛病就看不出来了。"许杭指了指脑袋。

"你在骂我？"章饮溪怒目圆瞪。

"这是章小姐自己说的。"

"呵。"章饮溪双手抱胸，不可一世地看着许杭，"原来是个带刺儿的。"

她的语气听着就很侮辱人，或者说，在她的眼里，许杭如同一个玩具。不知道她的针对，是不是出于一个上位者对平民的蔑视。

"不过我劝你别玩什么欲擒故纵的把戏，我们在贺州城待不了太久，别指望待价而沽了。"章饮溪一面说着，一面用手扇着香气，闭上眼很享受地闻着。

"什么意思？"许杭虚心地问。

"哼，你开个价呗。"

许杭觉得章饮溪身上的气味腻得让人作呕，起身的动作顿了一下，脸上皮笑肉不笑："章小姐这话说得竟很有道理，一看就有传说中上海滩八大风烟胡同里一等风情女子的风范，绝不是贺州这等小地方养得出的。在下开了眼界，会记在心里的。"说罢许杭就拉开门。

章饮溪长这么大就没被人这么当面辱骂过，抓着香炉就要冲许杭的后脑丢过去："你放肆！"

那香炉是纯铜的，砸在身上必定十分痛。

许杭倒是不怕，正想拿药箱挡，还没抬手，就被人往旁边拉了一下。那个香炉失了准头，砸在门框上，里头的香灰飞出来，撒了一地。

许杭抬头一看，发现挡在自己前面的，是不知何时出现、眉头微皱的章修鸣。

此刻的他有点狼狈了，肩膀和头发上都沾了香灰粉末。

糟蹋了一身好衣服。

章饮溪的表情也僵住了，圆目瞪大，立刻站了起来，一眨不眨地看着章修鸣。

章修鸣用手掸了掸，转身严厉地看着章饮溪："小溪，你越来越过分了。"

"过分的不是我！你没听这许杭是怎么说我的……"

"我不用听也知道。"章修鸣打断章饮溪的话，"许大夫绝不会主动招惹你，一定是你主动招惹的！快给许大夫赔礼。"

章饮溪仿佛自己耳朵出了毛病一般看着章修鸣，手指头狠狠指向许杭："让我赔罪？那不可能！"

"你要是再不道歉，我就马上送你回上海，以后你也别跟我出来了。"

颇有兄长威严的一句话，这个笑面狼平日的轻松表情都收了回去，换成说一不二的严肃认真，指责妹妹的模样不容反驳。

章饮溪大约很少见章修鸣这样，撇着嘴委屈了好一会儿，脸都憋红了，才跺着脚跑走了："我不理你了！"

噼里啪啦一串声响，傲慢的大小姐动静很大地表达自己的不满，躲回房间去了。

章修鸣这才缓了缓脸色，转过身来："许大夫，我妹妹不懂事，我替她道歉，改天等我教育好她再给你登门道歉。"

他的半张脸上还沾着灰，都没来得及擦一擦，越加显得他这番话发自肺腑，十分真诚。

许杭转了转眼珠，无所谓地开口："大家千金，就得是这种性子才算正常。我也不是头一天给娇贵小姐看病，没什么。"

后来，章修鸣要送许杭回去，许杭拒绝了，章修鸣便只送到门口，吩咐司机开车把人送至鹤鸣药堂。

看着车轮滚滚而走，章修鸣一只手插兜，一只手松了松领带。

今儿真热，他拿手帕擦了擦脸，那烟灰真难清理，一抹好像晕得更开了，他不悦地啧啧两声，皱了皱眉头。

"你说你这出演得累不累呀？我看那家伙走的时候对你也没什么好脸色。"章修鸣身后，章饮溪推门走出来，摇着扇子，嘴角一勾，一点没有刚才的委屈模样。

章修鸣回头，邪肆一笑。

方才那些争吵，不过都是演出来的，他早就和章饮溪串通好了，观众只有许杭。

"以许杭那种性格，想必就是一张冷脸，好也好不到哪里去。"

章饮溪用扇子掩着嘴巴："这么麻烦做什么，直接派个人去抓就是了。"

抓？这个词太粗鲁了。

至少现在他觉得，喘气儿的许杭比不喘气的好玩一点，费一点周折又有何妨？

章饮溪和章修鸣不同，她理解不了章修鸣这种徐徐图之的心思。

若换了她，一定会火急火燎、大张旗鼓地遂了自己的心意才行，一刻也等不了。

想到许杭那桀骜不驯的眼神，她浑身上下都不舒服，又用力地扇了扇。

"小妹，"章修鸣揉了揉鼻梁，"还说我呢，你倒是有闲情逸致在家待着，难道你不知道鬼爷已经到了贺州城？"

"什么？！"章饮溪差点摔了扇子，又惊又喜，一抹红晕浮上脸颊，雀跃得像一只百灵鸟，"他在这儿？！他怎么都不同我们说一下呀？不行，不行，我得让人取我定做的衣服去！"

全世界也只有这一个人，能让这眼高于天的大小姐露出一点女儿家的娇羞。

他二人还没来得及回屋，又听汽车鸣笛声响起，原来是刚才送许杭走的车折回来了。

司机停下车，从座位上下来，手里还拿着什么东西。

从领事馆去鹤鸣药堂来得一刻钟，现在这个时间，路上人多，必然更慢。章修鸣看车里没人，皱起了眉："你怎么这么快？"

司机鞠了躬，把用油纸包好的东西放到他手里，说："许大夫到了前面市集就坚持要下车，说自己回去。这是许大夫从市集摊子上买的东西，说是特意挑选来送给您和小姐的。"

"居然还有给我的？"章饮溪的眉毛几乎要挑到天上去了，一脸不可思议。

章修鸣揣着疑惑，撕开油纸一看，里头是两个描着京剧脸谱的面具，一个白脸，一个红脸。

两张面具，两个表情，一个内敛曹操，一个狰狞关公，都像在嘲笑他。他看着看着，突然扑哧一声，笑了出来，身子也微微前后晃动，连声说："有意思！有意思！"

没看明白的章饮溪小脸皱了皱："什么意思呀……"

章修鸣拿起红脸的面具，罩在自己的脸上，凑到章饮溪面前逗她，声线像狐狸一样："看不出来吗？我唱红脸，你唱白脸，许杭这是在讽刺咱们。"

意思是说，这出演技拙劣的戏，他许杭早就看穿了。看破不说破，由着你们两个跳梁小丑演。

章饮溪最讨厌这些画得像鬼一样的面具，啪的一下把红脸面具抢过去，扔在地上踩碎，转身回了屋子，不再理会一个人沉浸其中的章修鸣。

既然不爱看演戏，那就接着游戏吧。

三日后。

日头是越来越毒了，到了正午，贺州城热得花草都弯腰了。

乔松从外头走进金燕堂的时候绊了一跤，差点摔个大跟头，回头一看，发现金燕堂门口摆了好多箱子。

他往里走，对许杭说："许大夫这是做什么，好东西放门口不怕贼偷吗？"

蝉衣端着茶上来："哪里是我们的东西，这是章家那个少爷让人送来的，说是赔罪什么的。我们当家的不收，他就放在门口，每天都来，堆得人都不好走路了。"

"这有钱人的脾气还真怪。"乔松喝了一大口茶。

许杭正在那里研究药方，突然想到了什么："对了，我前两日听说你好像快成家了？"

乔松挠了挠头发，有点不好意思："您听司令说了呀？"

"是上回那个路过小铜关门口、乞讨救父的姑娘吗？我倒是见过一面，长得很清秀，你是个有福气的。"

蝉衣揶揄乔松："哎哟，可以嘛，小伙子，帮人还帮回来一个媳妇！"

越发说得乔松脸色红红的，他支支吾吾道："她……她父亲怕是不太好了……所以才……才急着成亲的……"

许杭放下笔："你这事办得倒是急，我也没有什么好送的。那姑娘既然家境贫寒，想来也没有什么嫁妆，回老家办亲事恐怕要被人耻笑。我这门口摆着一堆大箱小箱的东西也用不上，你索性都拖走，给那姑娘撑撑门面。"

"这怎么好意思……"

"你就收着吧！"蝉衣知道许杭的心思，就替许杭说了，"你要不收，这东西就得扔了，那也是浪费。你呀，就领了这人情吧！"

这么一说，倒真是不得不收了。乔松笑着点了点头："谢许大夫了。哦，对了，您昨天说要让司令扣了贺州所有的渔船，司令虽没多问，但还是按您的意思办了，可不知是做什么。"

许杭手指敲着桌面："近来药堂里来了很多吃海鲜吃坏肚子的人，怕是送进城里的鱼出了问题，在我验出来是不是这个问题之前，就都扣了吧。"

乔松"哦"了一声，又问："那得扣多久？总不能全城的人都不吃鱼吧。"

"那就先允许几种无鳞鱼在市场上卖吧，一会儿我写个单子给你，其他的鱼暂时都别进贺州了。我记得，领事馆那边似乎有专门的渔船供给？"

"对，是有一艘会先给他们挑。"

许杭的眼神动了动："他们的，就得挑些好的过去，省得他们多话。"

"好。"乔松出门去搬那些大箱子小箱子了。

许杭想了想，翻过药方子，在背面写了几句话，然后折好，叫了蝉衣进来。

"今日你去昌隆酒店送药的时候，把这个药方子亲手交给那个鬼爷。"

蝉衣把药方子塞进袖子里，点了点头。

这盛夏真是燥热不堪，如此毒辣的天气，还有一些毒辣的人，许杭觉得得做点清热解毒的事情。

昌隆酒店。

餐桌旁，沈京墨吃了很久的午餐，到最后实在是吃不下了，才摇了摇头。

萧阎让人将盘子撤了下去。

头一次吃饭的时候，萧阎几乎摆了满汉全席，沈京墨硬着头皮吃了点，胃疼得打滚，大半夜把许杭从被窝里请出来才治好。

沈京墨被关了五年，一直有上顿没下顿，吃的都是冷饭馊菜，胃被糟蹋得不行。

许杭先前替沈京墨养了一阵子，一直都是喂一些汤汤水水的东西，就算是固食，也做得极容易消化。

萧阎现在也陪着沈京墨喝养胃粥汤，渐渐地，沈京墨也能开始吃一点软糯的糕团了。

只是饭量还是小得可怜。

"晚饭你得多喝一碗汤。"萧阎几乎是命令的语气。

沈京墨有种被逼吃饭的感觉，却说不上来这是不是一种刑罚，只能说："嗯……"

萧阎拿了一盒药膏，撩起袖子帮沈京墨上药，消掉那些淤青。

冰冰凉凉的膏体沾上皮肤，不仅不疼，还很舒服。

沈京墨不由得想：这人到底是谁呢？会是自己教过的学生吗？

不对！这样的口吻，不像一个学生对老师的态度。

那……是从前的同事？

沈京墨又摇了摇头，那些同事文文弱弱，说话轻声细语，绝不是这般凶狠模样。

见沈京墨陷入沉思，萧阎放下手，问："你在想什么？"

"在想你是谁，为什么要给我治疗，又不让我走。"

萧阎把药盒一丢："你很讨厌我吗？这么想走。"

沈京墨哪里敢说是，拨浪鼓一般摇头，紧张得语速都快了："不是，不是，我……我只是不想麻烦别人……我这两天一直在想，或许是你认错人了？咱们应该不认识吧，只是陌生人的话，你就让我走吧。"

哦，陌生人。

看着沈京墨有些害怕的解释，萧阎直接回答："你还不能走。"

"啊？为什么？难道你也想把我当血库养着，用我的血吗？"

萧阎被气得七窍生烟，直接把椅子扶手给卸了下来，房间的温度低得如数九寒天。

知道自己说错话了，沈京墨有些慌乱，后背开始冒冷汗，呼吸都有好几秒的停顿。这下糟糕了，许杭明明提醒过要小心小心再小心，但自己说话还是没经过大脑。

对方的呼吸听起来有些沉重，给人一种暴风雨将要来临之感。

于是沈京墨做了一个错误的举动，他往后躲了一下，摆出想跑的姿势。

萧阎看了沈京墨一会儿，没说话，然后走了。

门外，萧阎从口袋里拿出蝉衣送来的那张纸，看了一会儿，又塞回去，拿出烟来抽。

一口一口吞吐的烟圈，一如他此刻有些复杂的心情。

领事馆在城郊有一栋茶楼，平日只专门用于接待贵宾，因此常年都是空着的。

榻榻米上的女人躺了很久，才慢慢坐起来，推开窗户，点了根烟抽了起来。

过了一会儿，门开了，一个年轻的男人站在门口。

女人只背影对着他，眼睛盯着窗外，脸上无悲无喜："健次，回去告诉上面，破局之法是先攻贺州，他若想用研究的武器，我已经得到运用之策了。"

健次在门外站了一下，走进来，拾起地上的衣服给她披上。

"惠子，我带你走！就算大人责备，我也不管了！我不想看着你为了任务……惠子，只要你点头，我一定拼了命带你离开！"

惠子的眼神越过窗户，往外能看到远处山上法喜寺的檐角。

烟灰落在榻榻米上，惠子的眼眸动了动，甩开健次的手："我不走。"

健次的手一下子就没力了："因为他？"

惠子微微闭上了眼睛。

健次一下子把她转过来，抓着她的肩膀摇她："惠子，这不值得！你喜欢他，却只敢在这里远远地看着那座寺庙，就连他本人都毫不知情。得不到回应的感情，不如舍弃！"

"舍弃……"惠子喃喃出声，然后苦笑了一下，"你说这话，等于让我挫骨削皮，你说我做得到吗？"

"那你就得到他，不惜一切手段得到他！贺州早晚都是我们的地盘，那个时候，他还能活得下去吗？"

手里的烟陡然被掐灭，惠子慢慢把脸转过来，带着一点狠意看着健次。

"他绝不会有事，我也决不会让他有事。"

健次的拳头狠狠地砸在榻榻米上，道："他对你没有感觉！你知道吗？"

"不，会有的，"惠子缩起身子，微微一笑，"只要我慢慢来，会有的，哪怕他对我能有那么一点点感觉，我就很满足了。"

"那你就打算一直这样下去吗？"

"我怕吓着他。他已经会对我笑了……很快，很快他就会觉得，我是不一样的。"

再说下去也是枉然，健次咬了咬舌头，愤然地出去了。

他的眼睛里有火光，想要发泄什么。踏出茶楼的时候，他往山的方向看过去，带着一些愠怒。

他们这里一片狼藉，凭什么有人可以躲在山林里那么轻松惬意，不问世事？

既然自己不好过，那大家就都别好过了！

健次脸色阴沉地扬长而去。

而这场小风暴的中心——对这些一无所知的长陵，正在收拾着自己的房间。他打扫床底的时候，扫出了一方手帕；在整理书柜的时候，看到一页书角上红色的唇印；在收拾茶台的时候，发现一串被遗忘的红珊瑚手链。

长陵愣怔了一下，不知不觉间他的房间多了这么多女子的东西。

好像都是同一个人的。

她说自己叫文惠，这还是某一次她从醉意中醒来时，托着下巴，巧笑嫣然地对他说的。

晒枕头的时候，看见钩在枕头上的一缕青丝，长陵小心地将它取下，放在掌心看着。

"师父！"小沙弥从外面笑着跑进来。

长陵惊了一下，下意识把那缕头发塞进了袖子里，这才转身道："每天都毛毛躁躁，今天功课做完了？"

"嗯！"小沙弥扑进长陵的怀里，"你刚才站在这儿想什么呀？"

"没想什么。"长陵揉揉他的头，"最近……那位小姐都不来了。"

小沙弥把脑袋抬出来，有点心虚地问："黑衣服的，很漂亮的那个？"

长陵捏了捏他的脸："嗯，大概没再喝醉酒了吧，这样也好。"

小沙弥长舒一口气，他可不敢说，那个漂亮的小姐是他听了许大夫的话用对联气走的。

来来往往那么多善男信女，这还是头一次听师父惦记谁。不过那位小姐长得真是漂亮，小沙弥看了也开心，何况是长陵呢。

他咯吱咯吱笑得像只小老鼠，一味在长陵的怀里撒娇。

许杭今日休息，不用问诊，但还是早起去山里采药了，回来换衣服的时候听蝉衣低声说了一件事。

"早上有一些人拿着沈老师的照片到处问呢，都问到咱这儿了，我虽然是给打发了，可老觉得有眼睛在咱外头盯着。"

许杭用脚趾想也想得到是章家的人，能打听到这里也算不错了，只是动作太慢，人已经转走了。

蝉衣又问："当家的可有什么吩咐？"

"你如今越来越聪明了，我还没开口就被你看出来了。"许杭有些赞许地看着蝉衣。

蝉衣嘟着嘴："阿弥陀佛，就是佛前一条鲤鱼，听多了经也会念的，当家的这话说得我从前多笨似的。"

"好了，就是你最爱使小性。这几日你不用送药去了，省得被人盯上了。上回让你送的药方就够沈老师这阵子用的了，就让萧阁麻烦去吧。"

"不用找人提醒那个鬼爷看好沈老师吗？"

许杭笑了一下："刚夸你聪明，你怎么又笨了？"

蝉衣眨了眨眼睛，想了一下，恍然大悟："哦——咱这儿不去送药，又不曾说此时需要停药，就等于在告诉他们，有人盯上咱们了，让他们小心？哎呀！所以前几天当家的才让我给他送药方呀！"

许杭轻点了一下头。

这样的暗示，许杭相信萧阁一定能明白。

章家人发现沈京墨只是时间问题，许杭不能留沈京墨在金燕堂，省得成为章家的靶子而暴露自己，不利于日后行事。

蝉衣又碎碎念道："原以为那个鬼爷是个恶人，没想到竟这么好！倒是那个章家……唉，真是人不可貌相呢。沈老师和您一样，纵然以前苦，可好日子都在后头呢！"

"兴许吧。"

换好衣服的许杭拿起剪子，预备修剪窗台上的几盆花卉盆栽。

媚而无品的月季，乖张放肆的富贵竹，坚硬难裁的小叶紫檀，从哪儿下刀呢？

蝉衣左看看右看看，犯难道："当家的，这几盆都挺扎眼的，你要先修理哪盆？"

许杭的剪刀在花朵茎叶处来回比画，像一个西洋大夫准备解剖，心中有谱之后，才咔嚓一刀下去。

"最简单的最容易处理，"许杭露出一个颇有城府的眼神，"就从那金玉其外的花开始吧。"

夏天的太阳晒在地上，如烤炉一样。

许杭就是稍微起晚了一点点，就已经热得出了一身的汗。还没来得及出门，就听蝉衣说萧阁的手下，那个叫廖勤的要见自己。

"这个节骨眼儿上，你来找我，是沈老师出事了？"

廖勤有些哭笑不得："鬼爷要把沈老师送回来。"

许杭一听就皱了眉头："送回来？他在想什么？"

廖勤最近在贺州城待着，也知道许杭聪明，便不隐瞒，说："其实……唉，鬼爷和沈老师闹不愉快了。"

自那天之后，萧阁躲了沈京墨几天。沈京墨一个人待着，心里头七上八下的，这几日连济慈院也不去了。

廖勤夹在两个人中间，看着心里急，嘴上又不知道该如何转圜。

直到有个小堂主为了讨好萧阁，送了几箱上好的水果来，廖勤便给萧阁献计："沈老师前几日还念叨着想吃橘子呢。"

萧阁白了他一眼："就你话多。"然后拎着水果走了。

待在昌隆酒店里的沈京墨倒也没别的什么事可以做，每天就是吹吹口琴、发发呆。

相处了几天，沈京墨没有最初那么怕了，沈京墨也知道这人是对自己好的，虽然不明白这莫名其妙的善意来自何处。

咔嚓一声，门锁打开，萧阎走进来，沈京墨以为是廖勤，便说："我今日不大想去济慈院，不用准备车子了，你忙你的就是了。"

"为什么不想去？"

听到萧阎的声音，沈京墨的背猛地一直，脖子也僵了一下。

这人怎么来得这么突然？

萧阎走到沈京墨面前，把水果篮子放下来，又问了一遍："怎么了？"

沈京墨脱口而出："没什么……"沈京墨咳了两下开始试着转移话题，"你带了水果吗？闻着挺香的。"

萧阎拿起一个橘子放在沈京墨手里，沈京墨先放在鼻子下闻了闻，迟迟没有动手。

萧阎想起什么，又把橘子拿了回去。

"等一下。"

他几下将橘皮剥去，把完整的橘肉给看不见的沈京墨。

萧阎说："你爱吃橘子，只是现在橘子的品相还不是最好的，再过一个月就会有甜橘上市了。"

"你……"沈京墨忐忑不安地开口，"你怎么知道我爱吃橘子？"

屋里彻底安静了下来。

萧阎嚼橘子的动作也停住了。

好多年前，一个学生翻墙去摘树上的橘子，捧过来给自己吃，沈京墨盛情难却，不小心将这事吐露了出来。

那个学生，他记得是叫……

"萧……阎？"沈京墨说出这两个字，长长地吸了一口气。

沈京墨看不到对面人的脸色，无法判断对错，可是对方沉默越久，答案似乎也就越明显。

"你是萧阎吗？还是……还是你认识萧阎？"

萧阎嘴巴张了张，一时竟然组织不好语言去表述，不过最后他还是给了沈京墨答案，称呼道："老师。"

真的是他！

沈京墨的灵魂几乎震了一下，手里的橘子掉到了地上，滚了好几圈，沾满了灰尘，可怜兮兮地躲在角落。

萧阎自嘲地笑笑："我以为老师早忘了我，毕竟你的学生那么多，我也不算什么。"

沈京墨低下头："我……我记得你。"

萧阎，萧阎。

沈京墨记得这个孩子倔强、有骨气，有着一股野性，一直都很桀骜。

第一个想起来的场景，就是萧阎同别人打完架，肩膀淌着血，眉头都没有皱一下的模样。

多么可怕的孩子。可他那个时候却也心疼这个孩子，经常把他带回家，做饭给他吃，给他包扎。

这个孩子好像一直就是我行我素的态度，有时候就连沈京墨也奈何不了。当年，沈京墨发烧还坚持带病上课的时候，萧阎就会拽着沈京墨去休息。哪怕沈京墨摆出老师的威严命令他，他也一步都不退让。

多年过去，他的脾气只增不减。

现在的沈京墨内心如在经历一场暴风雨，好不容易收拾出来的安定，一下子被打得七零八落。

萧阎看到沈京墨的表情剧变，问道："知道了我是谁，你想说什么？"

沈京墨暗暗咬了咬舌头："你说过的，我猜出来，就让我走。"

……

廖勤将此事说完，许杭心里就有数了。

"许大夫，沈老师听您的话，您帮着劝劝吧。"

"劝什么？我觉得沈老师没做错。"

廖勤叹气："鬼爷的脾气就是倔，沈老师……"

许杭轻笑一下："他脾气倔，所以咱们都得让着他，沈老师脾气好，所以活该受着，凭什么？"

廖勤被噎了一口。

呛的反正是萧阎，不关廖勤的事，许杭也不为难他，便说："行了，他既然要送，那就送回来吧。"

"您不管了？"廖勤试探着问。

许杭摇了摇头："你家主子什么德行你不知道吗？说是没用的，得让他自己看看把人送回我这儿会有什么后果，他才会知道自己错没错。"

想想也是，真要是回去劝，鬼爷一定会把人轰出来。

这时，许杭又说："对了，后日是段烨霖的生辰，我打算给他办个宴会，就在金燕堂里头，你回去给萧阎带个话，就当是我的请帖了。"

廖勤点点头，然后补了一句："段司令这宴会办得倒是急。"

可不是嘛，哪有只剩两天了才着急请客人的？

只是廖勤不知道，并不是办得急，而是因为这事是许杭说话的这会儿工夫才决定下来的。

就连在小铜关工作的段烨霖，也只是冷不丁打了个喷嚏，浑然不知呢。

就在许杭送走廖勤以后，写着同样内容的请帖也往领事馆送了一份。

正在梳妆的章饮溪听到这个消息，把手里的茉莉粉一丢："我才不去呢！"

章修鸣却显得很有兴趣："哦？鬼爷也去，你难道不去？"

"真的吗？！"章饮溪顿时兴奋起来，她数次相约，萧阎连面都未露，这次终于有机会见到他了，"我请他他都不肯，那个什么司令的破生日宴他肯去？"

"你这话在我面前说说就罢了，段烨霖可是司令，你不能太嚣张了，这里是贺州，不是上海。"

章饮溪一点也没听进去，只顾着在那里挑选衣服。

最后知道有这个宴会的，是段烨霖本人。当他亲耳听到许杭这么说的时候，张大嘴老半天没有反应过来。

更何况，许杭竟要把宴会设在金燕堂。

"少棠，你没发烧吧？"段烨霖用手背去探许杭的额头，被许杭挥开了，"你不是一向讨厌别人来金燕堂的吗？"

许杭反问："你不乐意？"

段烨霖马上说："当然不是，我只是太过意外。"

"最近总有人在金燕堂外打主意，与其让他们在外头像苍蝇一样惹得人头疼，不如大大方方让他们进来一探究竟。"

段烨霖知道他说的是章家的人，一想到章修鸣，他就脸色一黑："你请他了？"

"什么叫我请他？名义上，可是你段司令请的他。"

段烨霖笑着说："好吧，你既有心办，那就好好热闹热闹。"

任何宴会都是大型的社交场合。

说起来虽然许杭没办过什么宴，但是金燕堂原本格局就很不错，雇了些人来装点，又预定了昌隆酒店的酒席，宾客也只是来凑个热闹，并不会太过苛求。

不知道是不是因为太久没办生日宴，段烨霖的腰杆儿挺得特别直，别人来敬酒都喝得特别畅快。

另一边的萧阎就闷头喝得特别不快，他一杯接着一杯，眼睛在宴会上扫来扫去，都没看到熟悉的身影，然后就更郁闷了。

许杭远远看到萧阎的神情，附在蝉衣耳边吩咐了几句。

正这个时候，章家兄妹也进了金燕堂。

把送给段烨霖的礼物放下，章修鸣直奔许杭而去。

"许大夫，"章修鸣拿着酒杯跟许杭碰杯，"好久不见。"

"很久吗？昨天你不是还来药堂里买了药吗？"许杭拆他的台。

章修鸣恍然道："大概是一日不见如隔三秋。"

许杭连笑容也懒得给一个，章修鸣也不介意，把杯子里的酒喝完，放下空杯子，问许杭："许大夫是不是讨厌我？总觉得你对我有一些敌意。"

"章先生是侯门显贵，我对你只有敬畏，不敢有敌意。"

"这便是生疏了。许大夫，如果你肯放下成见，或许会发现我也是值得深交的。"

许杭生硬道："我就是这么不近人情的性格，满贺州城都知道，章先生不用热脸贴我的冷鞋底，委屈了自己，也膈应了别人。"

说完，许杭就借口去厨房看看点心做好了没有，转身离开，一个眼神都不舍得多给章修鸣。

被晾在原地的章修鸣暗暗捏紧了手，牙关咬得紧紧的，额头青筋暴出，太阳穴一突一突的。

这世上怎么会有这么软硬不吃、不识时务的家伙？他什么招数都用了，竟一点成效都不见。他章家二公子的名头一摆出来，多少人弯腰弓背、客客气气的，他一个小小大夫，凭什么这么心高气傲，不把他放在眼里？！

章修鸣已经快到愤怒的边缘。

"咔嚓"一声，宴会的一个角落发出一阵摔杯砸碗的声响，瞬间就吸引了所有宾客的目光。

大家应声望去，便看见靠近园林的门槛处，章饮溪盛气凌人地站在一个半跪在地上的人面前。那人捂着额头，额上微微渗出鲜血。

章修鸣的第一反应就是章饮溪又惹祸了，而当他看清那个人的脸时，他就明白章饮溪为什么这么生气了。

那是他们花了很大力气都没找到的沈京墨。

先前派出去的人说，最后查到的线索是金燕堂，他还以为是弄错了，没想到人真的在这里藏着。

章饮溪张嘴就是犀利的话语："你倒是很能躲，瞎了眼还这么能折腾。"

沈京墨抖得如筛糠一般。

原来沈京墨听蝉衣说段烨霖今日过生日，便想着受过他一些恩惠，需要当面恭贺才行，谁知刚入园子就撞上了章饮溪。

好死不死，沈京墨端着酒杯还弄污了章饮溪的裙摆。

章饮溪甚至没看清人就甩了他一巴掌，看清了以后更是直接拿酒杯砸了他的头。

在听到章饮溪声音的瞬间，沈京墨宛如坠入十八层地狱般，腿软得都站不直。

在酒杯砸在额头的瞬间，沈京墨的心也像一件瓷瓶被狠狠地砸碎在地上。温热的液体顺着眉眼流下，虽出血不多，可糊在脸上，也显得严重。

二人站得远，大家只知道他们似乎是在争吵什么，却不知是什么内容，渐渐被吸引过去。

一看宾客靠近，章饮溪立刻收敛了一下表情。这里不是外头，她不能大肆把人绑走，那样就说不清楚了。

眼珠一转，计上心来，她以身子为遮挡，往沈京墨口袋里塞了个什么东西，却假装安抚一般拍拍沈京墨的胸口，然后用一种不轻不重，但是大家都能听到的音量说："你别害怕，我知道你不是故意的，不会和你计较的。"

章修鸣知道自己妹妹是个什么样的性格，便顺势装模作样地问道："小妹，怎么了？"

众人伸长脖子。

地上半跪着的人脸色惨白，一副做了错事的模样，连头也不敢抬，眼睛无神空洞，是有几分可怜。

可若是被章饮溪欺负，那就没人敢多嘴了。

章饮溪故意拿手遮住自己的手腕，略有些此地无银三百两的意思，说："没……没什么，就是不小心撞着人了。"

章修鸣看懂了她的意思："咦……父亲送你的那块宝石手表怎么不见了？丢在哪里了？"

章修鸣的声音有点大，就是要让大家都听得清楚，让众人的眼睛跟着他的话往章饮溪那边看。

"方才我在园子里逛，跟这个人撞了个正着，然后发现手表不见了。我正想问他有没有看见，不知怎么，这人似乎胆子小得很，一直发抖，还摔了一跤。"

她这番话，就等于在给沈京墨扣上嫌疑。果然，在场之人看沈京墨的眼神都带了一点鄙夷，再加上沈京墨穿着布衣，更以为他是什么手脚不干净的人，都奇怪这样的人是怎么来的段司令的宴会。

"我没……没……"沈京墨试图解释，但因深入骨髓的害怕，发出的声音比蚊蝇好不到哪里去。

"哦，原来是这样，那也是小事，问清楚不就行了。"章修鸣故作绅士地弯腰，问沈京墨："那你可有看到我小妹的手表？"

"哥哥，这人眼睛不好，你怎么好这样问人家呢？"章饮溪娇嗔道。

大家心里纷纷"哦"了一声，原来是个瞎子，难怪这么不长眼惹到章家人。

沈京墨拼命地摇头。章修鸣的声音让沈京墨后背发凉，下意识往后躲。

章饮溪假意伸手去扶，却暗中伸腿去绊，于是沈京墨又一跌，胸前口袋里的东西就掉了出来。

这会儿沈京墨正是众矢之的，大家的眼睛都乌溜溜地看着他，而掉出来的东西在阳光下闪闪发光，正是宝石的光泽！

这么精致昂贵的手表，怎么看都不像是沈京墨所用的。

看来这章小姐没有冤枉人，果然是遇到贼了。

众人方才对沈京墨的一点同情，立刻就变成了厌恶。

"咦——"章饮溪拉长语调。

章修鸣跟着附和："这块掉出来的手表是你的吗？"

沈京墨大约也明白发生什么了，伸出手在地上一摸，摸到一个坚硬的东西，上头似乎有些繁复的花纹。

沈京墨慌得直说："这不是我……"

章修鸣不给沈京墨说完话的机会，咄咄逼人："既然不是你的，那为何我小妹的手表会从你的口袋里掉出来呢？"

沈京墨张大嘴愣在原地。

宾客们大多都认定了沈京墨就是个贼，说话也不客气起来了："哎呀，这些没见过世面的人啊，真是手脚不干净！"

"看着斯斯文文的，没想到也干这样龌龊的勾当。"

"如今人赃并获还想抵赖，真是没廉耻心。"

"这种人就该关起来！"

每一句都像是鞭打，打得沈京墨脸上火辣辣的，他想解释却不知道从哪里开始说，仿佛被丢弃在荒岛，四面惊涛骇浪，连一叶孤舟都没有。

"我不知道……"沈京墨苍白的解释毫无可信度，反而引得众人嗤之以鼻。

章饮溪要的就是这个效果，嘴角凉凉一笑，装作善良地说道："罢了，罢了，东西找到了就好，或许有什么误会呢？哥哥，不如我们先将人带回我们的住处吧，给人包扎包扎，再慢慢问。今天是段司令生日，不要闹大了。"

多么识大体的一番话，人人都觉得这章小姐虽然娇气，但内里还是很善良的。

可只有沈京墨知道，他们这是要把自己抓回去，一旦跟他们走，又会是暗无天日的折磨。

会死的。

不，是比死还不如。

"我不跟你走……这不是……不是我拿的……"沈京墨连自己额头上伤口的疼痛都觉察不到，连连后退，想逃离这里。

可是沈京墨被众人围在中间，四面又都是指责声和嘲笑声，竟连一处生门也没有。

谁来救救自己？蝉衣呢？小杭呢？

章饮溪想彻底封死沈京墨的后路，尽早把人带走，免得闹大了让段烨霖插手就麻烦了，便诘问道："你不跟我走，又不肯承认是你拿的，那好歹给大家说说，这块手表究竟是从哪儿来的吧？"然后给远处自家的下人使了个眼色。

两个下人一左一右上来拿人。

"我……我……"这要让沈京墨从哪里说起，沈京墨从不知道这块手表，怎么会知道它如何长了腿跑到自己的口袋里。

眼看沈京墨已经是笼中之鸟，被剪了翅膀，四处乱撞也是徒劳无功，章家兄妹对视一眼，嘴角略带笑意。

众人这热闹已经看得有些乏味了，正打算散去，却听到一个压着怒气的声音自人群后面传来："我送的，跟你有什么关系？"

大家一愣，全部回头，只见萧阎身着立领风衣，负手而立，神情严厉，眼神愠怒，轻轻一抬眼，便让人压力颇大。

他金口一开，形势急转。

鬼爷一出来，所有人都如墙头草一样转了方向。

方才鬼爷说了句什么来着？

他送的？那倒不得不信了。

萧阎狠狠瞪了一眼架着沈京墨的两个人，眼神里的恶毒几乎把他们的骨头都打折了，他一字一顿地说："我给的，有意见吗？"

谁敢？

那两人不自觉就松了手。沈京墨摔在了地上。

萧阎的怒气顿时到了一个临界点，他出声道："廖勤。"

廖勤微微点了一下头，从萧阎身后站出来，打了个响指，然后噌噌噌从园子里各个角落跑出来很多黑衣人，一下子就把那两个人摁在地上，手臂反向一折，膝盖狠狠一踢！

那两人疼得刚想叫唤，廖勤眼明手快地抓了一把土塞进他们嘴里，顿时就没有声音了。

"呜——"

宾客们都吓傻了，纷纷退了两三步。

给足了教训，廖勤指使人把那两个家伙拖下去，随即对章修鸣客客气气地说："章先生，您的手下有些不长眼，得罪了不该得罪的人，鬼爷替您教训一下，您不会介意吧？"

打也打了，还问介不介意，这不是活活来膈应人的吗？

章饮溪尴尬至极，而章修鸣挤出一点笑意："不介意……"

他们二人想破脑袋也想不到，萧阎居然会给沈京墨出头。

萧阎拿出手帕，捂住沈京墨的伤口，扶着人起来。

当听到萧阎声音的那一瞬间，沈京墨就像跌落谷底的人找到了向上爬的藤蔓，一把抓住，牢牢不放。

萧阎随即当着章饮溪的面把手表捡起来，在沈京墨手腕上比画着，用轻缓的语气说："果然给你不是很合适，又俗又土，难怪你不喜欢，不肯戴。明天我就给你换一块，以后你不喜欢的，扔了就行了，没必要放口袋里。"

又像是想起什么，他把手表递到章饮溪面前："既然章小姐丢的表跟这块长得差不多，那不如就送给你吧，省得浪费了。"

有人惊掉了下巴，这哪里是送礼，更像是打赏，还是拿自己不喜欢的打赏给别人。

分明是羞辱。

这块手表如烫手山芋，章饮溪若是接了，岂不是承认自己眼光又俗又土？

以往只听过鬼爷此人十分护短，今日算是开了眼界。

方才对沈京墨出言不逊的几个人已经偷偷溜了，生怕被牵连。

章饮溪狠狠剜了沈京墨一眼，对萧阎却笑得很甜："阎大哥，都是误会，我怎么好白要你的东西呢？是我一时紧张，所以才闹了笑话，没有吓着你的手下吧？"

萧阎摇了摇那块手表，重复了一遍："你不要？"

章饮溪可喜欢那块表了，此刻也只能佯装大方得体的样子轻轻摇头。

然后那块表就被萧阎狠狠砸在了地上，后脚跟一蹍，零件都蹦了出来！

所有人的脸都皱了一下，有些是替他心疼钱，有些是畏惧萧阎的脾气。

"既然没人喜欢，它又让我这边的人受了委屈，那就没有留着的必要了。章少爷，你说是不是？"萧阎的鹰眼瞄着章修鸣，话里的威胁分明。

章修鸣讪讪一笑："是，是……"他们今日是赔了夫人又折兵，倒霉到家了。

"至于章小姐的衣服，迟些时候我会找人把钱送过去的。"

"不用，不用！"章修鸣给章饮溪使了个眼色，"一件衣服不值钱，哪抵得过鬼爷的人伤了？要赔罪也是我们赔罪。"

萧阎摸着下巴，假装认真思考了一下，然后把沈京墨拉到自己面前，对章饮溪说："说得也对，那你就道歉吧。"

章修鸣蒙了。

章饮溪也蒙了。

宾客们统统蒙了。

这鬼爷果然名不虚传，一点面子也不给，根本不知道什么叫顺着台阶往下走，而是逮着机会就不依不饶。

看到章饮溪脸色从白到黑，从黑到红，萧阎继续添油加醋："怎么？难道你们方才说的不过是哄我的？呵，我这人心眼子小得很，最恨被人欺骗了。"

章修鸣有些紧张地看着章饮溪，要他这个宝贝妹妹去给沈京墨道歉，那不如杀了她好了。

章饮溪手里精致的刺绣小包都被她捏得脱线了，被喜欢的人这么羞辱，她的眼眶里全是将出未出的泪水。

"算……算了。"最后还是沈京墨先让步了，他拉了拉萧阁的衣袖，实在不想再在人前出丑了。

"好吧，这次是误会就算了，"萧阁一副给沈京墨撑腰的口气，"下次再有不长眼的，我可没那么好脾气了。"

众人暗暗吞了一下口水，还下次？

今日的事情一出，以后见到这个沈京墨，只怕都得绕路走了。

直到园子里的事情都解决得差不多了，在厅堂里看了很久戏的段烨霖和蝉衣才彼此对视了一眼。

蝉衣说："该我出去扶沈老师回房了。刚才真把我吓着了，要不是当家的吩咐过只准看着不准帮忙，我定是忍不住的。"

段烨霖撑着下巴，笑了一下："还以为真是帮我庆生，结果是利用我。唉……"

蝉衣小碎步跑去了沈京墨身边，带沈京墨下去包扎了。

段烨霖也已经喝得尽兴了，趁着众人不注意，往绮园去了。

乔松一看就喊道："哎哟，司令，您今儿是寿星，又要去哪儿？"

段烨霖大步流星："讨礼物去！"

绮园的亭子内，许杭正闲情逸致地拿着小半块糕点捏碎了喂鱼，抬头看见段烨霖走来，便把手中的糕点都扔进了池塘。

段烨霖笑着走上台阶："你安排了这么大一出戏，自己却不去看看？"

"有什么好看的，又不会有什么意外。"许杭兴致索然。

段烨霖笑了一下："也亏得你愿意让沈京墨吃苦头，舍不得孩子套不着狼。"

池塘里的鱼正在激烈地抢东西吃，许杭看着躲在一旁的小鱼，道："毕竟，我不可能护着沈老师一辈子，总得替沈老师找一个好去处。"

更重要的是，这招能够有效地刺激到章家人。

章饮溪越不放过沈京墨，萧阁就越是会对他们下手。

鹬蚌相争，才是真正的好戏。

绮园之外，有一人正向此处走来。

沈京墨的事情结束了以后，章修鸣和章饮溪觉得失了面子，便也意兴阑珊，好在请来唱戏的锣鼓已经敲响了。

金燕堂的丫鬟带客人们去不同的位置看戏，章家兄妹身份尊贵，位置自然好一些，得绕过一小段泉上的汀步。

谁知蝉衣刚扶着章饮溪跨过一个小汀步，那石头却松动了，一下便倒了。

至少跨过去是不能了。

蝉衣哎哟一声，对章修鸣福身："章少爷，实在是失礼了，劳烦您绕一绕，从绮园那边过来，我在戏楼下等您？"

章修鸣自然也不介意，转身就走了。

金燕堂处处都有格局，章修鸣不爱听戏，走得也很慢，四处看看，只当散心。

走到绮园外头，门尚未关紧，他往前迈一步，听见里头的交谈声，凑上去看了一眼。

是许杭和段烨霖。

章修鸣突然就迈不动步了，因为许杭对自己从来都是冷言冷语，可现在他分明在许杭的唇边看到若有似无的笑意，像一树迎风摇曳的海棠。

章修鸣先是震惊，再是不甘，最后是愤怒，他深深吸了一口气，脸色阴沉地离开了。

在他身后，许杭的目光凉凉地看了过来。

那目光，像一把匕首，扎在章修鸣的后背上。

许杭嘴角微微带着讽刺，露出了轻蔑的笑意。

第二天，萧阁便来到了金燕堂。

许杭似笑非笑地看着他："着急了？"

萧阎单脚踩在凳子上，胳膊肘撑着："你要的不就是这个效果？我来找你，也在你算计之中吧？沈老师现在很危险，他得跟我走！"

许杭多看了萧阎两眼，这个人年少时就在上海滩打拼，能到今天这样的地位，也不全然是靠拳头的，挺聪明。

"我现在不能把人给你。"

"为什么？"

"因为没有意义。"许杭示意萧阎坐下说话，"这事只有沈老师主动低头，才算圆满。"

萧阎脸上有些颓然："沈京墨不会的。"

许杭推了一杯龙井桂花茶到他面前，微微一笑："这世上有些事，是鬼爷做不到，但是我能做到的。"

萧阎此刻才明白许杭布这个局的意义何在，原来是有备而来。他的目光开始转为审视："你？"

"若是你信得过我，不出五日，我一定让沈老师主动去找你。"

萧阎坐直了身体："你的条件是什么？"

终于说到重点了，许杭端坐，认认真真地说："我的条件是鬼爷的一个人情。若是日后我有需要鬼爷倾尽全力帮助的地方，你必须帮我，绝不推脱。"

两双眼睛对视，视线交汇，此时无声胜有声。

能让阎帮倾尽全力帮助的事情，必然会掀起满城风雨。

萧阎盯着茶碗里浮浮沉沉的桂花，思索了一会儿，这个要价实在是大……

见萧阎犹豫，许杭对症下药道："放心，我要鬼爷做的事，一不害良民百姓，二不害国家之安。"

如此，那就没有什么不能答应的了。萧阎死死盯着许杭，郑重地说了两个字："可以。"

许杭为保险起见，强调了一遍："鬼爷可听清了，我说的是无论何时何地何事，你都要帮我，或许有性命之危。"

萧阎一言既出，驷马难追："可以。"

许杭端起茶碗，以茶代酒，淡淡一笑："那么今日之约就此达成，请鬼爷静候佳音。"

小铜关里，乔松将一些人事变动的公务放在段烨霖的案头。

段烨霖翻看的时候，见到了袁野的档案，有些惦记起来。

袁野还在时，做事很得力，不骄不躁，现在很难再找到这么好的助理了。

乔松见段烨霖盯着袁野留下的东西思考，就说："袁大少爷也不知道过得好不好，改日我让人往国外发封信？"

段烨霖点点头："他倒也罢了，顾芳菲怎么样了，许久没听到她的消息了。"

乔松叹了口气："顾小姐的家人一直在逼她相亲，顾小姐怕了，独自一人去了上海，在那儿开了新的公司。"

"往上海那边派点人，若出了什么事可以照看一下，别让袁野回来以后心疼。"其实主要是因为许杭惦记，虽然他嘴上不说。

袁野留下的东西大多是以前查案的笔记，都是旧案了，没什么大价值。段烨霖翻了翻，看到袁森的案子，顿了一下。

他皱了皱眉，翻了翻那两页前后，总觉得哪里不对。

"乔松，"他把自己的疑虑与乔松共享，"袁森那个案子，后来说凶手在巷子里凭空消失，是因为钻进了地下防空洞，从另一个口出来了，对吗？"

乔松回忆了一下："是这么说的。怎么了，司令？"

段烨霖指了指笔记："我突然想起来，那个时候地下防空洞都还没有建好。因为这些图纸都是我让少棠描画的，少棠只画了一半，所以也只建了一半。当时给我的报告是说，防空洞里积尘很厚，脚印只有一串，我很好奇，如果凶手只是临时起意钻进去的，怎会那么熟悉防空洞的布局？"

那些防空洞都是战时所需，就连修建的人都是从很远的外地请来的。第一期工程的工人都登记了名册，清点完就送了回去，再请新的一批来。

乔松细想这其中的不对劲："司令是觉得……咱们身边的人有问题？"

那支金钗，离我们很近，或者离司令你要近得多，只是司令看不穿罢了——这是袁野曾经对段烨霖说的一番话，此时此刻却突然蹦了出来。

最近事情太多，以至于他忘了这城里还藏着一个金钗杀手呢。

"乔松，你去查查看，把所有经手的人的名单调一份来看看。"段烨霖说着，把笔记合上，放到一边。

就在这时，门后传来声响，段烨霖眉头一皱，厉声喝道："谁在外面？！"

乔松三步并作两步冲过去，把门一开，惊讶道："蝉衣？"

蝉衣被乔松吓了一跳，拍着胸口顺了顺气，然后才端着盒子走进去："哎呀，我来得不巧，见二位在谈话呢，就没敢进来。司令，这是当家的让我送来的东西。"

段烨霖看见是蝉衣，才松了眉头："什么东西？"

"当家的说，您昨日补酒喝得太多了，还吹了很久的风，现在看着没事，指不定底子有些伤着了，所以让我送点药过来。"

蝉衣打开食盒，是一碗熬好的汤药，旁边还有一小碟酥糖。

段烨霖一看就明白，药是许杭备下的，糖一定是蝉衣的心思。他端起汤药，摇了摇："蝉衣呀，你这丫头，许杭是从哪儿把你找来的？人小小的，心是真的细。可惜乔松成亲早，不然我肯定不会放你便宜了别人。"

"哼！"蝉衣努了努嘴，"我偏不嫁人！"

乔松也被逗笑了："我记得，蝉衣好像是许大夫奶妈的孩子，也是从前金甲堂唯一留下的老人了。欸，老人家身子还好吗？"

"唉，已经迷糊了，堪堪只记得我，记得当家的，其他都无所知了。"

段烨霖端起汤药一饮而尽，品着酥糖的时候才觉出味儿来，问道："少棠怎么突然想到给我送药，莫不是他自己病着了？"

蝉衣耸耸肩膀，显得很无奈的模样。

段烨霖有些哑然，看来得去看看了。

领事馆，章饮溪的房间内，所有能砸碎的东西都砸碎了。

章饮溪狠狠撕扯着自己所有美丽的裙子，一阵阵裂帛声传来，听得人觉得怪可惜的。

章修鸣走进去，拦住了她扬起的剪刀："小妹，这样做有什么用？平白累了自己。"

"他看都不看我！还羞辱我！我准备这些裙子又能给谁看！"章饮溪哭得梨花带雨。

恨意是盏鹤顶红，毒了别人，也毒了自己。

惠子手上夹着一支烟，袅娜地从外头走来，靠在门框上，吐了一口烟圈："妹妹呀，男人的心都是要女人用柔情去算计的，你这样歇斯底里，没人看得见不说，还平白让人钻了空子。"

一看见惠子，章饮溪马上站了起来，冲到惠子面前："姐姐，你教教我，好不好？那么多男人喜欢你，你一定是有本事的。"

惠子掏出手帕，给章饮溪擦眼泪："既然你要我教你，那我给你上的第一课，就是永远不要让自己狼狈。男人也好，女人也罢，只有美好的东西才会让人心动，即便不心动，也会生出尊重。"

"可是我……"章饮溪还想说点什么，结果一下子头重脚轻，有些站不稳，有晕倒之相。

"小妹！"章修鸣几步上前，一把扶住她，紧张地说，"小妹，你身子一直不好，虽然从前的顽疾治愈了，可医生说还是有概率复发的，你不要太激动了。"

章饮溪扶着自己的额头："没事，我就是有点累。"

惠子看章饮溪这样，心里其实也有些同等的伤感。

爱而不得最是苦，不知道在长陵的眼里，自己是不是也是这样的呢？

惠子摇了摇头，吩咐下人把章饮溪带回房间，给她洗脸整理，自己却留下来同章修鸣说话。

章修鸣虽然比章饮溪沉得住气，可自从宴会回来后，整个人就被阴郁笼罩。

惠子把烟抖了抖："章先生，我们的计划可以开始商量了吧。"

"不用商量了，直接说你的计划吧。告诉我，需要我们做什么。"章修鸣的下巴绷紧，"我只有一个要求，越快动手越好，最好是杀了他！"

"段烨霖久踞贺州，我需要参谋长将他调离贺州一段时间，不然不方便行事。"

章修鸣笑了一下，抓起一旁的外套罩在自己身上，一颗一颗扣上纽扣，说："容易。"

又到月圆，又到深夜。

法喜寺内，许久未来的惠子坐在了长陵的对面，将一张船票放到了他的面前。

见是一张船票，长陵十分不解："这是什么意思？"

"跟我走吧，长陵。"惠子诚恳无比地说，"你跟我走，贺州已经不安全了，你也会不安全的。"

相识这么久，长陵大概猜到了惠子在为谁做事。他把船票推了回去，说："谢谢，我不会走。"

"为什么？你……你是担心寺庙里的其他人？我可以把他们都带走的！"

"我从小在寺庙长大，虽未入佛，却与住持有个约定，我答应他有我在一日，便护法喜寺一日。"长陵抱歉道，"你的好意，我心领了。但我生在这儿，死在这儿，从生到死都只愿意在这儿。"

"可我不愿意！"惠子站了起来，有些焦急的模样，"长陵，你这么年轻，为何要白白送死呢？你若死了，我……"

话到这里，后面已经有些不敢说下去了。惠子死死咽了下去，眼眶有点发红。

长陵见她那样，十分不忍心，可是掏手帕的手停在那里，半天都没能伸出来。

良久，他才说："文惠，生死有命，我很感激你将我的生死放在考虑之中，只是我要报未尽之恩，我是不会走的。"

惠子愣愣地站在那里，一双眼睛柔柔看着长陵。长陵被她这样的眼神看得灵台如蒙迷雾："怎么了？"

"这是你……第一次叫我的名字。"

叫得那么自然，就连长陵也没反应过来。

惠子的心像一杯倒满的水，原本是端平的，现在全部打翻了。

二人相顾无言，长陵转过身去，然后背后就是一热。

长陵僵直了背，不敢呼吸。

"长陵……我很高兴，真的很高兴。可是我也很难过，即便你要讨厌我，我也忍不住了。和你相遇，足够我铭记一生了，我本来想封存的，可是我……"她从后面紧紧地抱着长陵，声音里夹杂着哭腔，"我爱你，我爱你……长陵，你与我一起走吧。"

长陵本来是想推开她的，可是那凄凄切切的声音传进耳朵，他的拒绝就说不出口了。

惠子走到长陵的面前，手搭在他的臂膀上，像溺水之人抓住浮木一般，渴求地着看他："你看着我，其实你并不讨厌我，对吗？我能感觉得到的。还是说，你是因为我的身份而拒绝我？"

两滴清泪顺着她的脸颊滑落。

长陵的眉心动了一下。

他叹了口气，语气坚定道："不管是何种原因，此生我不会离开贺州，更不会离开法喜寺。惠子小姐，养育之恩，我不得不报，还请小姐您莫再为难我了。"

听见长陵这么说，惠子失魂落魄地后退两步，眼泪倏然滚落。她捂住嘴，再难忍受，转身从寺庙里跑了出去。

长陵痛苦地闭上眼，背过了身。

寺庙外，健次看着远走的惠子，砸了树干一拳。

他狠狠啐了一口。

第三章 沐硝烟

七月半，章家兄妹离开了贺州城。听说本来没这么早，但是章饮溪的病突然恶化，连日晕了几次，必须送回上海看看。

　　段烨霖装模作样派人去饯别了一下，心里想的是终于能送走这几个大麻烦了。

　　许杭知道以后，也收拾了一个箱子，托人送上了船，说是寄给在上海的顾芳菲。

　　"就这么走了，我倒觉得奇怪。"段烨霖看着在码头搬运行李的工人，心里隐隐有些不安。

　　甲板上，靠着栏杆的章修鸣远远看着段烨霖笑，将帽子拿起来挥了挥，那笑容却让人不寒而栗。

　　药堂里，许杭正教导新来的药徒，他指着给一个肺痨病人开的药方，特意嘱咐说："痨病病人，饮食最是要注意，无鳞鱼切切不可以食用，否则极容易导致旧疾复发。稍后我会写个单子给你，你要记熟了。"

　　"记着了，记着了，"药徒一面记笔记，一面捣蒜般点头，"不过也就是提醒那些有钱人，穷人家哪有钱买得起鱼吃哟！"

　　"小心些总是好的。"

　　药徒被许杭这话勾起了食欲："说起来，今天禁鱼令才撤了，我都好久没吃鱼了，想想就流口水。"

　　许杭看了他一眼，不着痕迹地走开了。

　　穷人在禁鱼期是吃不起昂贵的鱼的，更不用说那些精挑细选过的无鳞鱼。唯有那些朱门大户才会酒肉不断，才会因富贵生病。

　　听话的病人从来都是能得上天眷顾的，只有像章饮溪那样的病人，才会做梦都想不到，自己每日在领事馆的吃食，都是一盘盘催病的符咒。

即便知道不能吃无鳞鱼，可大小姐五谷不分、四体不勤，根本就不会注意。何况她身在领事馆，不是在上海滩自己的宅院里，没有专门照顾她饮食的下人。

这一次，他倒想知道，章家还能从哪里再找到下一个沈京墨。

忙到日头当空，土狗都蹲在台阶上懒洋洋地伸舌头大喘气时，许杭才有空歇下来喝口茶。

茶还没咽下去呢，外头就闯进来一个小家伙，大喊着："救命呀，救命呀！快救人哪！"

那小家伙衣着褴褛，似乎是个家境贫寒的孩子。他神色焦急，一跑进来，就冲到许杭面前跪下来："许大夫，我阿娘病了，你行行好，跟我去救救她，好不好？"说完就拼命地磕头，大有许杭不答应，他就磕死在这里的意思。

胡大夫忙上前去扶那小儿，和蔼地说："你别急，起来说话，好不好？"

那小儿不肯起来，倔强地跪着。

许杭打量了他一会儿，问道："你阿娘呢？"

"在家里，我家在上九路边上的破庵里。"

许杭点了点头，将柜子里一小包针灸工具放进袖子里，拎着药箱起身道："那你就带路吧。"

小家伙喜上眉梢，忙在前头带路，引许杭出门，一路往上九路而去。

上九路是靠江河最近的一条路，相对偏僻，也是许多穷人聚集的地方。因为上九路离码头近，许多穷人在这里混口饭吃。

码头的边上有好几个破庵，一些租不起房子住的穷人就在这里生活。

一路上，那小儿虽在前面走，却时不时会回头看一眼许杭，像是生怕他凭空消失似的。

那小儿七拐八绕地在一扇破庵门前停了下来，脸上有几分紧张。

他小心翼翼地推开门："许大夫，就是这儿了。"

许杭站在门前，却半天没有跨进去，而是盯着他看。

那小孩子被他看得发毛，冷汗直冒："许大夫……我阿娘就在里面……"

"好安静啊。"许杭冷不丁说了这么一句。

"啊？"

许杭的眼神瞬间犀利了几分："小家伙，破庵一向是大杂居，你不觉得你阿娘在的这个破庵太过安静了一些吗？就像根本没有人似的。"

那小儿咽了一下口水，眼睛圆瞪，突然拔腿跑远，边跑还边吹口哨。几乎就是一瞬间的工夫，从破庵里冲出来几个人，一把抓住许杭的胳膊往里拽！

药箱摔在地上，里面的瓶瓶罐罐散落一地，药水混合在一起。许杭一个趔趄，被人狠狠拉住，勉强才站直。

破庵里，皮鞋踏在地上的声音渐渐传来，许杭抬眼一看，发现本该已经乘船离开的章修鸣出现在了面前。对方慢慢摘下帽子，拿在手里把玩。

他笑着缓缓走近，破败的墙壁间漏下的日光在他脸上投下半边阴影，显得格外诡异。

许杭适应了一会儿昏暗的视野，然后才压着嗓子开口："你还没走？"

"我的东西落下了，怎么能走呢？"章修鸣轻笑了一下，"别挣扎了，弄坏了我的美人骨就不好了。其实我早该这么做了，之前是我用错了方法，现在虽然暴力了一点，却是一条捷径呢。"说完，他从口袋里掏出了一支针剂，拧开针头套。

许杭看见一点药水从针头滴落，章修鸣一步一步靠近。

"你想做什么？"许杭背脊一凉，怒目而视。

"别怕，别怕……"章修鸣抓着许杭后脑勺处的头发，把许杭的脖子扬起来，嘴里是温柔的安慰，可手上的针头却抵着许杭的皮肤，"睡一觉，我带你去好地方。"

针头扎进皮肤，微微一凉，许杭皱着眉，身子很快就软下去，渐渐地连眼皮也变得很沉重。

针头一拔，许杭倒了下去。

章修鸣将人扛起，那几个下人推开破庵的门，一路往码头走，上了船。

鹤鸣药堂的人一直等到打烊都没有等到许杭回来，派了几个药徒去找，只找到了一个破碎的药箱和废弃的针头，忙大惊失色地冲到小铜关去禀报。

不出半个时辰，就抓回来一个小孩子。不需要用刑，小孩子马上就招了个干干净净。

段烨霖的脸黑得像魔鬼，如果不是理智在支撑，他大约很想开枪崩了这个小兔崽子。

"滚！"他从牙缝里挤出这么一句。

门外的乔松拿着新的电报跑了进来："司令！上面有命令，要您……"他刚踏进来，就发觉气氛有些不对，噎了一下，"我……我迟些再来说吧。"

"站住！现在说！"

"是！参谋长要您三日内去上海述职！"

述职？有意思了。

他每年都要到上海向总部述职两次，这事儿不稀奇，但述职一般是不允许带兵的，而且上海滩是章尧臣的地盘，等同于龙潭虎穴，不得不防。

更何况，就算段烨霖带了兵，也没有人会说什么。

这次不一样了。

前几日关西那边向贺州城借了兵，得下个月才能还回来。

如果换作以前，段烨霖定是理也不理，等到兵力齐整了再出发。可是现在不行了，章修鸣带走了许杭，他等不到整兵出发了。

"这次，他们算是出对招了。"段烨霖的关节发出咯咯的声音。

"司令，您可不能冲动，现在小铜关里顶多只有三十个人，您这一去，凶多吉少！"

段烨霖深深呼吸了一下："马上通知战舟过来，替我坐镇贺州城。联系乔四叔，让他把所有能给我的人都派来，走江湖的也行，只要是能打的。最后再找几个训练过的人，想办法塞进领事馆盯着他们的举动。"

段烨霖一桩桩一件件仔细说着，把一切都安排妥当了。

许杭醒来的时候，觉得自己像飘浮在云层之上，起起伏伏，宛如从深海中被打捞起来。再度睁开眼睛，就看见一个装潢得还不错但是略狭小的房间。

往窗户看去，见着茫茫海面，想来是在船上了。

许杭动了动手，有些麻而无力，动作也不是很敏捷，想必药效未过。

"真是个疯子。"许杭冷笑了一下。

其实从那个小孩子出现在鹤鸣药堂，他就知道有问题了。

上九路附近又不是没有别的药堂，却偏偏来离那里很远的鹤鸣药堂，还点名要许杭，这不是有猫腻还能是什么？

之前在绮园里，他故意让章修鸣看到自己和段烨霖关系好，就是要刺激章修鸣剑走偏锋。章修鸣倒还真没让自己失望，虽然这手段比自己想象中的过激了一些。

许杭艰难地下了床，一步一步慢慢挪到桌前，努力给自己倒了杯水，一小口一小口慢慢咽下去，然后长长地吐了一口气。

四年了，这是自己第一次离开贺州，不知道段烨霖会有什么样的反应。相识多年，他一定会救自己的吧。

"烨霖……"许杭咬了咬下唇，眼眸中有挣扎，有愧疚，最后化为一点无奈，"这是我最后一次利用你了。"

最后一次了。真的。

金燕堂门口，蝉衣有一下没一下地扎着纸灯，直到太阳下去，她掏出怀表看了看时辰，秀气的眉毛挑了挑。

路口跑过来一个鹤鸣药堂的药徒，附在蝉衣耳边说了句什么，蝉衣点头示意明白了，摆摆手让他走了。

她深呼吸了一下，在自己大腿上狠狠掐了一把，疼得"咝"了一声，然后眼泪汪汪地朝后院跑过去。

一看见抱着猫在发呆的沈京墨，她扑通一下就跪了下去，号啕大哭起来："沈老师，您可一定要救我们当家的呀！"

沈京墨吓得猫都丢了，忙不迭地把蝉衣扶起来："有话好好说，你别哭呀，小杭……小杭怎么了？"

"当家的因为护着你，不肯把你交给章家的人，现在被他们抓走了！"

沈京墨脸色大变，一下子就跌回座位，心怦怦直跳。他一直以来担心害怕的事情，还是发生了！

沈京墨支吾了很久，然后抓住蝉衣的手："那你……那你快带我过去，他们要的人是我，把我交出去，小杭就安全了！"

蝉衣抽抽噎噎："来不及了，只怕这会儿船都往上海滩开去了！当家的要是去了，我们可怎么活呀！"

"司令，对，段司令！"沈京墨又想到一根救命稻草，"司令一定会救他的！"

蝉衣却给沈京墨泼了盆冷水："司令虽然有本事，可是上海千里迢迢，他在那儿又没有帮手，去了又有什么用处呢？"

这也不行，那也不行，沈京墨像热锅上的蚂蚁，心急如焚。

看着沈京墨这副手足无措的模样，蝉衣拿着帕子擦了擦泪水，然后诱哄般提了个建议："啊，对了！沈老师是不是跟那个鬼爷很熟？鬼爷是上海滩说一不二的人物，要是有他出面，一定能把当家的救出来！"

萧阎？

像是一点小小的火星照亮了整个黑夜，这个名字，一下子让人有了希望。可是同时，沈京墨有些犯难，如果去找萧阎……

"他……他的话……"

蝉衣立刻开始哭嚷起来："传说那个章先生最是会折磨人，在贺州城待了几天，已经弄残了好些人。当家的身子那么弱，要是受了折磨，可怎么好！沈老师，蝉衣给你磕头了！"

章修鸣的狠毒，不用蝉衣说，沈京墨最清楚不过了。沈京墨听到咚咚几声清脆的磕头声，吓得拦住她："你别这样，我一定会想办法救小杭的！不管怎样，拼了性命，我也会救的！"

"真的吗？"蝉衣高兴得紧。

沈京墨攥紧了拳头，好像在被迫蜕掉自己的一层皮一样痛苦。沈京墨给自己打气，生死之际，救人之急，自己不能再那么固执了。

沉默了很久，沈京墨终于低哑出声："我去找他。"

蝉衣送沈京墨来到萧阎的住处，并给萧阎带了一封口信。萧阎一听就笑了，真有许杭的，还能想出这种计策，他是不得不服。

又想到当初被诬陷、被囚禁、被指责，是沈京墨护着自己，安慰自己。

现在，他强大了，沈京墨就是他必保的人。

上海的章家庄园里，二楼卧室内的边室内，床上坐着一个人。

许杭坐在床边，手脚还有些发麻，最近他的吃食里都被放了点麻药。

已经……三天了吧。

见章修鸣推门进来，许杭说的第一句话就是："不用再给我下药了，我不会绝食，也不会自残，你多虑了。"

章修鸣随即打了个响指，让人换了一份餐进来："你可真冷静，冷静得让我害怕。"

许杭冷笑一声："现在谁才应该是害怕的人，还不明显吗？"

两个人对视了一下，都有些傲慢。

章修鸣单膝跪在许杭面前，微微仰头："你不好奇我为什么抓你来吗？"

"很难猜吗？"

"哦？"

许杭朝他靠近一点点："这房间里的陈设都是你的收藏品吧，床头的那盏灯、角落的那个衣架、窗台的那个花盆，还有书架上那个小儿嬉戏的雕像……我想知道，你会把我做成什么？"

"噗——哈哈哈！"章修鸣笑出了声，"你竟一点也不怕？我怎么舍得把你跟那些俗物放在一起糟蹋呢？"

"呵，这一把，你占尽先机了。"

得意这种情绪在章修鸣心头只是过了一下，很快又溜走，涌上来的还有一丝不甘心。他目光一变："先机？不，不，不，我是失了先机才会出此下策的。许杭，你活得太封闭了，你应该多看看这个世界。"

许杭把头一偏，傲慢地说："可我偏偏不想看，我愿意活得这么封闭。"

"贺州城到底有什么好的？！"

"我从未觉得贺州城哪里好，只是……"许杭在他耳边，嘲讽、轻蔑地开口，刺激他薄弱的心理防线，"在来到上海滩之后，我觉得贺州城处处都好。"

章修鸣狠狠甩了许杭一个耳光，打得许杭的脸偏向一边，整个人匍匐在床上！

这一巴掌用了十足的力气，许杭耳边嗡嗡作响，整张脸顿时肿了起来，嘴角也带了点血。

打下去后章修鸣才有些后悔，忙把人扶起来，道歉："对不起，是不是打疼你了？"

前后自相矛盾的行为让许杭觉得他无比恶心，一挥手打掉了他的手。

章修鸣觉得自己每一拳都像打在棉花上，赌气地开口："只有你是不一样的，你难道不知道这是多么难得的事情吗？"

许杭很厌烦这种把自己说成一件死物，被随意摆置在房间里，像是装饰品一样等着别人垂怜的口气。

于是许杭只用了四个字就让章修鸣一败涂地，颜面扫地。

"我不在乎。"

章修鸣怒了，一下就掐住了许杭的脖子，一点点收紧，眼睛都快瞪出眼眶："你再说一遍！"

"我不在乎。"许杭的心跳平缓得像躺在躺椅上晒太阳般安逸，他露出胜利者的微笑，给章修鸣的自尊来了一枪，"你的威胁，于我无效。"

章修鸣表情狰狞，过了片刻，他缓缓松开了手，阴沉着脸走出房间。楼上正好下来几批医生，是从章饮溪的房间出来的。

章修鸣调整了一下自己的表情，问道："情况怎么样了？"

几个医生面面相觑："这……这好像是有复发的征兆……"

"什么？！"

"之前我们就提醒过，痨病治愈后的保养很重要，复发率也很高，只是这么快就……不知道是不是接触或者食用了什么禁忌食物？唉，可能得再去准备匹配的血液，估计过几天又会开始咯血了。"

章修鸣摆摆手，让人送医生离开，然后坐在沙发上长吁短叹。

不顺心的事真是一桩接着一桩。

还没有结束，他还不会认输的。

一声汽车鸣笛声打断了章修鸣的思绪，不过片刻，大门就被管家拉开，他赶紧站起身，往外走去，站在台阶上。

车进了库，一个身着浅灰西装的人拄着拐杖，背挺得很直，脸上虽有些皱纹，但精神头极好，头发梳得油光发亮、一丝不苟，每一步都走得正气凛然，一看就是政府精英。

他还没踏上台阶，章修鸣就鞠躬了。

"父亲，您回来了。"

这，就是位高权重的参谋长，章尧臣。

章尧臣一回来就去看刚苏醒的章饮溪。

章饮溪打了针，吃了药，稍微恢复了一点元气，她努力支起身子："爸……"

"我早就说不让你去贺州，累着了吧？"章尧臣端起床边的水杯，用勺子舀起水，一小口一小口喂她。

每一个女儿见到父亲，都会变得乖顺和可怜。章饮溪拉着章尧臣的衣袖，小声哀求："我是不是快死了？"

"胡说！爸爸决不会让你有事的。你看，你以前病那么重不也治好了？我看你现在脸色好很多了，不要太担心。"

章饮溪摇了摇头："这病怕是治不好了，沈京墨也弄丢了，我知道的。"她把头偏回去，看着天花板，说，"如果可以……我想做阎哥哥的妻子，死前能让我穿一次婚纱也好，我也想独占一次他妻子的位置。"

"小溪。"章尧臣心疼自己的幺女，却不知怎么安慰比较好。

章尧臣帮她盖好被子，走出客厅，问章修鸣："京墨还没有找到吗？"

"找是找到了，可是在鬼爷那里。"章修鸣一回来就着手调查过这件事了，"沈京墨从前是鬼爷的老师，以鬼爷的个性，是不会把人交出来的。"

他们父子正在那里思索着对策，想着怎样才能让萧阎把人送回来，这时管家忙不迭地从外头跑进来。

今儿倒是热闹了，一个接一个的，没个安生。

"老爷、少爷！鬼……鬼爷来了！"

真是说曹操曹操到，章修鸣没想到萧阎这么快就从贺州回来了，想必是全速开船，才能赶着他的后脚到上海。

"那还不赶紧去接待！"

章尧臣正想出门迎一下，就听浑厚的嗓音响起，未见其人，已闻其音："不必麻烦参谋长了，大家都是老相识，何必那么客气呢？"

萧阎带着一群人乌泱泱地走进来，说是拜访，其实大有一种强盗的气势。章修鸣下意识往二楼看了一眼，有几分紧张，而他瞬间变化的神情没有逃过萧阎的法眼。

他脱了外套，往章家客厅的沙发上一扔，坐下，跷起二郎腿，一副反客为主的模样。廖勤忙上前给他点烟。

他甚至还吐了个烟圈，说道："参谋长和章少爷都坐吧，站着多累。"

真是嚣张得不能再嚣张了。

章尧臣吩咐人倒酒，因为萧阎不爱喝茶。

"鬼爷怎么突然有空过来？"章尧臣问道。

"听说您二位最近惦记我，想知道我过得好不好，还派了好几拨人盯着我，我索性就过来给你们瞧瞧。"

章家父子对视一眼，然后虚伪地笑笑："都是误会！最近家里有事，派了点人去查，可能打扰到鬼爷了。"

"是吗？"萧阎耸了耸眉头，打了个响指。廖勤马上让人从外面拖了几个缺胳膊断腿的家伙进来。那些人被扔在地上时还在鬼哭狼嚎，直叫着章尧臣或者章修鸣的名字。

萧阎把烟头捻掉："我讨厌有人在后面盯着我看，所以稍微跟他们讲了几句，然后他们就这样了。"

章修鸣脸色不佳，因为这些人都是他派去查沈京墨和萧阎过往关系的，一个不少，全都遭殃了。

有仇必报，滴水不漏，斩草除根，真是萧阎的风格。

事到如今他也只能说："当然是我们的不对，几个下人，鬼爷觉得出气了就行，一会儿我备份礼物，鬼爷一定要收下。"

"礼物就算了，我已经有了。"萧阎意味深长地笑了一下。

章尧臣端起酒杯，跟萧阎碰了一下："寻常俗礼鬼爷自然是看不上的，我这里还有一份别的礼物，绝对珍贵非凡。"

红酒的颜色，鲜艳得像心头血。萧阎摇了摇杯子，等着章尧臣说下去。

"小女也到了合适的年纪，我呢，一直在为她的婚事操心。只是上海滩豪门公子虽多，我女儿却不喜那些俗流，才耽误到现在。我说一句掏心窝子的话，论年纪，我也够当你的父亲了，而你的才干也是有目共睹的。如今的上海滩，你我二分天下，从前虽说有些利益纠葛，可到底没伤了和气，若是做了一家人，难道不是如虎添翼吗？"

章尧臣晓之以理，动之以情，不愧是做官的，圆滑善言，一番话竟很让人觉得在理。

"再说我的女儿，虽说是娇惯了点，可样貌也是数一数二的，品性也纯良，与你在一起，也称得上是郎才女貌、金童玉女了。你可有心与我章家结两姓之好？"

说罢，他很是期待地看着萧阎。

这番话并不是在诓骗萧阎，即便不是章饮溪有心，他也早就有意招萧阎为婿。只是萧阎有些桀骜，以前总找不到契机，如今章饮溪这么一病，倒是把这件事提上了议程。

萧阎若是个聪明人，就该知道，章、萧联手，绝对是无敌的。

至少，章尧臣想不到有理由能使得他拒绝。

可惜……萧阎一点也不心动。

萧阎把酒杯放下，往沙发背上一靠，嘴角一撇："参谋长这个礼物真的是有心了，可是我说过了，礼物我已经有了，还是参谋长亲自送的呢。"

"我？"章尧臣皱了眉头。

"是呀。"萧阎舔了舔唇上沾着的酒，然后起身去了门外停的车上，将沈京墨带了下来，一同坐回了沙发上。

章尧臣和章修鸣都惊得直接站了起来，双眼微微睁大，死死盯着他们二人看。

萧阎笑着说："这个，不就是参谋长之前送我的礼物吗？我今天还是来特意感谢参谋长的呢。"

众人目瞪口呆，没想到他为了拒绝这门婚事，连沈京墨都搬出来了。

萧阎一点也不在乎众人的反应。

当然，沈京墨就很在乎了。

当沈京墨知道萧阎把自己带回章家庄园的时候，就已经吓得说不出话来了。他不知道说什么能解除自己的恐惧，索性不出声，一味把自己的脸埋下去。

只是沈京墨这副样子，落在章家人眼里，就是故意卖弄可怜博取垂怜了。

萧阎今日意在敲打章家人，他也明白在此处待久了对沈京墨不好，于是加快了语速："所以，参谋长的好意，我就只能心领了。告辞。"

就如同来的时候一样，一群人乌泱泱又走了。

一下子，客厅又变得只有章家父子二人，仿佛刚才的一切都只是昙花一现的梦境。

一种诡异的感觉和淡淡的羞辱感，仿佛无形的巴掌，打在人脸上，让在场的人都觉得脸上莫名火辣辣的。

"他就这么看不上我……"

二楼传来一声细微的、哀婉的自言自语，章尧臣和章修鸣抬头看去，就见章饮溪不知何时站在台阶上，一身白色蕾丝睡袍拖地，脸色苍白。

刚才的一切，她都听到了。

下一刻，她头一沉，倒在地上，咯了一口血，彻底晕了过去。

上海滩的码头热闹非凡。

这里商厦林立，所有最时兴的东西都从此进，金发碧眼的洋人也不会让人觉得有多么新奇。

码头搬进搬出，又一艘船靠岸，从船上下来一些商人打扮的人。

为首的即便被帽子遮挡了一半脸颊，也看得出气势凌人。他在码头上扫了一圈，看到角落里有几个人箭矢一般跑走，皱了眉头。

他身边助理一样的家伙问道："司令……啊，老板，怎么了？"

段烨霖问道："咱们到上海这件事，已经有线人去回禀章家的人了。"

"那咱们怎么办？"

"先去休息，探听清楚了再做打算。"

段烨霖一行人小心谨慎，避人耳目，一直到了上海滩腹心之地，一个叫作饮水轩的武馆落脚。

饮水轩是乔四叔早年建的武馆，现在由他的朋友单二哥打理。

单二哥收到乔四叔的口信。江湖义气当头，没有不答应的。

"段子，你这事确实不好办，只能智取，不能强攻啊。就兵力来说，虽然参谋长不能直接调兵遣将，可是找点由头借兵顶一阵儿还是可以的，现在也不知道人关在哪儿，麻烦了。"

段烨霖明白得很："单二哥，章家人我也了解一二，他们既然想杀我，一定会调用大量的兵，可是他再有本事，也不能拿上海滩当战场，所以他一定会挑在偏远的地方。我来得急，他应该没什么机会找新的地方，如果是自己熟悉的地方，就再好不过了。"

"你说说看？"

"章家庄园本身就很偏僻，另外，章家在郊外有一个避暑用的栖燕山庄，也是人迹罕至，我觉得这两个地方一定是重中之重。"

单二哥本以为段烨霖来得匆忙，一定毫无准备，没想到短短时间，他竟想得如此周全，不觉有几分欣赏。

"那你预备何时动手？"

"宜早不宜迟，后天。"

"后天？太快了些吧。"

"必须是后天。因为再迟一天，章家从金陵调的兵就会到上海滩，届时就真的没机会了。"

这么一说，单二哥一下子觉得紧张无比，仿佛被掐住了喉咙，一点也透不过气来。

时间真的很紧张，段烨霖的右拳就没松开过。

夜半三更。

章尧臣年纪大了，睡眠比较浅。

他似乎做了个梦，梦见一个绝美的园子，之后园子里突然火光冲天的，还隐隐约约有歌声传来。

"我家有个小九妹，聪明伶俐人敬佩，描龙绣凤称能手，琴棋书画件件会——"

歌声倒没什么，是经典的越剧唱段，只是为何这么喜庆的调子却唱得声声如泣如诉、哀怨绵长呢？

章尧臣乍然睁开了眼睛，房间里黑漆漆的，他不知道现在几点了，觉得口干舌燥，于是起来去倒杯茶喝。

他刚走到桌边，就觉得窗户外头好像闪过去什么东西。

他揉了揉眼睛，仔细看了看。

风吹帘起，月光之下，窗户上不知何时缺了一个口子，有一只眼睛就这样看着他。

"啊！"章尧臣几乎是瞬间就跌在了地上。

门外的士兵冲进去，灯一开，照亮了整个房间。

"参谋长，什么事？"

"窗户外面，有……有……"

两个士兵冲出去看了一眼，空荡荡的，除了一轮明月，什么也没有，就回来说："参谋长太累了，外面什么也没有，你许是做了噩梦？"

章尧臣惊魂未定："你们刚才有没有听见歌声？女人的歌声！"

"歌声？"士兵们不明所以，"没有，很安静啊。"

这时，章尧臣才觉得自己或许是做了噩梦了，摆摆手："没事，你们下去吧。"

这一夜，章尧臣一直没有关灯，在床上坐到天明才勉强睡了一小会儿。

次日醒来的时候，他在饭桌上对章修鸣说："明天我要去栖燕山庄住几天，休沐净身，念几天佛经。"

栖燕山庄是章尧臣为了娶章修鸣和章饮溪的母亲而专门修建的，只因他们的母亲名叫木樱燕，所以才有了这么个名字，别人都说这是参谋长深情的体现。

山庄修得禅意十足，每个月章尧臣都会去小住几天，权当洗涤身心。

章修鸣不知道昨晚他父亲的事，略想了一下，说："这次父亲去栖燕山庄，麻烦多带一个人过去吧。"

"就是你说的杀段烨霖的诱饵？你要在栖燕山庄动手？"

章修鸣摇头："栖燕山庄是父亲母亲最重要的东西，我怎么敢弄乱那个地方。父亲放心，我已经有了万全之策，还请父亲给我几个特令，您只需要带一队人保护您自己的安全就够了，其他的我会搞定的。"

儿子长大了，做父亲的有时候也会越来越看不懂。章尧臣不知道，自家儿子现在变得这样心机深沉是好事还是坏事。

他年轻的时候太过于追求名利，把两个孩子都丢给了夫人，以至于没管教好。所谓慈母多败儿，两个孩子都被教得太偏激了。

罢了，罢了，就由得他闹吧，反正段烨霖若是能死，也算是解决了他的心头之患。

此时的许杭，正在由仆人帮着拿冰块敷脸上的红肿。

许杭生得白，红肿看起来自然很严重，敷了很久，还抹了药，这才感觉略好一些。

吃过早饭的章修鸣走进来，许杭连眸子都没有抬一下。章修鸣拿起桌上的苹果啃了一口："你是不是很想知道段烨霖的下落？或许你很快就能见到他了……不过或许是他的尸体。"

许杭不知道有没有听见章修鸣的话，竟说了些奇怪的话："那边那个沙漏还挺好看的。"

章修鸣咽下苹果，顺着许杭的手指看过去："怎么，你很喜欢？"

许杭突然对章修鸣笑了一下："不是，我只是忘了告诉你，你吃的这个苹果，我撒了点从沙漏里取出来的沙子。"

苹果啪地一下掉到地上。

章修鸣只愣了一秒，马上俯下身抠着自己的嗓子催吐。

看到他这副模样，许杭歪着脑袋道："骗你的。"

"你！"章修鸣擦着嘴角的水迹，愤怒不言而喻，他把许杭提起来，扔在了地上。

望着章修鸣被气走的身影，许杭忍俊不禁，只是那笑不是恶作剧得逞的笑意，而是对失败者的嘲笑。

老实说，若不是被关在章家庄园里这么几天，许杭是无法想象沈京墨曾经过的日子的。

自己尚且不算被折磨，身上也难免多了一些伤口，更何况沈京墨是被取血。

章家两兄妹，都是疯子。

譬如现在，明明已经虚弱得快站不住了，还是要到自己面前撒野的章饮溪。

"都是你！害得阎哥哥看不上我！你……咳咳……咳咳咳……"

都这样了还要发飙，真不知道她脑子里在想什么，看不出来还是个情种。

许杭叹道："可惜了，章小姐，你除了羡慕嫉妒，别无可为。"

章饮溪就是这样，霸道蛮横，从来我行我素，即便是给别人的东西也得是自己不要的。

她几乎想啃下许杭的肉："和我作对的都不会有好下场！你信不信我现在就能折磨死你！"

许杭惋惜道："可惜了，章小姐，你若是早一点点遇到我，或许就不会沦落到这种地步了。"

章饮溪一下子抬起头来："你什么意思？"

许杭一步一步把章饮溪引导到自己的世界中："做人做事就要投其所好。章小姐，恕我直言，你现在所表现出来的一切都是鬼爷不喜欢的，你又怎么能强求他对你倾心呢？"

章饮溪几乎是瞬间就被唬住了。

"你……你做了什么？"

"没什么，我只是用了一点小计谋，鬼爷也很吃这一套。"

"是什么办法？你快说！快告诉我！"章饮溪拼命摇着许杭的肩膀，不过只过了一会儿，她就觉察出不对劲，"不对，你为什么会告诉我？你是他们那边的人，你定是在骗我！"

许杭淡然道："章小姐，我身陷囹圄，骗你有什么好处？若说企图嘛，也有，自然是因为我想活下去。你要是能保证不动我，我就保证让萧阎对你改观，怎么样？"

看到章饮溪露出渴望的眼神，许杭就知道，她心动了。

"口说无凭。"

鱼儿上钩了，钓鱼人很满足。

"那我就先让你看看效果吧。"

当日，章饮溪就一身素色旗袍，淡妆披发，一副清清秀秀的模样，以给沈京墨赔罪为名去了萧家宅院。

萧阎原本不见，说不放在心上，请章小姐回去。章饮溪站在门口一动不动。其间，廖勤走出来好几次劝她回去，她只摇摇头，坚持要得到原谅才行。

时至正午，天气炎热，章饮溪只站了不到一个时辰就晕过去了。

章饮溪醒来时发现自己躺在萧家的沙发上，萧阎站在她面前，见她醒来了还端了水过来："你差点中暑了，喝点水，小心脱水。"

章饮溪看着那杯水，老实说，真的有种苦尽甘来的感觉，她喉头哽了一下，张开嘴喝了一口下去。

萧阎叹了口气："你这又是何必？"

"我是真的知错了，阎哥哥……不，鬼爷，以前是我错了，医生说可能我活不了多久了，以前我是病得太重，所以总是脾气不好，请你，求你……一定要原谅我，不要让我带着遗憾离开，好不好？"

那楚楚可怜、小心翼翼的眼神，像是雨天被打湿的小麻雀。

章饮溪常年都是以一种高高在上，如火烈鸟般热烈的姿态出现在人前，陡然这样垂下脑袋，那副谦卑的模样，让人觉得脆弱而温柔。

许杭跟她说过，萧阎吃软不吃硬，就是因为沈京墨怯懦可怜，他才会心生同情。

比可怜嘛，有什么难的。

萧阎看了她一眼，摸了摸她的头发："我们都不会怪你的，你快回去吧，别让你父亲担心。"

"鬼爷……"

"叫我阎哥哥就好了，别生分了。"萧阎坐到她的旁边，拍了拍她的手臂，口气是前所未有地软，"你要是一直这样就好了。以前那个样子，让多少人都不敢亲近你。你别担心，你父亲一定会为了你的病用尽全力的。"

章饮溪红着眼睛点了点头，这倒不完全是演戏，她是真的有些感动。以前萧阎都不正眼看她，今日能这么亲密地同她说话，看来那个许杭真的不是骗人的。

投其所好真的管用，只是自己以前怎么就那么笨，没看出来呢？

萧阎拿出一条帕子，给章饮溪擦额头的汗。章饮溪觉得他的呼吸就在自己面前，一寸的距离，男性身上的味道从四面八方袭击她萌动的芳心，她的汗出得更多了。

"你身体不好，我让人先送你回去。听话，嗯？"

"好。"

萧阎伸出手："站得起来吗？我扶你。"

章饮溪自然装出病恹恹的样子，还没站稳就往萧阎怀里倒了一下，老半天才扶着他的手站稳："抱歉。"

一股淡淡的中药香从章饮溪身上传来，钻进萧阎的鼻子里，他嗅了一下："你今日好香啊……"

章饮溪红了脸。

其实要说香，章饮溪以前一直熏香，香气扑鼻，萧阎反而不喜欢。今日的香是许杭提点她，让她携带的香囊。

许杭说，像萧阁这样暴烈的性子，闻到这种宁心静气的香，自然会觉得心情平和。

看萧阁此时的表情果然和缓了很多，连带着看章饮溪的神情也缱绻多了。

萧阁顺着香味把香囊摘下来，放在鼻子下问："这个很好闻，能借我几天吗？我最近睡不好，这个气味很安神。"

章饮溪自然没有不愿意的，有借就有还，以后又有借口可以见面了，便说："阁哥哥喜欢，这个就送给你了。"

如此折腾了一番，今日这一出才算过了。

送走了章饮溪，萧阁站在门口，眉头皱得很紧。

廖勤从里面走出来，看着开走的车，道："许大夫真是神机妙算哪！竟然利用章小姐来传信。"

"也不是许杭聪明，是章饮溪太蠢了。"萧阁拍了拍手，仿佛有灰尘。

"鬼爷刚才演了这么久戏，累得慌吧？快进去洗个澡歇一歇吧。"

萧阁想到刚才自己那副表情，鸡皮疙瘩都起来了。他把那个香囊放到廖勤手里，说："去查查这里面都是哪些药，再拿许杭的那本书来比比看。"

许杭在贺州时曾说往上海寄了一箱东西给顾芳菲，其实那箱东西被萧阁接手了。那是一些书，书的页码以中药为名。他们曾有约定，以每一页的第一个字为暗语，许杭会告诉他该做什么。

萧阁暗想，还好此人不是敌人，否则真是可怕。

三天前开始，章家的警戒防备就加强了。而到了今天，已经到了水泄不通的地步。

许杭刚用过早膳，就有人送了一套军装进来，让许杭穿上。许杭也没有多问，乖乖换上了。

刚扣上扣子，章修鸣就进来了，他敲了敲门："走吧。"

然后就有同样装束的军人架着许杭，把他的脚链解开，系上手铐，押到送章尧臣去栖燕山庄的自用车上。

章尧臣在车外挂着拐站着，章修鸣走到他身边说道："父亲，这次您不需要带太多人，毕竟只是为了避人耳目，带得越多，越容易暴露。"

"你这招瞒天过海倒是可以，不过你自己坐镇咱们自家的庄园，虽然兵力多，但也要小心。段烨霖毕竟是带兵打仗的老手了，你跟他比，还嫩点。"

章修鸣现在很讨厌听到别人拿自己与段烨霖做比较，恨声道："父亲放心，这次我一定让他没命回去！"

"万事保重自己要紧。"

坐在车中的许杭抬起厚重的军帽，看着车外窃窃私语的章家父子，又把帽子压了下去。

车子一路往栖燕山庄开，许杭被锁在一间四面都是墙的屋子内，门外是两个扛枪的士兵，只有一个小口子开着，用以送饭。

许杭一口都没有吃，只是根据送饭的时间掐算着时辰，心里一秒一秒地数着。

一直这么待着到了深夜，才有人拿手铐铐上许杭的手，又给他蒙上眼睛，将他带到了章尧臣的棋室内。

章尧臣一个人在那摆着围棋，手执黑子。士兵把许杭蒙眼的布扯下来。

章尧臣第一句话便是说："会下棋吗？"

许杭见他已经布了个不错的局，便说："会一点。"

"长夜漫漫，也没什么事，陪我这老人家下一局如何？"

恭敬不如从命，许杭坐到了章尧臣的对面。两人先是无言地来回摆了几个子，然后许杭一招先手劫，吃了章尧臣几个子，引得章尧臣顿了一下。

"你这可不只是会下一点吧。"说着他抬起了头。

老实说，这么些天，他只当许杭是个棋子，还没有正眼看过他。

就是这么一眼，他手里的棋子因为惊愕而落到了地上。

灯光下的许杭，因为连日水米进得少，略显瘦削，肤色白皙，五官并不突出，可是气质很平和。许杭缓缓抬起眼，眼珠剔透得像一泉见底的清水，又如远山云雨之后的雾气，竟是一眼就叫人移不开视线。

这样的眉眼，这样的眉眼……

章尧臣的惊愕只是因为抬头的一瞬间，他仿佛从许杭身上看到了什么人的影子，一下子有些没反应过来。待到再看第二眼，就觉得是自己眼花了。

人有相似，又有何奇呢？

"参谋长？"许杭出声唤他。

章尧臣忽而回神，忙俯身把棋子捡起来："哦，没事。"他捏了捏棋子，"你是贺州人吧，贺州风水好，是出人杰之地。"

许杭淡淡一笑，只看棋盘，不看章尧臣："参谋长，我从贺州来，却非贺州人，而是蜀城人。"

吧嗒——

棋子落到棋盘上，章尧臣显得有点慌乱，可是口吻还是平静："哦，哦……蜀城也是个好地方。"

"再好也无用，都烧没了。"

"听说你姓许，是吗？我儿说你医术不错，不过又并不是豪门显贵，怎么能成为段司令的合作药铺呢？"

章尧臣使了一记鬼头刀。

许杭摸了摸棋子，跟了个后手眼："参谋长年轻的时候也为了权势而抛妻弃子，我眼界低，为了权势低头又有何不可呢？"

话中讽刺意味十足，章尧臣没想到许杭说话如此犀利，忍不住笑了一下："出门的时候，修鸣让我一定要盯紧你，我觉得你不过就是个孩子，还觉得他紧张过度，现在看来倒不是多虑。"

棋盘上已经快摆满了，许杭轻笑了一下："我不过是知道得多了点而已。"

"既然你肯识时务，那为何不再聪明点？眼下你已经是身陷囹圄，与其抓着那虚无缥缈的忠诚，不如另择良木而栖。"

黑白两子各被吃了不少，许杭皱了皱眉，仿佛是在认真思索章尧臣的话，最后一边落子一边说："世上道路千万条，参谋长何以让我选一条死路呢？"

"哦？这话怎么说？"

"我这个识时务者与那些见风使舵者的不同之处，就在于我还不算笨，我自然知道，一个背弃旧主的人是无法获得新主的信任的，只怕我今天帮你弄倒段烨霖，下一个该死的就是我了。"许杭伸手去棋盒里拿了一颗棋子，"所以，我可以不固守原阵线，却绝对不能跟你一起对付段烨霖。"

章尧臣很赞赏地笑了："哈哈哈，你这番话，倒是让我想把你留在我身边做事，你真的不再考虑一下？"

黑白两子杀个你死我活，战况愈演愈烈。

许杭道："在下还年轻，没活够，参谋长还是饶我一条命吧。"

"你既然不从，我肯定留不得你。那若是段烨霖这座大山倒了，你又预备何去何从呢？"

许杭看了一会儿棋局，已是四劫连环之势，他抓着棋子在手里把玩，听着棋子的碰撞声，那脆声如裂，显得格外动听。

"今夜这一局，参谋长还未赢，所以我也给不了您答案。还是等明日，看看我能不能走出这栖燕山庄再论吧。"

章尧臣刚想跟着落子，突然觉得哪里不对劲，然后猛一抬头，就见许杭在轻笑。他收回了棋子，表情也严肃起来："你怎么知道这里是栖燕山庄？"

方才一路上，许杭都是被蒙着眼睛带过来的。

"很难猜吗？"许杭下了一子，吃了章尧臣一堆的黑子，正在那里一颗颗收棋子呢，"你们将我带出来，关在这里，却把重兵留在章家庄园，不就是想对段烨霖来个瓮中捉鳖？这手段这么老套，也就章修鸣想得出来。"

这番回答其实有点避重就轻了。

许杭之所以知道这里是栖燕山庄，还是丛林的功劳。当初在袁森的地下牢笼中，丛林临死前与许杭密谈，就将章家庄园的一些秘辛、地形、暗道通通告知了他。

所以许杭才能夜半在章尧臣的窗台上装神弄鬼，若不是他戒备太周全，那日就能得手了。

章尧臣脸色略微变了变，想要站起来喊人。

许杭出声道："参谋长不用太紧张，你们的计划没有走漏风声，这里也没有什么细作，只是我猜到了而已。"

这番话是真是假，章尧臣一时拿不准，看许杭的眼神狠厉了起来："猜？你是在当我老糊涂了吗？"

"不信？那我再猜一个好不好？"许杭两指夹着一颗白色棋子，在下唇的位置摩挲，"听说参谋长与夫人缱绻情深，才有了这栖燕山庄。可我多心，这山庄呈长方形状，两角高檐，四面青瓦高墙，满园尽是白烛青灯，看起来嘛，倒像一口棺材。"

他音量陡然降低，章尧臣瞬间如被人捏住了七寸般，喉头一哽。

这个秘密一向无人知道，就连当初画图纸的匠人也都是行将就木之人，可今日竟被一个素未谋面的人直接拆穿。这种感觉，仿佛是只披着黑衣在路上行走的人一下子被人扯掉了遮羞布，赤条条站在光明之中。

而那个扯布的人还游刃有余地在那里继续吐露着："尊夫人似乎还健在吧，那这口棺材……真是耐人寻味啊。不过，参谋长也可以说，这是寓意与夫人生同寝死同穴，听起来也很长情。不过尊夫人名中带樱，此生酷爱樱花，为何满园之中一棵樱花树也未见？这恩爱巢穴似乎并不名副其实，这山庄，究竟是给哪只燕子栖息的呢？"说着，许杭偏过头，抚摸着雕刻在棋盘边上的芍药花纹，"虽不见樱花，不过这满园倒是处处可见芍药呢。"

章尧臣觉得似乎有阵阵阴风从自己的两个袖口钻进去，直往脖子处吹，透心的凉，让每根头发都竖立起来，他声线开始不稳："你到底是从谁那里听到的风言风语？！"

许杭扑哧一下笑出声："看来，我又猜中了，参谋长。"

"你……"章尧臣到底年纪大，稳得住，赶紧把士兵叫进来，命令道："把这人关回去，严加看管！"

这个许杭，真的让他觉得有些害怕了。

许杭把棋子一丢，有些好笑地说道："棋还没下完，参谋长就认输了吗？"

章尧臣不说话，给士兵使眼色。士兵们上去拽着许杭往外走，宽松的衣袖往下垂，遮住了手腕，许杭垂着头安安分分地离去。

等到再度安静下来，章尧臣才重新去看那盘棋局，其实胜负已分，只在几步之间而已。

果然，段烨霖看中的人也不是普通人，还是说，段烨霖已经将他查得这么清楚了？

对，只有这样才能解释为何许杭知道得这么多。

章尧臣想倒杯水喝，刚站起来，就觉得对面座位上似乎有什么东西因为明烛而发出光辉，闪到了自己的眼睛。

他侧头一看，瞪大了眼睛。

那是一副被解开的手铐，被遗弃在那里，而锁孔里还插着一根金针！

整个栖燕山庄的兵力，不会超过三十个人，并且大多是围着章尧臣的。

许杭由那两个士兵带回去的时候，在心里默默数了一番。

关押许杭的房间靠近墙根，抵着另一面墙，在一个士兵去开门的空当，许杭看见墙头上有一个亮亮的物件，随后眼前一闪，一把飞刀射了过来！

那飞刀直直地插进另一个士兵的喉咙，士兵来不及吭一声，就睁大眼睛倒地了。

刚打开门的士兵听到声响，转头还没看清楚，就被许杭一掌打在脖子处，晕了。

墙头翻下来两个人，一个是廖勤，另一个眼生。他们身上都绑着绳子，还给许杭扔了一把枪："许大夫，快走！"

许杭搭上廖勤的手，墙的另一头很快就有人帮忙拉。

"谁在那里！"巡逻兵听到古怪的声音，过来一看，见许杭都已经翻过墙头了，马上扛起枪对着墙头一阵射击。

砰砰砰！

廖勤也不甘示弱，一面躲闪一面反击，打死了两个小兵后也跟着跳出去了。

"怎么回事？！"听到枪声，章尧臣追了过来，看到眼前的惨状，便知道人丢了，马上下令，"开枪！"

许杭在墙外用一种傲慢而戏谑的语气喊道："参谋长，后会有期，我先走一步了！"

"快追！实在不行，开枪打死拖回尸体也行！绝对不能落在段烨霖手上！"章尧臣推了一把身旁的小兵，让他们赶紧出发。

他有预感，若是让这个许杭走了，未来一定会给章家带来威胁！

逃出生天的许杭和廖勤一路往外跑，廖勤还拿着一把榔头挥舞了一下："我还担心你的手铐怎么办呢，没想到你自己解开了。"

许杭一边跑，一边从自己腰间像变魔术一般抽出一根金针来："我在穴位里藏了几根针。"

廖勤一看就暗暗龇牙，在自己身上藏针，可真是不怕疼。

许杭左右一看，发现廖勤只带了四五个人，后头的追兵却穷追不舍。

一直跑到"物华天宝"——一个双岔路口，这才晓得廖勤事先在这儿备了不少马，以及阎帮的兄弟都在这里。萧阎倒也守信，能支的人都给许杭了，黑压压一片，都是能打的。

"栖燕山庄四周太安静了，怕他们提前察觉，对你下手，所以只能先将人安置在物华天宝。"廖勤跟许杭解释，"他们就这么点人，现在咱们带人杀过去，一定能置章尧臣于死地！"

"不，这不是我的计划。"许杭看了看枪里的子弹数，"曾有一个章尧臣的杀手告诉我，栖燕山庄里有一条逃生用的通道，这条通道只有章尧臣知道在哪里。我们若是大肆杀进去，他一定会在被攻破之前放弃别人，独自借机先逃。"

"那你有什么计划？"

许杭眯了眯眼睛："现在不是已经调虎离山了吗？他暂时以为我只是逃了而已，还不会有危机感。你们替我拖住那些士兵，我自己折回去。"

"你自己？！"廖勤仿佛听到什么天方夜谭，"就算栖燕山庄只剩下几个人，你一个人也很危险哪！"

"不会太危险的，只要章修鸣的援兵不来，我有七成的把握。我相信段烨霖能拖得住章家庄园的兵力，你只要不让章尧臣的人有机会回去通风报信就行。"

"不行！这太危险！"廖勤往旁边一叫，"小九，锅子，你们俩跟着一起去！"

许杭已经翻身上马了，正在熟悉马性，预备掉转马头回栖燕山庄，然后就听到一阵急促的马蹄声传来。马还没站定，上面的人就吁了一口气，从马上滚下来，跑到廖勤耳边急匆匆汇报了什么。

廖勤大惊，马上开口拦下许杭："许大夫！等等！"

许杭勒了一下马，不明所以。

"情况有变！"

这个变化说的就是正在攻打章家庄园的段烨霖。

按照许杭的计划，段烨霖此刻应该和章修鸣斗得如火如荼，杀个你死我活。

不过以段烨霖的机智，迟早会看出这是一出诈攻，而许杭的失策就在于段烨霖看穿得太快了。

许杭小看了段烨霖在实战时的能力。

段烨霖手里满打满算不过两百人，每个人都扮作江湖人，而章修鸣却安排了近千人在庄园四周。

第一波五十个人进去，撒泼了一番，竟然也破了门进了内庭。要不是乔松记着段烨霖的吩咐，就忍不住直捣黄龙了。

乔松退出来后有些兴奋地对段烨霖说："司令，里头看着人多，却很松懈。"

段烨霖听了这话，一点没兴奋，低着头叉着腰想了一会儿，然后对乔松道："章家负责指挥的人是谁？"

"章修鸣在阳台上看着。"

"章尧臣呢？"

"一早就去栖燕山庄了。"

段烨霖当机立断："撤退！去栖燕山庄！"

"啊？司令……可是章修鸣花了重兵在这里呀。"

"他既然花了那么大力气守着这里，却被你们五十个人就冲进了内庭，现在你们出来也不追击、不防备，门还大开着，不就是想引君入瓮、瓮中捉鳖吗？这套路，我早就不用了！"

段烨霖啐了一口，直接钻进车里。

乔松恍然大悟，忙一勾手，让所有人跟着段烨霖离开。

章家阳台上的章修鸣原本正端着望远镜看着段烨霖带来的人的举动，有那么几分胜券在握，可谁知他们只不痛不痒攻了一次，就再没声息了。他憋了半个小时，才终于忍不住让人出去查探一下，结果外头哪里有半个人影。

章修鸣一下子就把望远镜给摔了，手下人跑上阳台，被章修鸣抓住了衣襟："他跑去哪儿了？！"

"不……不……不知道，只是看……看车轮是往南边去的。"

南边？那就是栖燕山庄了，他布了这么大的迷魂阵，段烨霖竟然不费吹灰之力就看穿了！

"少爷，咱们也跟着追去栖燕山庄吗？"

章修鸣拔出枪顶在那个小兵头上："废话！还不快去！再不去我毙了你！"

小兵举起双手作投降状，生怕章修鸣一时震怒而失手，连忙道："是，是，是，我马上去！"

"回来！"章修鸣狠狠一拍栏杆，那个士兵抖了一下，"我让你准备的那些东西准备得怎么样了？"

"都……都好了！"

"好，好。"章修鸣咬着牙齿，狞笑了两声。

下棋而已，输了一手不算什么，最后赢的才是王者。谁说他章修鸣只会备一招，大招还在后头呢。

物华天宝的路口。

廖勤把情况和许杭一说，许杭立即从马上翻下来，说："你再说一遍？"

"段司令果然够聪明，一眼就看出章家庄园只是个幌子，根本没往里面攻。他现在已经带着人往栖燕山庄来了，只是这就在意料之外了。"

许杭嘴角不自然地一动："意料之外是什么意思？"

廖勤稍微有点不好意思，觉得自己做错了什么事情："先前我来的时候，怕章家突然前来支援，就把最近的那条路上的桥给断了，现在再要过来，就只能绕路了。本来也没什么……就是……"

许杭突然觉得廖勤婆婆妈妈的，厉声喝道："快说！"

廖勤也没想到事情会变成这样："就是章修鸣原先怕被段司令得手，猜测你们一定会从码头离开，事先在那里设了埋伏。我本来想着，等你们安全了，可以从鬼爷名下的码头离开，不经过他的埋伏圈便没事了，所以没有事先拔除它，现在段司令一绕路，必定会经过那里！"

许杭袖子里的手紧捏了一下。

廖勤又说："听说章修鸣特意将监狱里那些十恶不赦的死囚都提了出来，就是专门为了对付段司令，还特意吩咐了，段烨霖若死，全部特赦，赏钱一万。"

十恶不赦的死囚也是想活下来的，如果章修鸣许给他们自由和富贵，他们一定会丧心病狂地和段烨霖决一死战。

段烨霖那点人只怕撑不了多久。

"他提了多少个死囚？"

"几百个总有的，要想破他们的陷阱，我这里的人若全数赶去，不在话下。"

许杭往前走了几步，这是一条岔路口，一条回栖燕山庄，一条去往码头。

往右或者往左，结果截然不同。

老话说，人在河边走，哪能不湿鞋，自己利用段烨霖布局，自以为是，现在终于遭到反噬了。

所以谋事在人，成事在天，这世上就没有能一帆风顺的事。

廖勤看了看许杭，听到远处从栖燕山庄传过来的追兵声，忙催促道："许大夫，来不及了，章尧臣和段烨霖，你必须选一个。"

望着远处栖燕山庄的一点灯火，许杭咬了咬下唇。

只差这一步，这么多年咬牙活下来，就是为了这一步，自己怎么可以在这里退呢？

可是……

那个驴脾气的家伙，承诺了的事情就会做到，哪怕知道会死在码头，也一定不会回头的。

章尧臣是个彻头彻尾的伪君子和败类，可段烨霖至少是能为国杀敌的猛将，他们两个人一命换一命，不公平。

数百人目光灼灼地盯着许杭，重器在手，等着许杭的号令。

许杭深呼吸了一下，没有犹豫太久，再度上马，掉转马头："去码头。"

廖勤在听清许杭的答案之后，追问了一句："许大夫，我必须再提醒你一次，你可要三思。您与鬼爷的约定只此一次，错过这次，不知何时才能再有这么千载难逢的机会了！"

许杭没有回头，只是紧紧盯着前面漆黑的路，低哑地开口："没什么需要三思的。谁的命都只有一次，我不过是觉得，比起章尧臣的命，段烨霖的命更值当一些。"

这句雨夜里的承诺，像一把钥匙，对准许杭脑海里那一个被封藏的理智盒子，把里面所有不理智的情绪都释放了出来。

许杭狠狠一挥马鞭，马嘶鸣一声，撒开蹄子往前跑去，匆匆救急，刻不容缓。

廖勤马上也跟着一挥胳膊，大队人马紧跟了上去。整个物华天宝的路口，马蹄声嗒嗒嗒响了很久。

此时的港口，已经躺了一批尸体了。

码头上，一阵黑烟刚刚散去，一辆侧翻的车的轮子还在那儿孤零零地滚着，车门被人用力踹了一脚，头顶流血的段烨霖就执枪从里面滚了出来。

刚着地，他就因眩晕摇晃了一下身子，头上的帽子也报废了，掉在地上，边缘被烧焦，连形状都看不出来了。

方才车子刚往这边驶，他就觉得码头边上立着的那些箱子有几分不对劲，赶紧让人把车停下，方向盘狠打到底，掉转车头往回走，堪堪偏离了爆破中心，离被炸个粉身碎骨只差了几秒的工夫而已。

这阵爆炸刚过去，就有几颗子弹射了过来，他紧赶着就是一个侧身翻到车后，同样也还了几枪回去。

段烨霖擦了一把脸上的血，大口大口喘息着，胸膛剧烈起伏，然后听到了乔松的声音。

"司令！"

段烨霖看见前面那道匍匐前进的身影，关切地问："乔松？没事吧？"

乔松背上全是血，不知道是他的还是别人的。

乔松摇摇头："我没事，司令，咱们这边损失惨重，现在还能打的只怕不超过三十个人了……"

三十个人？可是段烨霖听对面的声音，只怕不少于一百个。

这里虽然是码头，偏僻一点，可附近也不是没有居民，章家就这么明目张胆地杀人放炮，真是无法无天！

乔松坐起来，背靠着车，时不时冒出头开枪打几个敌人，然后又迅速钻回来："司令，咱们先撤吧，留得青山在，不怕没柴烧！"

段烨霖舔了舔嘴角的血，抬了抬下巴："你带兄弟们先撤，我断后！"

乔松一下子就炸毛了，喊道："这怎么行！要留也是我留！司令先走！"

"小心！"

砰地一下，一颗子弹擦着乔松的耳边飞出去，段烨霖一把拉过他，顺着子弹来的方向一击，远处一个身影应声倒下。

真是危险得一刻也不能放松。

就是这么一扑，乔松的手掌按在段烨霖的一条腿上，这才发现他浑身是血，那么厚的衣料居然都浸透了，血滴滴答答流淌着。

他震惊地抬头："司令？"

段烨霖疼得闷哼一下，佯装无事般笑了一下："所以让你先走，我现在走不远了。"

车子爆炸的时候，整辆车子侧翻，他的右腿首当其冲，现在已经骨折。另一条腿为了踢开变形的车门用了太大的力气，现在坐在这儿都勉勉强强。

他自己的身体，自己明白得很。

此刻四面楚歌、凶多吉少，没必要让那么多兄弟跟着一起死，能撤退一个是一个。

乔松刚当兵的时候，段烨霖就已经出名了。他第一次见段烨霖，激动得脸都涨红，把他视为自己的英雄。追随者是愿意为了英雄而送命的，只要英雄始终美好地立在那里。

所以乔松一动不动。

段烨霖加重语气："我现在是在命令你！乔松，你连我的命令也不听了吗？！"

乔松梗着脖子："不行，司令！要我把你留下，除非您一枪打死我！"

"你……"

砰砰砰——

他们来不及多说几句，对面那些狂徒便歇斯底里地大笑大叫，又开始他们肆意的狂欢。

段烨霖打完枪里的最后一发子弹，就把枪给扔了。

歹徒们看到段烨霖，都有些兴奋起来："在那里！杀了他！咱们就富贵了！"

段烨霖一点都不怕，沉稳地对其余人说："其他人自己撤！不用理我！"

乔松咬牙扛起枪就想冲出去替段烨霖当挡箭牌，被段烨霖一脚绊倒，直接就打晕了，安置在一旁隐蔽处。

"对不起，乔松，你还年轻。"段烨霖帮他把帽子扶正。

远处那些歹徒笑得很猖狂："撤？一个都走不了，全都得死！"

段烨霖拖着断腿往回跑，一瘸一拐的。那些歹徒拼命去追，一边追还一面开枪射击。

有好几枪都打在离段烨霖的脚后跟一寸的位置，若不是因为这些歹徒没有经过专业的射击训练，只怕他现在已经是个筛子了。

一人抵挡多人，如同螳臂当车，顾东不顾西。

段烨霖跑了一阵儿，待当歹徒们追到方才翻车的位置时，他陡然停下，回头丢了一个什么物件过去，落在地上发出清脆的响声。

他们低头一看，是个点着的打火机。

火苗调皮地跳动，伸着头去燃地上的油迹。

还没等他们反应过来，那打火机就以迅雷不及掩耳之势点着了地上漏出来的车油，车油一下子顺着油迹点燃了整辆车！

熊熊火光像是地狱骤临的审判，下一秒轰然爆炸！

因站得远而幸免于难的那些歹徒看呆了，咽了咽口水，一时间有些忌惮，不敢贸然前进，畏畏缩缩，你看看我，我看看你。

隔着火光，他们看着段烨霖浴火而立的模样，真的像战神降临，令人生畏。

然而只有战神自己知道，这已经是最后一招了。

车子燃烧的火那么滚烫，加之夏夜的热风席卷，汗水涌出来，浸润伤口，酥酥麻麻的感觉实在是熟悉至极，像是那些年在战壕里与战友勾肩搭背、腹背受敌、嚼着草根和血吞的日子。

跟现在比，好像也差不了多少。

或者那个时候还好一点，男人嘛，总觉得死在战场上才是死得其所。

歹徒之中也有几个聪明人，他们开始窃窃私语：

"他已经没子弹了，咱们一起上！"

"别冲动啊！万一他还有什么炸弹之类的呢？"

"他要是还有武器，就不会连遮挡用的车都给炸掉了！"

"反正要是失败了，回去咱们也是死，不如死前拉个垫背的！一起走！"

剩下的几个歹徒抱团，一步一步往段烨霖的方向靠近。

火光冲天，段烨霖又是逆着光的，他站在那里，铁骨铮铮，冷眼看着这群小丑。

他越坚强，那几个歹徒就越害怕。

终于走到了射程之内，那几个人也不敢再前进了。为首的一个人颤颤巍巍拿起了枪，咽了下口水，按下保险栓。

拿枪的歹徒紧张，害怕，又兴奋，脸上血和汗混在一起，他咧开嘴，神情诡异地笑了一下。

"去死吧！"

砰——

一声枪鸣划破码头的夜空，随即是宛如千军万马的气势在逐渐逼近。

这一声枪响不算什么，厉害的是接连而来的无数枪声，那些原本对准段烨霖发出的子弹都中邪一般射在了地上、墙上。

段烨霖定睛一看，那些歹徒东倒西歪，大叫几声，面色狰狞，吐着血栽倒在地上。

原来是在他们后面，突然有一队援兵赶来对付那些歹徒。为首的骑马之人素衫随风扬起，额前碎发也翻了上去，手里执枪，枪口还冒着烟，眼神是难得地冰冷和凌厉。

那人正是许杭。

在段烨霖的眼中，他一只手拿枪，一只手拉缰绳，马纵身一跃，从火堆上方翻过去，一直冲着自己奔来。

没有穿什么战袍，但与当年在绮园初见时不一样。当初是青涩少年，而如今，是成熟又无畏的斗士。

在利落地将那些歹徒都解决干净后，又将段烨霖的人一个个救起来，扶到马上。

逆着火光，许杭扔了枪，朝段烨霖一步步走来，说："烨霖，我扶你，快上马。"

那一刻，段烨霖有瞬间的恍惚，以为自己其实已经死了，这只是死前的幻境而已。

他伸出手，来不及多说，借着力道翻身上马。

许杭一侧头，看见他完全被血浸湿的裤子，眉头蹙了蹙，随即回头对廖勤大声喊道："廖勤，章修鸣很快就会追过来的，我们要赶紧撤！"

廖勤大声道："弟兄们，撤！"

所有人立刻收了手，纷纷上马。

其中一个装死的歹徒手摸着枪，趁着许杭的马跑过他身边时，突然跳起来，飞起就是一枪！

距离太近，事发突然，难以回避。

许杭和段烨霖两人都是双目一瞪，段烨霖往后一倒，许杭往前一扑，那子弹堪堪从他们中间飞过去。

那人一击未成，又猛地朝远处跑，不知道是想做什么。

许杭定睛看去，发现前方大部队离去的方向有一箱子物件，中间一条引线拖得极长，引线头便是那人跑的方向。

"他要点火！"许杭一惊，冲前面大喊，"廖勤，快跑！一直往前，别回头，越快越好！"

许杭一向沉稳，若是像这样大喊大叫，一定是当下十足危险。廖勤吓得肩膀抖了一下，甚至都不敢回头，就夹了夹马肚子，催促手底下的人跟着跑。

许杭翻身从马上跳下来，段烨霖来不及拽住："少棠！"

许杭把缰绳往他手里一甩，坚定无比地说道："什么都别管，往前跑！我一定不会死在这里！"

段烨霖想跟着下马，却发现由于过了最紧张的时刻，肌肉放松下来，他现在已经彻底撑不住了，稍微动一下就疼得钻心。

随后就听见那人可怕的笑声，引线已经点燃，发出吱吱的声音，以肉眼可见的速度往炸弹的方向追去！

许杭没时间去想什么计策方法，只能迈开步子去追，一定要快点，再快点，否则……否则所有人都会死在这里！

段烨霖虽然坐在马上，可是他的紧张不亚于许杭，他也死死盯着引线的方向，汗水一滴滴落在马背上。他没有追，也没有跑，就这么看着。

现在不是他任性之时，他的身子已经动弹不了了，他唯一能做的，就是相信许杭。

那歹徒似乎还想阻止许杭，却被远处的廖勤开枪打穿了胸膛。以为没了后顾之忧，许杭跑得更拼命了，从段烨霖的角度看过去，许杭已经追上了引线。

几乎是出于本能，许杭扑在引线上，根本来不及找什么灭火的材料，直接用手抓住了火苗！

刺——

出血的掌心、鲜红的血肉和跳动的火焰碰在一起，发出一阵皮焦肉烂的声响。

许杭疼得蹙紧了眉，咬牙死死抓紧，好像那火是活的，一旦松手它就会逃走一般。他就这么大喘着气抓了很久，身体仿佛僵化了一般。

从段烨霖的位置看过去，许杭就像被定身了一般。

良久，许杭才慢慢地松开。

警报解除。

许杭的掌心处密密麻麻的疼慢慢地窜了上来，一开始由于紧张感觉不到疼痛，现在放松下来，十指连心，真是格外折磨。

所有人都松了一口气。

许杭把引线一扔，往后一坐，这才觉得后怕。

许杭刚想起身，就听见后头"哐"的一声，是身体砸在地上的声音。他回头发现是方才那个点火的人还剩一口气，想从背后偷袭，被骑马而来的段烨霖扬马踢到了边上。

段烨霖拍了拍马背，马往前走了两步，许杭扶着马身站起来。他们各自骑着马，越过重重叠叠的尸体，一直往远处走，走了很久，那种炸药和血腥的味道还是阴魂不散。

"疼吗？"段烨霖手握缰绳，看着许杭淌血的掌心。

许杭摇了摇头，又问："你呢？"

"我不疼，就是有点累，我有些困了。"

许杭看了看天上，月亮被乌云挡住了。

他说："危险总算是过去了。"

今夜，有人暗度陈仓，有人白费心机，偷鸡不成蚀把米，从头到脚都写满了失败。

今夜，有人在栖燕山庄里为往事恐慌忏悔，心心念念，思绪起伏不平。

今夜，有人遍体鳞伤，鲜血横流。

今夜之事今日毕，明日愁来明日忧。

章家宅院此刻犹如打翻的调料盘一般混乱。

章尧臣紧赶慢赶回了庄园，就发现家里上上下下的人都在端着血盆来回跑。

二楼章修鸣的房间传出一阵阵的哀号声，满屋子血腥味。

原来许杭和段烨霖一行人刚从码头离开，章修鸣的人后脚就赶到了。

只是那会儿码头上除了废墟和死尸，别无他物，他找了好一会儿，没有看到许杭和段烨霖的尸体，气得七窍生烟，当下就分了两拨人，一拨去追，一拨前往栖燕山庄保护章尧臣。

就在他准备继续在码头查看的时候，脚钩到一根黑色的绳子，绊了一跤。那绳子浸了黑油，所以显得格外隐蔽，这么一钩，直接绊倒了绳子另一头连接的一个火把。

章修鸣就这么眼睁睁看着火把掉下来，点燃了地上的油迹，火苗像长了腿一样，迅速往一个地方跑。

再然后——爆炸！

其他士兵站得远，只是受了轻伤，而章修鸣离得较近，当时就飞弹了出去，不省人事。士兵把他扒拉出来的时候，他半边身子都是血，另外半边黑乎乎的，头发都烧焦了不少，还是依靠那身料子极好的衣服才认出来是他。

以其人之道还治其人之身的法子，自然是许杭杀的一个回马枪。被自己的陷阱拖累，这种滋味应该相当不好受，远胜于掉入别人的陷阱。

章尧臣在房门外等得焦急。过了一会儿，医生推门出来，略带遗憾地说："参谋长，令公子的右腿和左手，可能以后都废了。"

章尧臣一下子站起身来，头重脚轻，身子晃了一下，扯着医生的手问："什么！什么叫作废了？！还有他的腿，他才多大，怎么可以切断他的腿！"

"参谋长，不是我们切的，这……这是当场就炸断的呀！"

待冲进房间，看见打了针以后昏沉睡过去的章修鸣，他心中又是一阵翻腾，险些晕了过去。

医生还在对他说："参谋长，他得赶紧输血，不然会有生命危险哪！"

"用我的血！用我的！"章尧臣亮出胳膊，慌里慌张地让医生赶紧采血输血。

门外，章饮溪看着遭此大难的家人，病弱地站在那里，想帮忙却觉得分外无力。她拉住一个官兵问道："究竟为什么会闹成这样？"

那士兵对章饮溪敬了一个礼，知无不言："原来是没问题的，只是阎帮的人出手，从栖燕山庄救走了人犯，又在码头设了陷阱，才会害得章少爷……唉。"

阎帮？章饮溪脸色煞白，脑子混乱，忍不住去想，总有种真相要往她脑子里钻的感觉，却又好像还没参悟明白。

她颤抖着嘴唇问："这怎么可能呢？阎哥哥，阎哥哥和他们又不熟，为什么要帮忙呢？"

那士兵见她面色倦怠，想着她如今突逢兄长大难，内心一定很煎熬，十分不忍心，语气也温和了很多："那就不清楚了，只是栖燕山庄的士兵亲口说看见了廖勤，那可是鬼爷的左膀右臂，这总跑不了吧。"

若是廖勤，那一定……一定是萧阎许可的。

可是哥哥明明已经布下天罗地网，他又是如何杀出重围的呢？今日看结果，倒像是哥哥中了奸计，这一切究竟错在哪里？还有阎哥哥，他为什么这么帮着他们？

可是前几日，阎哥哥明明对自己释放好意了呀，她还以为……还以为他是想通了，对沈京墨的同情也戛然而止，知道真正的明珠是谁了。

前日温存，言犹在耳，今日的血迹，又为何斑斑瘆人。

到底哪里出了问题？

"咳咳……"章饮溪拿着手帕捂着嘴，突然就咳了一大口血出来，疼得腰也弯了下去。

士兵被她吓到了，一把扶住她，慌乱道："小姐，你没事吧？医生……医……"

"别叫！"章饮溪拉住他的衣袖，草草擦了一把嘴角的血迹，把手帕塞进他的口袋里，"现在家里乱成一团，我不想再添乱。这只是老毛病，咳两下……没关系，让医生先救哥哥。你别张扬，把帕子悄悄丢了，别让人看见。"

这士兵长年来往于章家庄园，却是第一次见到章饮溪这么虚弱和识大体的模样，点了点头就出去了。

士兵刚出去，管家就手里端着一个东西走到了章饮溪面前。

"门外有一个鬼爷的手下送了一个香囊过来，说是要亲手交到小姐的手里。"

那个香囊，正是之前萧阎要过去的那个，只是跟之前送出去时不一样，瘪了许多，里面的东西已经倒空了。

章饮溪眼睛一亮，一把抢过，扯开香囊，发现里面只剩下一张薄薄的字条。

纸条上只一句话——多谢章小姐通风报信之恩，感激不尽。

章饮溪心中一跳，呆愣了一下，将那句话默读了好几遍，像要瞪穿它一般。她放声大笑，笑得那么狰狞，连一旁的管家都有些吓着了。

她终于想明白了，想明白了自己有多蠢，蠢得像头猪一样，被爱情迷昏了头脑，被许杭拿捏在手里，肆意利用。

被近千人马守住的章家庄园里，走漏风声的竟然是她自己！就连那日萧阎的温柔，也不过是假象罢了。

她的手不停地抖着，把那张纸撕成了碎片。管家活这么大岁数，从没见家里这么糟糕过，直劝：“小姐，小姐，你冷静，事情总会好起来的，你别气坏自己的身子！”

“哈哈哈，利用我……他利用我！是我！是我害了哥哥！”

章饮溪神情一变，只一瞬间就梨花带雨，似乎这打击彻底击垮了她。她膝盖一软，跪倒在地，望着章修鸣房间的方向，羞愧地低下头，喃喃道：“为什么这么对我……”

章家庄园的上空，尽是密布阴霾。

来来往往的仆人都肃着脸，不敢说笑，省得触了主人家的霉头。

只是他们心里都有些明白，章家这盛极的气数，怕是要开始转衰了。

饮水轩之中，所有人都在包扎疗伤，各自休息。

一觉醒来，段烨霖偏头看到靠在椅边睡熟了的许杭。

许杭睡得很安逸，眉间隐隐皱着。这个人救了自己，又忠实地守在身边，实在让他捉摸不透。

他总是记得，那年绮园，二人是怎么相识的。现在想想，初见之时许杭就是戏服粉墨装扮，四年之久，其实也不曾抹掉自己身上的粉墨。

他以为自己早已经将许杭带出戏外，其实，他和许杭都还是戏中之人也未可知。

只是可惜这出戏唱了这么久，他都不知道究竟是什么本子。

许杭似有所感，缓缓睁开眼睛，直起身子，嗓音有点喑哑："饿了吗？"

段烨霖摇摇头，笑了一下。

两人都不说话。

"少棠，你有想过离开贺州吗？"段烨霖问。

没头没脑的一句话，许杭被他问得有点蒙。

许杭老实回答："想。有几年天天想来着。"

段烨霖叹了一口气，说："从前我上战场的时候，没有牵挂，想着死了便是死了，没有什么值不值得的。可是昨晚，我是真的有点畏惧了。"

"好人不长命，祸害遗千年，你命长着呢。"许杭低声道。

被骂"祸害"的段烨霖笑得胸膛一颤："我是真的没想到会被你给救了。"他有些感慨，又有些感激，拍拍许杭道，"少棠，经此一事，我们也算是患难与共了，你若有什么难处，尽管和我坦诚，我都会帮你的……"

许杭低着头："我……"

坦诚，做不到的吧。

"我的手需要换药了，我先出去，待会儿替你看着药。"

走出房门，屋外是一整排的药罐子，所有的伤兵都被安置在这里。许杭没想过事情会变成这样，上海滩到底不是贺州城，这次是自己太心急了些。

许杭也挂了点彩，他看着自己的手掌心，皮肉都翻出来了，至少得养大半个月。那手微微有些颤抖，经脉连着到胳膊以上的地方一抽一抽的。

许杭赶紧将手伸进口袋，掏了些叶子一样的东西塞进嘴里嚼。叶子涩而苦，他生生咽了下去，才觉得好一些。

萧阎抽着雪茄进来的时候，看见许杭站在院子里对着药罐发呆，忍不住笑了一下："怎么了，许大夫，觉得自己失策了？"

许杭不知如何作答。

萧阎说："行了，你清醒一点，我和章尧臣斗了这么久也才在上海滩和他平分天下，你要是真的这么一击即中，那不是显得我太没本事了吗？"

许杭拿着蒲扇轻轻扇风："成败不重要，只是无辜的人还是无辜的。"

"你不用太自责，段烨霖和章尧臣原本就必有一战，你不过是把这场战争往前挪了而已。"萧阎如是安慰，"你不如想想接下来怎么办。"

"章家怎么样？"

"章修鸣断了腿，算是废。幸亏他在码头那么一闹，惹了民怨，上面对他们私自调兵十分不满，现在暂扣了章尧臣的权。"

"码头枪战的事情怎么会闹得那么大？章修鸣既然敢做，应当有本事打发才对。"

"因为事后有人在码头被炸坏的破船上搜出了大量的走私品，这事儿是百姓先发现的，一传十，十传百。枪战还可以找找借口赖给那些囚犯，可走私品出现，这事儿怎么也简单不了。章尧臣暂时是掀不起什么风浪了。"

药炉咕嘟叫着，热气把药罐盖子顶起来，许杭看了一会儿，说："那就先这样吧，等段烨霖伤好了再说。反正章家吃了这么大的亏，不会没动作的，我们等着就是了。"

话说得很随意，可是萧阎透过自己吐出的烟圈审视许杭，总觉得许杭垂下的眼眸里多了一点复杂的情绪。

以往是沉稳的精明，此刻似乎成了混沌的迷茫。

萧阎也不想多惹是非，反正他答应帮许杭做的事已经做完了，便说："那行吧，我就进去替你在段烨霖面前圆个谎吧，这样咱们就算两清了。"

这次阎帮肯帮忙，怎么说也是托了沈京墨的福，倒也说得过去。

"只怕这谎不好圆了，这次是我莽撞了，马脚露太多了。"

许杭坐在小小的矮凳上，把自己的脸埋在膝盖之间，整个人陷入一种淡淡的阴郁之中。

许杭一直在想物华天宝的那个路口，他放弃了杀章尧臣的机会，勒马回转，本以为自己不过是还段烨霖一个人情，为何现在想来竟然半分后悔也没有。

忍辱负重，绮园之囚，焚城之火，他说一句暂搁就真的搁下，这不像自己。

许杭低头坐着，突然，一个人影站在他面前，他抬起头，就见到怒目而立的乔道桑。他瞪了许杭一眼，却什么也没说，转身往屋里走。

段烨霖的腿还绑着支架，动弹不了，乔道桑也不好责罚他什么，只是吹胡子瞪眼。

"我上回就提醒过你，现在不是你去大上海的时候，你怎么还是听不进去？"

"四叔别生气。"段烨霖自知理亏，语气也软了下去。

乔道桑一脚踩在床边，胳膊肘支着膝盖，犀利的眼神盯着段烨霖看："你是司令，你的枪、你的命，都得用在战场上！你明白吗？"

段烨霖长叹一口气："四叔，下不为例，成吗？"

"再有下次，你肯定还跟现在一样！"

乔道桑放下脚，坐到床边，拍了拍他的胳膊："烨霖，这次我去外地，正好经过中部，顺道就去了一趟蜀城，虽然待的时间不久，却知道了一件有趣的事情，你有没有兴趣听听？"

段烨霖的眼睫毛动了一下，显然是想听。

乔道桑笑了一下："那个叫许杭的孩子，不是说从蜀城而来，祖籍就在那儿吗？我遇见一个蜀城的庙祝，他说蜀城的本家姓氏里根本没有姓许的人家。"

被褥下，段烨霖的手突然攥紧了。

"怕庙祝年纪大了，记性差，我特意去宗祠里翻了翻蜀城百家之姓的牌位，的的确确没有姓许的人家。你仔细想想，若是世家出身，宗庙里面怎么可能没有他家的先祖牌位？！"

以金洪昌的身家，他的妹妹许配的人家一定也不差，二十几年前也一定是一个显赫的家族，可是偌大的一个姓氏，怎么可能说不见就不见了？

要么，许杭不是蜀城人；要么，根本就不存在许杭这个人。

无论是哪一点，总之许杭一定骗了他。

段烨霖咳嗽了两下，掩饰自己内心的震撼，问道："还有呢？"

"没了，我没继续查下去。"乔道桑把腰间的烟斗摘下来，往里头塞烟草，"你想不想查下去？"

往下查，意味着可能会查到真相。真相往往意味着残忍和撕破脸皮，意味着打破平静，意味着暴露一切。

如果一切都是误会，那查一查无妨，可是……

曾经段烨霖明明可以查却没查，是因为他不想触碰许杭不愿为人所知的过去。可是如今，这份未知似乎引发了他和许杭之间无端的猜疑和隔阂，这道槛很难跨，可是不跨，它也不会消失。

早也是一刀，晚也是一刀。

"四叔，"段烨霖闭上眼，做了决定，"查吧。"

乔道桑很满意段烨霖的回话，狠狠抽了几口烟，笑了笑，就出去了。

捧着药罐子在门口站了很久的乔松这才走进去，他听到了方才所有的对话，也有点惊讶段烨霖最后的决定。

"司令，您……"

"你是不是觉得奇怪，想知道我为什么要怀疑少棠。"

乔松低着头捣药，捣了一会儿才抬头："我以为，许大夫赶来救你，这会儿你们该是没有嫌隙的。"

段烨霖扶着额头，只觉隐隐作痛，其实更难受的是心头。他说："说到来救我，我倒是想起来了，昨晚……少棠的枪法很好，你可看见了？"

乔松端药的手略微抖了一下，想说些什么，到底还是没说出来。

飞马一枪，十足惊绝。然而乔松不是第一次看到了。

"司令，人在情急之时总会有举动惊人，您别想太多了。"

"不是我想得太多，或许是我从前想太少了。被囚的变成救人的，而救人的变成被救的，这些事情已经渐渐出乎我的意料了。"

乔松皱了眉头："可是，昨晚不是鬼爷出马救出大家的吗？鬼爷不是沈京墨请来的吗？这里面还有什么古怪吗？"

段烨霖觉得自己丢失了四年的睿智到了今天才终于重新回来，

便道："如果萧阎真的愿意出手救人，为什么不事先来和我商量对策？明明与我联手是最稳妥的，可他偏偏自己动手？"

"他……"

"好吧，就当他萧阎的性格是喜欢独来独往，那么栖燕山庄怎么解释？我们在上海滩查了几天，都还不得不去章家庄园探一探，他就那么确定人被关在了哪里？"

乔松被说得一愣一愣的。

段烨霖摆了摆手，用了药有点渴睡，何况也说得有些累了。其实还有很多疑点他没有说，譬如沈京墨没有先来求自己，譬如蝉衣丝毫没有显露担忧，譬如……

查吧，查吧。

水落石出吧，真相大白吧，盖棺定论吧。

是真是假，他想知道了。

受伤的人总是会被优待的，譬如段烨霖。

看着许杭的后脑勺，段烨霖想到乔道桑已经出发去蜀城了，来回再加上查访，估计需要一个月的时间吧。

"少棠，你想过以后吗？"

"什么以后？"

"我总想着，以后你还是当大夫，我呢，不做司令了，去开个武馆怎么样？"

"武馆？"

"就挨着你的药堂开，我这儿的学员伤了胳膊或瘸了腿，就直接送去你那儿……"

许杭不敢说，不敢应答。

许杭看着前方映出光亮的门缝，有那么一瞬间几乎要忘记向章尧臣复仇的事情了。

有个声音一直在许杭耳边急迫地呼唤，说着"停手吧，停手吧……"，那声音仿佛带着毒性，侵入奇经八脉，要他几乎放弃理性。

许杭摇了摇头，捂着自己的耳朵。

章家庄园医生进进出出，送走了一批又一批，听说下一位医生

124

是一个洋大夫。每个人都在为了章家少爷的身体而费心费力。

躺在床上的章修鸣已经醒来两天了，所有人都在战战兢兢等着他的暴怒，等着他知道自己残废之后的崩溃表现，没想到他竟然一言不发，就这么安安静静待了两天。

女仆每次进去，都看见他盯着天花板看，很长时间都不眨眼睛，不知道在想什么。大家都窃窃私语，说章修鸣彻底傻了，因为接受不了现实而疯癫了。

这章家，气数怕是要尽了。

而一向与章修鸣感情深厚的章饮溪一直都没脸去见章修鸣。直到两天后，她才趁着章修鸣睡着的时候，在他床头哭了会儿，然后被章修鸣抓住了手。

"小妹……"

章饮溪低着头，她不敢对兄长和父亲说自己犯的错，也不知道该怎么用浅薄的语句去安慰哥哥，只能默默垂泪。

"小妹别哭。"章修鸣见不得自己的妹妹落泪，扯着嘴角笑了一下，脚上传来的疼痛虽然很真实，但是他总是有点恍惚，仿佛那条腿还在，他伸出手摸了摸章饮溪脸上的泪水，问道："你还记不记得阿麒？"

阿麒？听到这个名字，章饮溪愣了一下。那是从章修鸣小的时候就在他身边伴读的仆人，只是八九年前就已经死了。她只知道，从那个时候开始，章修鸣就变得很喜欢收集一些美好的东西。

章修鸣不等章饮溪回答就自顾自说了起来："我以前很喜欢欺负阿麒，阿麒也一直很怕我，无论我做什么，总是那副唯唯诺诺的样子，从来不敢反抗我。直到有一天，阿麒说要回老家……我不准，那是阿麒第一次反抗我。"

后来，阿麒当着他的面点燃了汽油桶。

在码头，爆炸发生的瞬间，火光之中，他似乎看到阿麒满身鲜血坐在地上，笑着跟自己招手了。

"阿麒曾经跟我说：'因果报应，今日你对我做的一切，将来必定会有一人，百倍千倍还你。'我想，是阿麒的诅咒到了。"

章饮溪一下子扑在章修鸣身上哭泣："去他的什么诅咒！呜呜

呸！明明是那个许杭和段烨霖害你的！你放心，哥哥，他们一定！一定会付出代价的！"

章修鸣那双空洞的眼睛无神地睁着，也不知道有没有听到章饮溪的哭喊，只是嘴角一扯一扯的，一副要笑不笑的样子。

有萧阁的照顾，段烨霖一行人在上海滩相安无事地待了近一个月，该养的伤也好得七七八八了。除了段烨霖还必须拄拐一个月，其余人倒也没有什么大碍。

过了三天，顺风顺水，该是回贺州的好时候了。

萧阁在码头给段烨霖他们准备了一艘船，还在修理。许杭在岸边看着出神，萧阁在他身后出声："这趟你算是白走一趟了。"

水面波光粼粼，许杭的声音也被风吹散："谁说的？"

萧阁耳尖一动："你该不会还想做什么吧？"

许杭许久没理头发，鬓角处有一些长，他将其撩至耳后："你不觉得现在是章家戒备最松散的时候吗？"

最危险的时候就是最安全的时候。不入虎穴，焉得虎子，是个挺诱人的赌机。

萧阁的鞋后跟在地上踢了一下，把脚边的垃圾踢开："许大夫，这可不像你的作风，沉着冷静、运筹帷幄不是你的长处吗，怎么突然变得这么意气用事？就好像有什么东西在逼着你完结这件事一般。"

"我累了，"许杭缓缓蹲下身，长衫拖在地上，"我只是突然想过安稳一点的日子了，不想再去算计了。"

那种落寞让萧阁也不禁有点感慨，跟着蹲下："我有时候也想着解散阁帮，回老家种地。但这只是在打了一架满身疲惫的时候想过，刀口舔血的生活我早就习惯了，没那么容易回去的。许杭，我是这样，你也一样，段烨霖更是这样。"

他拍了拍许杭的肩膀，自顾自走了。

许杭一直蹲在那里，手指在地上漫无目的地画着什么，直到太阳下山。

萧阁说得对，是太心急了。

126

许杭不是没想过直接提着刀冲到章家，将章尧臣砍死，让一切都随灰烬湮灭。

可是……

许杭突然狠狠地一口咬上了自己的手背，企图把自己内心的躁动压下去。

为什么？

为什么那些身负罪孽的人还不速速就死，偏偏逃过一劫？

忍不了了，是真的一分一秒都忍不了了。

月牙初现的时候，乔松捧着晚膳进来，正巧看到许杭从房间里退出来，便喊了一句："许大夫，您别出来了，我替您把饭菜都端来了。"

许杭瞥了一眼，说："你们吃吧，别等我了。"

"您去哪儿呀？天都黑了。"

许杭看了看月亮，尖尖的角，残缺的美感，只是快入秋了，今夜的风与云配合在一起，显得有些肃杀。

许杭宽大的袖子里捏着那个芍药香囊，指尖发白。

乔松看见许杭的手微微有点颤抖，然后从里头拿出了一点叶子一样的东西放到嘴里嚼。那咀嚼的举动慢条斯理，显得有些痛苦。

许杭说："我想给司令换点药，他现在正睡得沉，你别吵他。院子里有刚煮的药，他若是醒来了，你喂给他喝。"

乔松看许杭一只脚都要迈出去了赶紧出声道："明天再买不行吗？过两天回贺州了，不急嘛。"

"等不了了，"许杭垂下眼眸，看着自己的掌心，"这药煎得太久，是时候该换了，不然要是溃烂了，就好不了了。"

许杭颓然放下手，头也不回地往外走。

乔松倚在门口，看着许杭的背影，竟然隐隐地担忧起来。因为这是他第一次从许杭的脸上鲜明地看到了名为痛苦的情绪。

第四章　为君留

章家庄园里，似乎万籁俱寂，又似乎有人在叹息。

墙上的钟嘀嗒嘀嗒，一双眼睛看着它左右摆来摆去，眼白浑浊，眼珠子又有些清亮。

章修鸣就这么坐在床上，没有点灯，像一尊雕塑一样，等着某个人出现。

十二点刚过，窗台处似乎有什么动静，随后门窗被人拉开，一个身影披着月光从外面走进来。

月光如冰河，带着些寒意。

那人一进门就开口说道："连些守卫都没有，你是准备好要赴死了吗？"

章修鸣轻笑一下，说："我早知道你会来找我玩，已经等了好几个晚上，终于等到你了。"

他满脸的笑容，一点也看不出此刻是在面对一个害他断了腿的人，反而像是在等一个老朋友。

"坐吧，许杭，站着多累。"章修鸣拍了拍自己的床榻。

许杭冷眼看他："不知道你自己的腿，你打算做成什么样的摆设呢？"

章修鸣的一只手不自觉就抚摸上了自己的腿："我的身体不重要，你的身体比较重要。"他知道被褥之下的那部分已经空了，再摸也是枉然，就把拳头握紧，"与其担心我，不如担心你自己吧。许杭，你的身体已经撑不住了吧。"

邪肆的笑意在黑夜里绽放。

像是一个魔咒，许杭的手忍不住抖动起来，他立刻掐了掐自己的掌心，缓解那种抽搐。

然而这个举动没有逃过章修鸣的法眼，他看了看许杭腰间的香囊里漏出来的叶子，颇为得意地说："即便你再怎么硬撑，怕也是撑不住的。"

许杭看着他的笑容，有种强烈的想把他撕碎的欲望。

这是章修鸣唯一成功的一招。

许杭被囚禁在章家庄园的那些时日里，章修鸣在他每日的吃食中都加了分量适当的药。这种药并不致死，却能使人产生严重的幻觉，导致意识错乱。

怕许杭发现，他又加了适量的麻药，让许杭的肢体感官麻痹。

许杭绷着下巴，一字一顿道："你真以为，用这样的手段，就能让我认输吗？"

"不能吗？"章修鸣歪了歪脑袋，"你这么辛苦忍耐，不向任何人求助，不就是怕被人发现吗？"

章修鸣说得一点也没有错，许杭确实不愿意让其他人知道。

不只是段烨霖，萧阎也好，乔松也罢，任何一个人，许杭都不愿意让他们知道。

这就是许杭骨子里的倔强，他硬气得很，宁愿把牙给咬碎，也绝不会让别人看到他的落魄。

章修鸣轻轻拍着床沿："现在放眼全上海滩，恐怕也只有我这里还有一点点你想要的东西。"

许杭微微抬了抬下巴："所以，这就是你的底牌，你以为我会因为这个而回来找你？"

"事实上，你确实回来找我了，不是吗？"

许杭往前走了两步，微微低下身子："回来找你，是想亲眼看看你的下场，你莫要自以为是。"

"许杭，你知道我给你用的是什么药吗？"章修鸣的眼珠子从一边转到另一边，"从前我给一个身强体健的马夫用过，不到一个月，他就半人半鬼，死了。"

就是因为万无一失，他才会这么做。

"你可真是费尽心机。"

"你是大夫，应该明白我不是在危言耸听。"

许杭的手又开始不自觉地发抖了，他用力捏了捏，说："是，你说得对，这药确实厉害。"

"所以，现在的我，于你而言，才是真正的'救星'。"章修鸣伸出一只手，"只要你背叛段烨霖，我就会给你你想要的东西。"

许杭盯着那只手，嘴角勾了一下："可是我也知道，这药再吃下去，我死也不过早晚的事。"

"话虽是这么说，但你可以少受些苦，这不好吗？"

许杭轻蔑地挥开那只手："谁说我的下场一定如你所愿？"

听到意料之外的答案，章修鸣自然不悦，他道："哦？那你有何打算？"

"章修鸣，你最惨的时候也不过就是现在这样残废的样子，对吗？可你知道我最惨的时候是什么样子吗？"

焚城烈火，至亲血肉，困于绮园。

往事一幕幕在许杭面前展开，许杭深长而沉重地呼吸了一下，用最平静的语气道："我承认，我或许没有那么坚强的意志，但是我绝不会畏死。活着固然很重要，可是要我在你面前卑躬屈膝，死反而是一种恩赐。更何况我也有这个自信：从前到现在，所有害过我的人都没有我活得好，那么以后也会一样。"

多么清冽的眼神啊，多么无所谓的语调啊。

真熟悉啊。

就像是阿麒死前拿着刀，嘴角带着一抹很淡很浅的嘲笑，脸上虽沾着血，眼神却是看可怜虫一般的悲悯与不屑，就那样回击着章修鸣。

虽然没有伤到章修鸣的躯体一分一毫，但是在心理上让他一败涂地。

"好！好……"章修鸣牙齿咬得咯咯响，"你现在有骨气，那我就等着看，希望你忍不了的时候，还能这么有骨气！"

"你这样睡着高床软枕的大少爷当然不明白生活在底层的人是怎么挣扎着活下来的。我承认，这药的确让我头疼，可是绝不会让我放软自己的骨头——"

许杭迈开步往前走，每一步都带给人压力，他从袖子里抽出一支明晃晃的、尖锐的金钗，抵在章修鸣的脑门上："你自诩恶魔，其实不过是有些丑陋的心思罢了。真正的恶魔，生长于地狱，比你想象的可怕得多。你当我是白羊，可是在我眼里，你才是鱼肉。"

眉间传来一点疼痛，可是章修鸣没空理会这一点点威胁，他在许杭抽出那支金钗的时候就已经被吓到了。

如果是刀子或是枪，他都不会感觉害怕，可这金钗……似乎就是袁府和都督接连出事时的现场凶器？

站在他面前，拿着这支金钗，凌厉地看他的人，难道就是闹得满城风雨的那个金钗杀手？

"你！你……"

许杭欣赏着章修鸣的脸色，用金钗的钗尖顺着他的脸颊往下："都丢了一条腿了，还不明白谁才是这场游戏的赢家？"

形势急转直下，这变故太过突然，完全超出了章修鸣可以预见的范围！

他看着近在咫尺的许杭，脑子里嗡嗡一片，好似所有的情绪和思绪都被打翻了，五颜六色的，混合在一起，一时间根本分不开。

那带着浅浅微笑的人，手执利器，毫不掩饰杀意，无视他的威胁，每一次都让他吃瘪。原来这个看似最无害的人，才是最恐怖的角色。

段烨霖算什么，正面的敌人会让人敬畏，却永远不会让人害怕，只有背后的黑手才会让人不寒而栗！

他的手在被子下暗暗拽了拽，虽然因为自信没有设守卫，但他在被窝里藏了一把枪。

事实上他现在很庆幸自己做了这个小准备，才不至于让他在许杭面前太丢脸。老实说，他真的有一点恐慌，仿佛这是他第一天认识许杭，或者说——他从未认识过许杭。

原本瘫痪在床这几天，他以为自己没有"活着"的欲望了，可是当死亡逼近的时候，他才发现自己求生的本能依然强烈。

真是可惜了，这双好看的手只能打坏了。

章修鸣这么想着，拿紧了枪，眼睛一眨不眨地看着许杭的动作，只等着某一秒。

或许是他太紧张，额头渗出一点汗，许杭突然动了一下，他几乎就要把枪拔出来，却被许杭的手带着十足的力气，摁着穴位飞快地压住了！

　　"章修鸣，你还是别轻举妄动的好，你都不觉得奇怪吗，都过了十二点，你妹妹怎么到现在还不回家？"

　　章修鸣的瞳孔一下子就收缩了！

　　"你把小溪怎么样了？！"章修鸣恨不得长出一条腿，马上从床上翻下来。

　　"你说，你妹妹若是知道萧阎帮着我害你断了一条腿，在知道今夜萧阎会去泡温泉后，她会不会去找他算账？"

　　一定会。

　　章修鸣太了解自己的妹妹了，她就是那种不带脑子的人，脾气一上来，做什么都是可能的。

　　其实许杭是在诓他。

　　他也并不确定章饮溪会不会去找萧阎，只是他在进章家庄园的时候，刚好看到章饮溪出门而去。深更半夜，这女人拖着一副病恹恹的身体也要出去，想必是去做些不简单的事情。

　　至于她回没回来，许杭也不知道，只是当下的情形，拿来乱一乱章修鸣的心绪倒是很适合。

　　"你想做什么？"章修鸣怒视着许杭，彻底没了先机的他已经失去了从容。

　　许杭轻笑道："把枪给我，我就告诉你。"

　　这等于是在交命。

　　章修鸣没有犹豫，直接松了手。

　　许杭掀开被子，把枪拿起来在手里把玩："没想到你是个人渣，却是个好哥哥。放心吧，人不犯我，我不犯人，你妹妹与我无冤无仇的，她的命我不关心。"

　　"那你想要我的命？"

　　许杭的笑容加深了一点："你的命我就更不关心了，我不是加倍奉还的那种人，你对我做的事，以你现在的下场，我觉得也够了。"

　　章修鸣牵挂着章饮溪的安全，语气急了起来："那你到底想干什么？！我妹妹呢？！"

许杭退了几步，倚在阳台的栏杆上，黑洞洞的枪口指着章修鸣，如同在看羔羊一般，指使章修鸣："你就这样出去，一个人，不准喊人，不准求救。我记得萧阎今夜会在瑞庭芳泡温泉，你能不能在你妹妹出事前赶到，就看你爬得快不快了。"

这是羞辱。章修鸣终于知道许杭今夜的来意了。

一向高高在上的章修鸣，终于也有被人踩在地上踩压的时候，这种反差带来的耻辱深入骨髓，至死都不能忘记。

"只为了折辱我就敢深入虎穴？"

"你也不是只为了欺辱我就大闹上海滩吗？"

"呵，我还以为你多能耐，原来不过就是想体验一把高高在上是什么滋味。"

许杭抚摸着枪身："高高在上的滋味我不稀罕，把你踩在脚下的滋味我比较喜欢。"

章修鸣没有选择，许杭的枪口就是警告，只要他一叫人，许杭就会开枪。于是他掀开被子，拿起床边的拐杖，一瘸一拐地往外走。

刚断没多久的残肢当然是疼的，何况还有一只手也没有知觉，才几步章修鸣就已经出汗了，可是他不敢停下，只要一想到章饮溪可能会出事，他就心如刀绞。

跌跌撞撞，摇摇摆摆，好不容易出了大门，下台阶的时候重心不稳，他一下子就摔了下去，滚了好几米远。断腿磕在台阶上，那已经不能说是钻心的疼，该说是濒死的痛。

他能感觉到，许杭站在二楼的阳台上俯视着自己，轻蔑地、冷酷地。他咽了咽唾沫，额头的汗和背后的汗涔涔往外冒，继续咬着牙一点点往外挪。爬过的地上留下一道血迹，那都是从断腿的伤口溢出的。

月色之下，唯美的庄园之中，他丑陋地爬行着，费了九牛二虎之力才终于爬上门口停放的车子，打开车门，艰难地坐进了驾驶室。

坐下去的一瞬间，他几乎觉得救回了一条命。

来不及喘息，他立刻发动车子，只想立刻冲到瑞庭芳。

他本以为许杭一定还站在阳台上，得意扬扬地看着自己出洋相，可是在车子拐弯的时候，他瞥了一眼，阳台上已经空无一人。

就好像刚才的一切都是一场梦境。

大概是看够笑话了吧，章修鸣"呸"了一下，狠狠踩了一脚油门。

章修鸣当然不会知道，今夜许杭的目的，从头到尾，根本就不是他。或者说，许杭只是来办自己的事情的同时，教训一下章修鸣而已。

看着章修鸣出了章家庄园，许杭打开了衣柜，找了一件章修鸣的睡衣套在身上，戴上口罩，又将章修鸣的一根备用拐杖拿着，一瘸一拐地往另一栋楼走。

正是最困的时候，守卫哈欠连天，昏暗的煤油灯也驱不走黑暗。

他们远远听到拐杖的声音，摇了摇头，努力睁开眼，迷迷糊糊看到一身还挺熟悉的睡衣，就忙着打招呼了："少爷，这么晚了还来找参谋长吗？"

"嗯。"口罩里的声音闷闷的。

守卫捂着嘴又打了一个哈欠，拿起煤油灯想看得清楚些，腰才刚直起来，就被许杭一巴掌给打翻了。

"混账东西！灯拿得离我这么近，是想烫死我吗？！"

守卫捂着脑门觉得委屈，都说章大少爷残废了以后人疯了一半，要他说，这哪里是疯了，根本就是点火就着，撒脾气呢！

算了，算了，惹不起，惹不起！守卫点头哈腰道："您……您见谅，我这是困迷糊了……您请，您请。"说着就帮忙开了门。

许杭"哼"了一声，佯装不满，然后一瘸一拐地往里头走。

关上门的瞬间，他还能听见守卫在外头自言自语地骂骂咧咧。

面前是漆黑的走廊，走廊尽头是一扇门，门缝里漏出一点光亮，看来章尧臣还没有睡。

透过门缝，可见章尧臣坐在书桌前，对着桌上一张烧了一半的照片发呆。

那照片上是一个身穿长袖旗袍的女人，温婉明媚，只是照片被烧了，只能看到她一半的容颜，却也让人心驰神往。

他摩挲着照片，边角都摸出印子来了，显然这照片他常常拿出来翻看。

桌上的茶凉了，有风漏进来，他觉得有些冷。

抬头一看，门不知何时打开了，门外隐约站着一个人，章尧臣吓得站了起来，看清了以后才道："修鸣，怎么突然起来了，还一声不吭的？冷不冷？伤口疼不疼？你让人来叫我就是了，干吗要亲自过来呢？"

门外那个人没有动，而是把拐杖往旁边一丢，然后正常地往里面走。

一看这架势，章尧臣皱紧了眉头："你不是修鸣……你是……"

他似乎知道这个人是谁了。

那人不瘸不拐，稳稳当当走到明亮的地方，揭下口罩。

"我是许杭。"

许杭举起了手中的枪，老人的四肢百骸涌上一股凉意。

章尧臣这一生见过很多杀手，他自己也培养过很多杀手，却是头一次见到许杭这样的，看起来毫无杀气，如好友串门儿要茶一般自然。

章尧臣愣了一下才开始好奇许杭是怎么进来的，刚往许杭身后看了一眼，许杭的枪就举起来了："参谋长如果要喊人，那就只能玉石俱焚了。"

这威胁很有用，章尧臣往后退了两步，坐回到自己的椅子上。

许杭举着枪，一刻都没有放松，一直到他坐到章尧臣的对面。

刚一落座，许杭就看到了桌上的照片，手里的枪微微抖了一下，再度抬头看章尧臣的时候，眼底多了几分恨意。

这明显的变化，章尧臣看在眼里。

自从栖燕山庄一别之后，他不自觉就会想起许杭的话，对许杭这个人好奇。他心中自然也有疑问，甚至有个大胆的猜测，今日或许是解答的时机。

"你果真是好本事，出入章家如入无人之地，看你这身衣服……你将我儿怎么了？"章尧臣一下子紧张起来，握紧了扶手。

老实说，章尧臣的这个动作微微有些怪异，明明是急得想站起来，却生生克制住自己，脚抵在两侧，手死死抓着扶手，一点都不放松。若落在旁人眼里，或许会觉得章尧臣是在强装淡定，可是许杭知道他的真实用意。

"刚才那句话，是我忍了十一年一直想对你说的话，可我终究不是参谋长这样的无耻之徒，做不到这么狠。所以请你放心，他们暂时都还活着。"

一句话就令章尧臣略微放下心来，他又抬起眼："很少有杀手像你这么多话的，若是想杀我，一枪不就结束了吗？"

许杭侧了侧头，笑了一声："这间屋子，看起来又旧又破，实际上暗藏杀机，到处都是机关陷阱。就好比现在，看起来危险的是你，只怕有更多的枪口是对着我的。"

章尧臣虽然竭力装出往常的儒雅，可是内心已经到了崩溃边缘，他所有自认藏得好的秘密，都被许杭不留情地拆穿了。

这间房，是他专门为了保护自己而设计的，就连章饮溪和章修鸣都不知道其中的奥妙，然而这个从没来过的许杭，竟然知道得一清二楚。

许杭微笑着看着他："参谋长只怕死也想不到，丛林会把一切都告诉我吧。"

"原来是丛林……"章尧臣恍然大悟，却也安心了。因为即便是丛林，也并不是十分清楚这间房的构造。

"士别三日，当刮目相看，参谋长距我上次见你，可是衰老了不少呢。"

这话说得章尧臣想笑笑不出，一嘴的苦味。衰老？能不老吗？儿子断了腿，女儿病重无药可救，连他也被烟贩团的人盯上，章家是腹背受敌，顾东不顾西，怎会不憔悴？

哪怕不照镜子，章尧臣也能想象得到自己的头发白了多少、脸上皱纹又多了多少。

"想必你也知道，若我死了，你也不能安然无恙走出这间机关房，那索性咱们就先聊一聊吧。"章尧臣略微放松了一下，定定地看着许杭，"你，到底是什么人？"

他抬头看向许杭，许杭披着章修鸣的衣服，有些大，挂在身上，显得他更加纤细。许杭只是坐在一把普通的木椅上，平视章尧臣的目光却像镀了一层银，似在看灰尘中的污垢，让人无地自容。

许杭垂眸看着照片，竟多了许多眷恋："参谋长不是已经有答案了吗？"

轰的一下，好似什么东西在章尧臣脑袋里炸开了。

不是害怕，而是一种钟鸣，就好像自己一直在等的东西，突然在某个时间来临，耳边是一个声音在回响——终于来了。

他眼睛瞪得极大，身子也微微往前倾，一会儿看看许杭，一会儿低头看看照片，两张脸似乎渐渐重叠在一起，越来越分不清。

"你是燕钗的孩子……你是少棠？"他唤出记忆中的那个名字。

没承想许杭一下子厌恶上脸，把枪一举："别让我再从你的嘴里听见这些名字！"

这一刻，竟让章尧臣想到他很多年前到蜀城时的场景。

许多年前，他从一个逃兵当上了军长，在蜀城风光无限，一时间让很多人都很羡慕。当然，他所有的这一切都是拜鹤鸣先生所赐。

人人都说，鹤鸣先生和章军长是管鲍之交，有他们二人在，蜀城一片祥和。至少曾经章尧臣也是这么想的。

世上最可怕的事情不是人心歹毒，而是人心不足。年少的章尧臣曾经也是个善良的人，直到他第一次见到金燕钗。

那是鹤鸣先生的妻子，千载难逢的美人。

章尧臣初见金燕钗的时候，刚拎着一壶酒，意气风发地走进芍药园里，远远就看见一个女人端着香炉从汀步脉脉走来，袅袅香气像是她多情的眉眼，裙角摇曳生姿，腰间的蝴蝶玉佩几乎要飞出去一般，只轻轻一瞥，他就打翻了自己的酒壶。

鹤鸣先生折下最好看的芍药，别在金燕钗的发髻上，在她耳边说着什么悄悄话，芍药双色怎敌她低头喷怪的娇羞？

只是看着这一双璧人，章尧臣就脸红了，咕嘟咕嘟灌了好几瓶酒，那一天破天荒地醉了。如今回想，金燕钗那银铃似的笑声还在自己的耳边，吴侬软语，醉煞人也。

他想，为什么这么美好的芍药花不是在自己的怀里绽放呢？

他嫉妒到发了狂。要是鹤鸣先生不在了，这满园的芍药不就是他的了吗？要是能拥抱一下这芍药，就是死也值了。

于是他就忘记了，他忘记了是谁帮他摆脱了当逃兵的责罚，他忘记了是谁给了他无私的帮助。

他只记得那唯美的女子，想看她只对自己笑。

可他做到的唯一一件事，就是毁了满园的芍药，和那朵心心念念的芍药花。

当初他在火中哀求金燕钗跟他走的时候，她的眼神就像现在的许杭一样，是把他看作跳梁小丑的嘲讽。她宁愿随鹤鸣先生而死，也不愿被他触碰。

章尧臣自己也知道，这是他这一生做得最错的一件事。

冥冥之中是有天意的，章尧臣相信这点。

在金燕钗死的那一天，他就觉得有一天他会有报应的，许杭的出现给了他一种时辰到了的感觉。

他缓缓摘下眼镜，想从眼前这人身上找到记忆中那个孩子的影子，看了好久才长叹一口气："你以前长得很像你的母亲，现在倒是变了很多。"

"世事变化无常，相由心生，心都变了，相貌又怎么可能不变？"

若说章尧臣方才有那么一点点的恐惧，那么现在就完全没有了，甚至多了一点感慨和触动。若不是许杭厉目看着他，他几乎就要伸手去摸他的头发了："我从前抱过你，你一下子长这么大了。我以为你和你母亲一起走了，没想到……"

"没想到我还活着？还活着回来找你们了？我让你的儿子成了残废，让你的女儿旧疾复发，让你寝食难安。参谋长，跌入地狱的滋味，好受吗？"许杭挑明一件件事，就是要让章尧臣知道自己的所作所为。

想到自己的一双儿女，章尧臣说不难过是假的，可是如果这么做的人是金燕钗的儿子，他又觉得无从恨起。

看着桌上的相片，章尧臣锁紧了眉头，浑浊的眼睛里仿佛藏着一些经年的秘密："你恨我也是应该的，是我欠她的。一报还一报，不怪你，是天意。只是这是我的债，不该由他们背负。"

许杭嘴角一撇，声音冷下去："一报还一报？呵，参谋长真的这么认为吗？"

章尧臣一怔。

许杭又说："你用了一天的时间把我推向地狱，而我想把你推向地狱，却花了整整十一年。这笔账，你觉得公平吗？"

现在这对话其实很奇怪，一点也不像两个仇敌之间的交谈。它太过心平气和，没有争吵，没有厮打，然而那种紧张却一点也不少。

嗒地一下，章尧臣放下眼镜，揉着鼻梁，慢慢地说："你走吧，孩子，你既然活下来了，那就该好好活着，过平凡的日子，我不想伤害你，算是我对她的一点弥补吧。"

许杭听到章尧臣说的每一句话都觉得反胃，却始终笑着："是不想伤害我，还是怕我伤害你们？"许杭顿了一下，"这就怕了？看来你年纪大了，没有年轻时候的胆量了。可惜啊，你是没能看到你儿子连滚带爬的样子和你女儿痛哭流涕的惨状。你信不信，再给我几天的时间，我一定能让你知道'家破人亡'是什么滋味。"

章尧臣身子一颤，是了，他相信许杭绝对做得出来。

他想了想，低低地笑了一下："孩子，你若就此罢手，我愿意将一半的家财送给你作为弥补。你知道我若是想伤害你，刚才就可以启动机关了。我对你母亲有愧，所以愿意放过你，可是如果你执迷不悟，那我也不会眼睁睁地看你伤害我的孩子。"

许杭目光微微一动："你的家人就是家人，别人的家人就是草芥吗？说到有愧，你竟然一句都不提我父亲，当年你拍着胸脯说为我父亲做牛做马都甘心的样子，我可到现在都记得清清楚楚！章尧臣，你不用说得自己好像很慷慨，你没有动手无非也是在忌惮我罢了，你不妨就动手，看看是你的机关快，还是我的枪快。"

"你这么年轻，和我一个老头子玉石俱焚，值得吗？"

许杭微笑道："我下不下地狱，和你有什么关系？不过你能不能下地狱，我倒是很清楚。"

话音落，时至凌晨一点，角落的大摆钟发出低沉的鸣叫。

钟锤左摇右摆，那钟笨重得很，有两人之宽，钟声回荡在剑拔弩张的二人之中，显得格外应景。

就在钟声即将结束的时候，许杭的手忽然晃了一下，借着烛光，那金灿灿的东西一下子迷了章尧臣的眼，他下意识一偏头，许杭另一只手里的枪就对着章尧臣射击了！

丛林跟许杭说过，章尧臣的这个机关房与那口西洋钟有些联系，每到正点的时候，机关会卡一秒，所以这一秒就是制胜的黄金时间。

时间很短，机不可失，失不再来。

老实说，这么近的距离，应该绝无失手的可能，然而章尧臣身子一晃，那子弹看似结结实实打在他心口，却没有看到鲜血飞溅，他只是略微痛苦地捂着胸口，随后一个圆形的铁块从他怀中掉落。

护心镜！许杭瞳孔紧缩。

这么笨重的东西，章尧臣都放在身上，当真是一只谨慎、狡猾的老狐狸！

许杭愣了一下，章尧臣将椅子的机关重重一按，西洋钟顶上的墙壁射出几发子弹，许杭连忙往地上一滚，堪堪避开！

可是有一发子弹直直擦着他的手腕打了过去，许杭吃痛地松开了手，手枪滚出很远。

许杭皱着眉，单膝跪地，往章尧臣的方向看过去，就见章尧臣朝另一个把手摁了下去，随即就是头顶轰隆隆的声音，夹杂着锁链窸窸窣窣的声响。

许杭抬头一看，就看见一个铁笼子正朝自己砸下来！

来不及多想，他往地上一倒，速度极快地滑了出去，余光看到章尧臣还想做什么，便将手中的金钗狠狠一掷，准准扎进章尧臣的手背，竟然生生扎穿了！

"啊！"章尧臣闷声痛呼，一时也不敢拔下来。

许杭好不容易站定，正用拇指擦着嘴角的血迹，就听到走廊里凌乱而嘈杂的脚步声，一听就是刚才的枪战惊动了守卫。

"谁在那里？！"

"快撞开门！保护参谋长！"

许杭恨恨地看了看那道摇摇欲坠的门，一咬牙，往章尧臣的方向冲过去。章尧臣骇然失色，连连后退，往墙壁上一靠，一掌拍在墙上一块凹陷的砖块上。

霎时间就有一些短箭四面八方地往许杭射去。本以为许杭会因害怕而退缩,谁知许杭竟毫不犹豫,直直朝他跑来!

那些短箭,有些擦着许杭的皮肉,有些割开了他的皮肤,有一支还扎进了他的肩膀,但他只是略皱了皱眉,继续势如破竹地冲到章尧臣的面前。

此刻章尧臣面前的许杭浴血而立,衣衫破损,眼里恨意非常。

许杭掐住了章尧臣的脖子,一把抽出了他手背上的金钗。

"啊……"章尧臣想说些什么,却说不出来。

这就是结局了吗?这就是他章尧臣"到此为止"的样子吗?

那支燕穿芍药,和当年燕钗头上那支真的很像。章尧臣在窒息的痛苦中眯着眼看,看见针尖一点闪烁的冰冷光芒,从头到脚的血液都如凝固了一般。

那是死亡的讯息!

许杭刚举起金钗,守卫正好撞开了门,一见到满室的狼藉,一地的弹头和箭,还有那疯魔般掐着章尧臣的杀手,都惊讶不已。

他们还以为是章修鸣疯了,再仔细一看,才发现是个披着章修鸣衣服的陌生面孔。

他们吃惊归吃惊,但到底是章尧臣挑出来的一等一的守卫,马上就反应过来,唰唰唰上膛,齐刷刷端起枪对着许杭。

砰!

上海滩又乱套了。

扛枪的士兵深夜在大街小巷跑来跑去,四处抓人,不管是民居还是商铺,二话不说冲进去搜查一番,没有结果就立刻去往下一家。

凌晨那会儿下了一点点雨,地上湿漉漉的。此刻毗邻租界区某栋别墅的巷口,许杭跑得双膝一软,直接跪进污水里,双手双腿止不住地发料。

许杭咳了一下,吐了好几口血,肩膀上被箭扎穿的洞还在淌血,箭已经被他折断扔掉了。

隐约还听得见后面追捕的声音,他咬咬牙站起来,往前走了两步,看到前面竟然也出现了一队巡逻兵。前有狼后有虎,这会儿出去怕是直接入瓮，没有办法，他只能往一旁堆的杂物堆里藏，用草席盖住自己。

许杭盖好席子，背刚靠在墙上，身子滑到地上，就听到那两队兵在外交头。

"你们搜到没？"

"没有，我们从那边来的，估计就在这条街上了。"

"刚才那巷子里有血迹，估计跑不远，挨家挨户搜！我们从东边开始，你们从西边，两边包抄，走！"

然后就是一些鸡飞狗跳的声音。

许杭轻轻喘息着。方才在那个机关房，守卫开枪时，他拽着章尧臣的衣襟往自己面前一挡，金钗顺势往脖子扎去，却因章尧臣挣扎而偏了方向，只扎在心口往上一寸的位置。

之后他借势推翻了桌上的烛台，屋里一下子暗了不少，那些人果然不敢擅自开枪，却纷纷往前凑过来。

没了武器的许杭只能冲向窗户，撞开玻璃，趁着夜色跑出去。守卫在身后开了好几枪，穷追不舍。

子弹虽没有打中要害，却擦着身子而过，造成的伤口不小。

许杭抬头看了看那间别墅，二楼的灯光亮着，他咽了咽唾沫，撑起身子，艰难地从矮墙翻过去，摔在草丛中，一点点爬向那道看似未知的门。

叩门。

片刻的等待后，一个温和的女声慵懒地问道："谁呀？"

门"吱呀"打开。

门后是一个垂着秀发、穿着真丝睡袍的女人，推开门，女人讶异地看着门口狼狈的人，退了好几步，等看清长相才往前，语调微微上扬："许……许大夫？"

许杭往门里跟跄走了两步，靠着门框，一副气若游虚的样子："芳菲……帮我。"

门里的人，就是独居上海的顾芳菲。

许杭不是无头苍蝇一般跑到这里来的，他是知道顾芳菲住在这里的，而这里也是从章家庄园跑出来，离租界区最近的地方。

早在贺州的时候，许杭就把顾芳菲的地址查了个一清二楚，就是以备不时之需。

顾芳菲没想到能在上海滩见到许杭，被许杭这副满身鲜血的凄惨样子吓得说不出话来。

"你……你先进来吧！怎么这么多血呀？我送你去医院吧！"

"不能去医院……"

"为什么？你……这是枪伤吧！"

"喀喀！喀！"

顾芳菲连忙伸手去扶许杭，将许杭扶到客厅的沙发上，然后去找医药箱。她将医药箱放在玄关的柜子上，去拿的时候才发现外面吵吵闹闹的，探头一看，发现来来往往的都是士兵，心里一下子就犯起了嘀咕。她关上门往里走，低头正沉思，抬头就见许杭垂着头坐在沙发上。

啪！

医药箱摔在地上，顾芳菲紧紧捂住了自己的嘴巴。

因为她看到许杭的右手正紧紧抓着一支金色的钗子，那钗子都有些变形了，尖头正在滴血。

这支金钗有着什么样的故事，顾芳菲岂会不知道？就是因为了解得太深刻，她才会难以置信。

看到顾芳菲的目光，许杭下意识地把金钗往袖子里推了推，这举动更加是欲盖弥彰。

"你……这支金钗，怎么回事？"

顾芳菲极力让自己冷静，可声音还是止不住地颤抖。

两双眼睛对视，许杭越是不解释什么，就越证明了什么。在这死寂之中，顾芳菲觉得自己的心像是掉进了后院的深井之中，不住往下掉，怎么都提不起来。

都说人生一大喜事是他乡遇故知，可今日，故知是遇见了，喜从何来呢？

顾芳菲还想替许杭找找理由，干笑了两声："你不会是在帮段司令抓那个什么……金钗杀手才受伤的吧？"

这个借口顾芳菲自己都觉得很拙劣，更不用提许杭的表情凝重异常。

原本以这个样子出现在顾芳菲面前，许杭就没打算继续瞒她，只是真的要开口讲，又还是觉得伤害了她。解释的话太多了，怎么讲都是难堪的，于是只剩下五个字："对不起，芳菲。"

对不起，包含了所有。

顾芳菲觉得心像是被人狠狠地打了好几枪一般，瞪大眼睛死死看着许杭，不知道该做些什么。

"对不起？你跟我说对不起？什么意思？"

金钗、许杭，两个看似风马牛不相及的东西，此刻却明明白白地绑在一起。

"你该不会要告诉我，你就是那个金钗杀手吧？"

顾芳菲的笑容比哭还难看，许杭承认般闭上了眼睛，手一松，金钗掉在地上。只需一眼就看出，那花纹，与前两起凶案现场的金钗一模一样。

当头一棒！

顾芳菲猛退了两步，腰重重地撞在柜子上，才稳住自己。

"所以，汪荣火是你杀的，袁伯父也是你……袁野之所以远走，我的婚宴被破坏，这一切都是你做的？！"顾芳菲脑子里一团乱麻，她狠狠摇了摇脑袋，"不对，不对！你是大夫，你怎么会杀人呢？你不是袁野的朋友吗？你不是我的朋友吗？！你为什么会害他呢？"顾芳菲说到后面都有些破音了，激动使她脖子上的青筋道道暴起。

许杭没有力气应对顾芳菲的诘问，嘴唇煞白，嗓子干哑："芳菲，有些事情你不明白，每个人做事都不会是无缘无故的，袁野正是知道我的苦衷才会离开的。现在，现在不是跟你解释的时候……"

"我必须要知道你的苦衷！"顾芳菲陡然激动起来，"不管什么苦衷，都改变不了你是个杀人犯的事实，不是吗？"

"芳菲……"听到她用"杀人犯"这三个冷冰冰的字眼形容自己，许杭竟觉得有细细的金针在心脏上一下一下戳刺。

咚咚咚！一阵粗鲁的敲门声响起。

"有没有人？！开门！巡捕房搜犯人！"

"快点开门！再不开就强闯了！"

门外的追兵来得如此之快，竟多一分钟给他们处理事情的机会都没有。

许杭心口一紧，抓住顾芳菲的袖子："芳菲……先帮我，我答应你，会告诉你所有的事情。"

顾芳菲看着许杭祈求的眼神，心中百感交集，差一点点就要心软，可是听着门外咄咄逼人的声音，她咬着舌尖让自己狠下心来，一下子甩开了许杭的手。

"不！我不会帮一个欺骗自己的人！何况你还是一个不择手段的杀人犯！"

想到那血流成河的画面，想到袁野失魂落魄的样子，想到自己冷风孤灯的苦等，顾芳菲心里的委屈如上涨的潮水一般泛上来。

许杭知道自己已在昏迷的边缘，失血过多，需要赶紧止血，可是顾芳菲的情绪此时又需要照拂，便开口问道："所以你要把我交出去吗？"

顾芳菲背过身往外走，边走边说："难道不该吗？如果你的苦衷值得原谅，那你就该去警局说。"

"你现在把我交出去，那明年的今天就是我的祭日……"

"那……那也是你自食其果……"

话是这么说，可是顾芳菲往外迈的步子也十分犹豫，踟蹰不前。在许杭看不到的地方，她脸上的五官也是纠成一团，写满了不忍心。

许杭当然不能输在这里。

在章家庄园的时候，许杭原本是做好了同归于尽的准备的，甚至那个时候他都想抱着章尧臣撞在枪口上，一了百了。

可是千钧一发之际，许杭想起了一个人。

许杭出门前跟乔松说，在段烨霖醒来之前，自己会回去的。

他要活着回去。

于是身体比灵魂先行一步，救了自己。

许杭长叹了一口气，准备用最温情的一张牌去打动顾芳菲，这也是许杭有勇气向顾芳菲寻求帮助的底牌。

许杭无奈而宠溺地开口，叫住了准备开门的顾芳菲："小花。"

很奇怪的一个称呼。

然而顾芳菲刹住了脚步，像是关节生锈了一般地转头。

那两个字她说熟悉也不熟悉，说陌生却又很耳熟，是在遥远的记忆沙漠底下埋着的小小绿植，从未有人惊动，今日却被风吹出了地面。

"你刚才……叫我什么？"

"小花，"许杭的眼底有一点红，好似不愿提及这件事，却又不能不说，"你不记得我了吗？小的时候，你管我叫'小风筝'的。"

小风筝，小花。

顾芳菲睫毛一颤，再次捂住了嘴巴。

约莫是许多年前，顾芳菲还是个小丫头，随父亲在蜀城做生意，曾在那里住过一段时间。

她年纪小，记性差，只知道邻居家有个很漂亮的园子，园子里有个很美很美的女主人，她管她叫燕姨。燕姨对她很温柔，经常牵着一个小孩儿，小孩儿会带顾芳菲去放风筝。

芳菲是花香的意思，所以那小孩儿叫她小花。那小孩儿的名字很难记，但他们会一起去放风筝，所以她就叫那小孩儿"小风筝"。

小风筝人很好，顾芳菲在烧煤的房子里睡着了，差点闷死在里头，是小风筝把她扛出来的。

后来……后来打仗了，她就随父亲离开了蜀城。

她问父亲小风筝去哪里了，父亲说"死了"。她那时候还不知道"死了"是什么意思。

再后来，她长大了，知道"焦土政策"是什么意思的时候，会在春天风筝挂枝头时，叹息一下当年那个善良的小孩儿。

直到今天，有个人站在她面前，用只有当年那个小风筝才会用的昵称唤她"小花"，顾芳菲仿若被拉回了十几年前。

"你……你真的是……"

许杭站起身，嘴唇微微颤抖，点了点头："我带你放风筝，你说你想要凤凰的，我说下次给你带……可惜没有下次了，所以你订婚时，我便送了一顶凤冠给你，就当是还当年欠你的那个凤凰风筝。"

两句话，说得顾芳菲潸然泪下。

今夜的故事真的太多了，如一只盛不下酒的杯子，全部溢出来。

"所以我才觉得，与你像是旧相识，原来……真不是我的错觉。"

"如果不是眼下这种情形，我是不想告诉你的。"

"为什么不早点告诉我？！"

许杭苦笑一下，说："咱们的交情，也是乱成一团，说不清是恩是怨，是对是错了……"

门外的士兵已经开始骂脏话了。顾芳菲擦了一把眼泪，道："你到屏风后躲着，万一我拦不住，你就从烟囱逃走吧。"她终究是狠不下心来的，转身往客厅走，深呼一口气，去开门了。

门外的士兵已经等了一小会儿，有些不耐烦，一看门开了就想往里闯，顾芳菲单手撑在门框上，下巴微抬："想干什么？"

"办事，查犯人，配合一点。"士兵们趾高气扬。

顾芳菲摆出大家小姐的姿态，叉腰道："知道这是什么地方吗，知道我是什么人吗，就敢往里闯？嗯？"

这里靠近租界，多得是豪门居住，士兵们被顾芳菲的气势唬住了，都不敢往里走，只是倚着门伸了伸脖子："这……我们也是为了办公事，要是窝藏犯人，你也担待不起。"

"窝藏犯人？"顾芳菲冷笑一下，叉腰，"我与各国大使都是可以举杯交谈的关系，你们抓的犯人是什么人，也能让我屈尊降贵去窝藏？"

士兵们一下子就蔫儿了。

"你们睁大眼睛看看，这里挂着的可是租界区发的保护令，若不是租界区里已经没有房子了，我才不会住到外头来呢。"

顾芳菲正说着，看见玄关处有许杭滴下来的血，怕被发现，就往前走了一步，踩住血迹，语气也嚣张起来："行吧，别说我不给你们搜，搜到了算我的，搜不到……呵，别怪我明日去找你们上司出气了。"

这些士兵本来也是欺软怕硬的，见这女人是个有钱人家的小姐，怎么都不至于和犯人搭上关系，也就假笑着往外退："瞧您说的，打扰了，打扰了，我们就是担心您的安全，既然您都觉得安全，那咱们就没事了。"然后手一挥，"走！去下一家查！"

好不容易送走了搜查的士兵，顾芳菲探头看了好几眼，锁好门，这才往里走。

许杭已经做了止血和包扎，弄得满头大汗，顾芳菲上楼去找了一些干净的衣服下来。

"这是我准备寄给袁野的衣服，给你可能大了一些，先将就着穿吧。"

两个人折腾了好一会儿，总算是把许杭收拾干净了。

顾芳菲生了一把火，把许杭那些带血的衣服都给烧了。

看着那些灰烬，顾芳菲的眼神忽明忽暗："你怎么会变成这样？"

"一言难尽，别说是你，就连我也不知道自己是什么时候变得这么残酷的。"许杭看着自己的双手，那是一双大夫的手，拯救了无数人命，也送走了许多人命，"只是，我从不杀无辜之人。"

顾芳菲不解："究竟是什么仇让你这么执着？"

许杭眉头一锁，掷地有声："屠家之仇，不共戴天。"

在顾芳菲探究的目光中，许杭将那些往事简单地概述了一下。

虽然简单，内容却足够震撼。顾芳菲没有经历过，她是在蜜罐子里泡大的，只是她明白这种事不是血债血偿就能平息的。

顾芳菲试图通过泡茶的动作让自己冷静下来："今夜又是怎么回事？"

"刺杀章尧臣，可惜失败了，所以逃了出来。"

壶嘴没有对准水杯，水漏了出来，顾芳菲赶忙拿帕子擦，说："你可真是胆大包天！我还从没听说过刺杀章尧臣的人有能活着逃出来的。"

"以前没有，现在有了，以前没人能杀他，以后就有了。"许杭吞了几颗药片，是镇静用的，效果很好，不再觉得头脑昏涨。

顾芳菲猛地回头道："你还要杀人？！"她抓了抓许杭的手腕，"你看看你的样子，这还不够吗？燕姨若是看到你这个样子，难道能含笑九泉？他们是该死，可是他们的命没有你的性命重要！"

许杭看着她流露出的满腔关心，看不到一点对自己的责怪，心里一恸："芳菲，这是我活下来的意义。你不让我去做，我就觉得人生没有了意义。一旦失去了意义，活着和死了便没有区别了。"

顾芳菲心痛地松开了手。她还是什么都做不了，就像她阻止不了袁野离开一般，她也阻止不了她的小风筝变成这样。

"难怪你曾经对我和袁野的婚事不满，就是因为你知道会有什么样的结局？"

许杭有些许窘迫，本就苍白的脸色更加白了几分："是……不知道你还记不记得百花楼那个因为枯草热而犯病的青衣？"

那是顾芳菲和许杭第一次碰面时的场景，许杭突然提到这件事，让顾芳菲五官一僵："你……难道……"

"是我干的，"许杭给了她一个肯定的回复，"为了和你'顺理成章'地认识。"

事先查一下当天上台的戏子是谁很容易，然后在钱袋里下了一些足够发病却不致命的花粉，目的就是引起顾芳菲对自己的注意。

许杭知道顾芳菲有事要求段烨霖，那么求自己会比求段烨霖更好，而这一切的最终目的，就是想借顾芳菲的面子去汪荣火的寿宴。

顾芳菲理了理头绪："汪荣火的寿宴……可是你明明可以借段烨霖的名头，何必要舍近求远？"

许杭也不瞒她："汪荣火和段烨霖水火不容，我若是以段烨霖朋友的身份进入汪府，一定得不到他的信任。"

只有顾芳菲，她是商人之女，与汪家交好，她出面引荐自己，谁都不会怀疑。

一种真相揭穿后的苍凉无助席卷了顾芳菲，她蹲下身抱住自己，企图让自己温暖一点："从那么早开始，你就一直在算计了……"

"对不起，对不起，芳菲……"

顾芳菲一时止不住眼泪，抽抽噎噎地说："如果换了是我，经历了你的这些事，只怕会做出比你过分百倍的事情。你说得对，谁对谁错，早就分不清了……你当年救过我，如今利用我，我就当一报还一报吧。"

她的眼泪顺着指缝滴落到地上，涓涓惹人怜爱。

她是如此善良，和袁野一样，许杭看她如同看自己的妹妹，所以一直隐瞒着，不想她知道这些事情。

利用归利用，心疼归心疼，为了复仇，许杭舍弃了太多东西，终有一天是要自食其果的。

许杭蹲下身，扶着顾芳菲的肩膀，诚恳地求她："芳菲，我还需要你帮我。"

顾芳菲抬起头："我能帮你做什么？"

许杭缓缓说道："我记得澎运商会里也有做西药生意的人……我需要……"

顾芳菲仔仔细细地听着，表情从紧张变成了凝重。

从租界区出来到饮水轩，天已经快亮了。许杭蹑手蹑脚走进房间，段烨霖还在沉睡，桌上空空的药罐子表示他已经用过药了。

许杭故作从容地看了看他沉睡的脸，匆忙把身上的衣服换掉，然后松了一口气，轻声道："我回来了。"

回来了。

没有死在外面，没有和人同归于尽。

说起来倒也奇怪，章尧臣遇袭的事情闹了两天，却是不了了之。只因巡捕房去问章尧臣时，他卧床不起，既不能说那杀手长什么样子，也不能说前因后果、来龙去脉。

一问三不知，再多问，管家就送客了，说是他需要静养。这倒也没错，一大把年纪了，心口被插了一下，真真是捡回半条命。

说起章饮溪和章修鸣，就更没脸了。

章饮溪那晚竟然扮作风尘女子，潜进瑞庭芳去，想报复萧阆，却先看到了在泡药浴的沈京墨。怒从中来，她便揪着沈京墨的头发狠狠往池子里摁。

结果自然是被廖勤发现，绑了交给萧阆。萧阆淋了章饮溪一身的热水，将她丢在大街上。

不明就里的路人还以为是这章家小姐自荐枕席，鬼爷瞧不上，给丢出来的，都在那里指指点点，耻笑不已。

"这下好了，就算是下嫁给普通人家，都怕没人要了！"

"章家这是恶有恶报！"

出了这种事，以上海滩的消息传播能力，只怕要不了一天，章家就会变成所有人茶余饭后的谈资。嫉妒章家盛势而眼红的权贵豪门不在少数，如今能抓着他们的痛处好好耻笑一番，可不知让多少人嘴巴都乐歪了！

章修鸣到的时候，章饮溪正咬着牙蹲在墙角，把自己缩成一团，皮肤都被烫红了，面子里子都没了。

他把章饮溪往怀里一揽，不顾别人在他们身后的冷嘲热讽，拍着她的背："没事了，没事了……"

在兄长的怀抱里，章饮溪号啕大哭起来。

章家的事情看似到这里算是了结了，段烨霖一行人回贺州的船也启程了。

船舱之中，段烨霖翻看着报纸，还在同乔松交谈："看了金陵的最新报道没？听说那边闹起瘟疫来了？"

乔松也拿着一张报纸在看，只是报纸都颠倒了，眼神也没什么神，似乎没听见段烨霖说话。

段烨霖踢了他一脚："想什么呢？想你媳妇了？"

乔松忙把报纸倒过来，挠挠头，傻笑道："没……没……倒是前几天，段都督发来了一封电报，说是贺州郊区出现了几具奇怪的尸体，我这正想着呢。"

"战舟说领事馆里的探子都被拔除了，对方手段这么凌厉，说不定要有所动作了。"段烨霖又开始担忧起来，这么长时间不在贺州城，不知道一切可还安好。

他抬起头，透过窗户去看正在外面甲板上吹风的许杭。

这几日许杭似乎总是快快不乐、郁郁寡欢，比以前更不爱说笑。大夏天穿得也很多，包得严严实实，时常一个人待着，食欲也变得很差。

段烨霖不知道，此刻站在甲板上的许杭正在努力同自己颤抖的双手做斗争。他拿着一张纸，想顺着纹路将它撕成一小条一小条的，可是双手怎么都不听使唤，把纸撕得像狗啃一般。

神经麻痹的程度远远超过了他的想象。

头疼欲裂，许杭甚至难受得想翻过栏杆，就这么跳下去。

可现在还不是时候，还有未完成的事……他不能这么快倒下。

听到脚步声，许杭冷静地将手里的东西一丢，好像什么事情都没发生过一般。

"许大夫，"乔松在许杭身后支支吾吾，有些纠结地开口，"我能问您一件事吗？"

许杭转过身，越过乔松的肩头，看到船舱里头的段烨霖正在安心看报纸。甲板上风很大，一出口，话音就被吹散了，乔松的头发都被吹到一边，露出他有点饱满的额头。

他小心翼翼地开口："参谋长遇袭的那天晚上，您去了哪儿？"

哦，发现了吗？许杭心里这么想。

老实说有些意外，这个蠢蠢呆呆，有时候迷迷糊糊的副官，居然在这个时候敏感了起来。

许杭听见他的问题，下意识回想自己是在什么地方露出的马脚，想了很久依旧没理出头绪，直到乔松从口袋里拿出一块指甲盖大小的蓝晶玻璃碎片。

乔松忐忑道："那晚您一直没回来，我就一直在偏厅等着您。后来看您进门的时候，身上掉了这个东西出来。原本也不是什么起眼的东西，只是或许您不知道吧……"他往前走了两步，想让许杭看清楚些，"我随司令去过参谋长家里，他家里装了很多这样的蓝晶玻璃，这都是一面玻璃一两黄金从法国运回来的。听说这手艺已经绝版了，除了参谋长家里的十七块，只有法国博物馆里还有两块。"

所以，这是一个铁证，证明许杭去过章家。所有端倪联系起来，实在很难不让人怀疑许杭就是那个去袭击章尧臣的杀手。

"我是穷人家的孩子，这么贵重的东西当然只能听听看看，所以才记得牢。只是我不明白，为什么这东西会出现在您身上？"

许杭看着乔松那双炯炯有神的眼睛，伸手拿过乔松掌心的那块玻璃。他万万没想到竟是这么个小东西让自己露出了马脚。

似乎是撞破玻璃的时候夹在头发里的吧，谁能想得到那么不起眼的玻璃原来是个宝贝呢。

只是许杭并无被发现的惊恐，而是反问乔松："你既然怀疑我，为什么不把这个东西交给段烨霖？"

"我不是怀疑您！也不是不怀疑，就是……就是……"乔松急得语无伦次，"我想听您解释！"

"解释？乔松，你是想听我跟你说，我没有去章家。这是我在路上捡的？天上掉的？身上长的？你信吗？"许杭噎了他一句。

乔松哑巴了。

他当然不会信。乔松这才发现，自己的这个行为，其实就是一种揭穿。

许杭往前走了一步，靠近乔松一点，压低声音的同时，用能看穿一个人灵魂的眼神盯着乔松："更何况，我知道你不敢，也不会去告诉段烨霖。"

许杭望着海面，平静地说："如果你想告发我，早在领事馆枪战之后，你就该把我擅长用枪的事情告诉段烨霖，但你没有。乔松，我不是不清楚你怀着怎样的心思，只不过你不拆穿我，我也不想让你难堪。"

乔松捏紧了拳头，有些窘迫。

许杭见他这样，微微叹气："若你想说，便去说吧。最差不过一条命，我既然做了，还怕你发现不成？你去说吧，我不怪你，也不恨你。"

许杭有把握，乔松不会告密。

乔松低着头，像是做错事的孩子，耳朵通红，手指蜷缩，肩膀轻微颤抖，良久才嗫嚅道："许大夫……我……我只是觉得许大夫是个很好的人，不该不顾自己的性命去做那些危险的事……"

说完这一句，乔松闷头跑了。

看着这傻小子喊口号的样子，许杭稍微觉得抱歉。这四年里，自己得了乔松不少照顾，却还伤害一个对自己这么好的人。

都说不是不报，时候未到，许杭在想，等事情结束了，自己的报应会是什么。

更重要的是，连乔松都发现了，那么段烨霖……

四年了，这戏早该落幕了，脸上的粉墨也该抹掉了。

贺州。

一行人刚下船，在码头上交接完，乔松就向段烨霖提出要请假，请的时间还不短。段烨霖很好奇，但是乔松红着脸说家里有事，他也就批了。

许杭看着乔松离去的背影，目光跟了一下。

段烨霖挑眉："我还是头一回看他请假请得这么不干脆。"

"不是说家里有事吗？"许杭轻飘飘带过，"许是妻子有喜，急着回去照顾呢。"

"哦？要真是，那可是好事，我得给他准备一份厚礼！"段烨霖想到自己的副官好事临门，自然也替他开心。

码头上，段战舟抽着烟往前走，一看到段烨霖拄着拐杖，目光深沉一下："瘸了？"

段烨霖拍了他的肩膀一下："你就不能盼我一点好？！"

这一拍，段战舟倒是没怎么样，可把段烨霖吓了一跳。因为段战舟瘦得肩膀骨头都突出来了，虽然穿着厚军装看不出来，但打下去硌得疼。

段战舟干笑两下，道："没空给你接风洗尘了，现在有一件极其要紧的事情要同你说。"他看到边上的许杭，便加了一句，"你要来也行，这事儿也需要个大夫听听。"

刚经历生死的两人对视一眼，眉头一皱，顿时觉得乌云遮顶。

他们匆匆回了小铜关，直接进了停尸房。

停尸房里摆放着几具尸体，这些尸体表面都有大面积的溃烂，面部狰狞，死相很惨，死因似乎一样。

段战舟戴着口罩，指着尸体说："一个星期前，我就在贺州城郊发现了这些尸体，这几个星期以来，陆陆续续在周边发现了几十具。这里的还只是昨晚发现的，更早的都处理掉了。"

段烨霖拧眉看了一眼："死状都差不多？"

"大同小异吧，"段战舟插兜，"法医说他还不清楚具体是怎么回事，但能确定的是，它的传播性很强，一旦伤口感染，不到四天就会死。"

"这么快？！"段烨霖被这话惊了一下，"这……这不堪比瘟疫吗？"

说到瘟疫，段战舟想起来一件事："你还记不记得报纸上说金陵发生瘟疫的事情？"

"记得。怎么？"

段战舟从兜里掏出一张照片，像从报纸上撕下来的："你看看金陵因为瘟疫而死的人，和这里的尸体像不像？"

黑白照片虽然不是很清晰，可是能看到尸体上大片的溃烂，如出一辙。

只是一张照片就让段烨霖明白了其中的端倪："你怀疑这是人为的？"

"金陵和贺州隔那么远，这病先在金陵发现，第二例就出现在贺州，不是人为，难道是空降吗？"

两兄弟沉思，其实心里都有了答案。

这二人说话的间隙，许杭已经戴上手套，凑到尸体前仔细查看。许杭翻动尸体时，段烨霖紧张地说："少棠，小心传染！"

这病来势汹汹且从未见过，许杭也不敢擅动，直起身说："既然这病是能传染的，那就一定有个传染源才对。所有尸体之间有什么共同特征吗？"

段战舟就是因为这点才把许杭也叫来的，他把先前的调查都同许杭讲了一遍："我们是在郊区发现的这些尸体，死的都是些贩夫走卒之流，说白了就是穷人，其他还真没什么特征了。"

许杭慢慢摘下手套，说："你让人画一份尸体发现地的地图给我，今日我必须先回去休息了，明日我会带着人去现场查一查，总要查出源头才行。这祸患一日不除，贺州就一日处在危险之中。"

根据从前处理疫病的经验，段烨霖补了一句："有办法研制出疫苗吗？如果是瘟疫，光是查我们一地根本派不上用场，对症下药才是万全之策。"

听到此言，许杭揉了揉眉头："我尽力吧。"

他们猜得并没有错，贺州城的这场灾祸，罪魁祸首就是惠子。

领事馆中，惠子刚刚通完电话走出房间，就听到有人禀报，说有一个从法喜寺来的人在茶室等着见她。

法喜寺？不就是长陵吗？

若是换了以前，惠子一定欢天喜地去换装打扮，可是自从上次表白被拒，失了面子死了心之后，她渐渐有些自暴自弃了。

　　她没有马上去见长陵，而是出门去参加了一场酒会，三个时辰之后，才喝得微醺地从外头回来。

　　她摇摇晃晃走进茶室，权当没看见长陵，解开自己的外衫，又把窗户打开吹风，这才散了一点酒气，眯着眼看长陵。长陵只是眼观鼻，鼻观心。

　　"平日请都请不来，今日怎么肯纡尊降贵？"

　　长陵："今日来，是为恳求小姐一件事。"

　　"哦？"惠子托着下巴，"还有我能帮你的事？"

　　长陵故意不理会惠子话里的疏离，继续道："请高抬贵手，放过贺州一城的性命吧。"

　　近日，长陵听说郊外出了什么传染病，又想起之前惠子让他离开贺州，前后一联系，他也猜到了个大概。

　　惠子听完，愉悦地笑了起来："你求我？呵，你凭什么觉得，你求我，我就要听你的话？"她凑近了几分，身上淡淡的酒气扑到了长陵的脸上，"还是你觉得，我说了我喜欢你，就能任由你为所欲为？"

　　那浓郁的女儿香惹得长陵往后退了几分，他有些窘迫："我觉得你本性不坏。"

　　"那还真是对不住，你误会了，我就是这种蛇蝎妇人，草菅人命是我的本性！"惠子不想再听他多说那些干巴巴的话，听在耳朵里，伤在自己的心里。

　　她很生气，气长陵这样博爱众生的嘴脸，气他心里不是没有自己却偏偏嘴硬，于是她故意上前两步，勾了勾长陵的下巴，说："不过嘛，你要是肯以自己来做交换，我倒是可以考虑一下。"

　　长陵的平静终于有一点点皲裂，他看着惠子，目光中尽是挣扎："只有这样，你才肯放过贺州吗？"

　　惠子的眉眼风情款款，掩藏了黯然，她缓缓地在榻榻米上坐下来，摆出一副颠倒众生的慵懒姿态："你留下来，我不一定会收手，但是你若不留，我一定不会留情。"

言尽于此，长陵已经是无从选择了。

只休息了一日，许杭就带着药徒和老师傅到郊区去查看。

发现尸体的地方有废弃的土地庙，有农田，有矿地……无一例外都是人烟稀少或是穷人家才会去的地方。

他们翻山越岭，甚至下地探查，都没有什么收获。

正午时分，虽说已经快入秋，但现在也还热得难受。

药徒从井里打了水，喝了好几口解渴，才继续往前走。

许杭看到前面的菜地都荒废了，菜叶都烂在了地里，指了一下："这块地的主人也是得瘟疫死的吗？"

药徒探头看了看："应该是吧，这些菜早该收了，不像是不要的，现在却烂在地里，一定是因为没人收。"

药徒往前走了两步，像是踩到了什么，抬脚一看，是一只死老鼠，吓得一脚踢出去："哎呀，真晦气！"

他这一脚把老鼠踢得老远，老鼠的尸体砸在田埂上。许杭瞄了一眼，发现那老鼠的身上也有大片的溃烂，一下子就皱紧了眉头。

这老鼠，也得了瘟疫？

想了一会儿，许杭身子忽然晃了晃，差点摔倒。药徒赶紧伸手扶住："当家的！没事吧？"

许杭摇了摇头："没事，可能沾上了暑气，今天先到这里，我们先回去吧。"

药徒看许杭身子单薄，赶紧扛着东西在前头引路："当家的，你可得给自己补一补身子呀，这么虚弱可要不得……"

回到鹤鸣药堂，正巧看到来给娘拿药的蝉衣，药徒就吆喝起来："蝉衣姐姐，快给当家的拿点藿香还有艾草来！"

蝉衣一回头，看到许杭的脸色，紧张得去拿了解暑汤药来。可是一回头，人就不见了，便去敲内室的门。

许杭的镇静剂快没了，心里有些烦躁，就敷衍她道："我出了汗，换身衣服。"

把东西销毁，许杭才走出去。

"我没事。"许杭端起蝉衣手里的茶碗喝干净，又说，"奶娘身体又不好了？最近你来拿药的次数可是越来越多了。"

蝉衣听许杭问起，就叹了一口气："娘年纪大了，怕是就这几日工夫了，棺材都备下了。人也糊里糊涂的，还经常念叨我的名字和您的名字呢！"说着说着，她抹了几滴眼泪。

这姑娘年少老成，轻易不会失了分寸，即便伤心也是有节制的。或者说亲人久病床头，她看开了生死，觉得老人家活着受罪，不如早登极乐的好。

许杭年少时喝过奶娘几口奶，饮水思源，一向对其很照拂，便说："真到了那日，你就来找我，让我亲自送一送奶娘。"

"哎！那是自然！"蝉衣含泪笑着，"能遇上当家的，是我的福气。"

福气吗？许杭听到这话，愣了一下。

从医多年，很多病人说过类似的话，但他从未放在心里过，觉得那是种恭维。

许杭自认是没福气的人，无父无母，无亲无故，若是按照蝉衣的话说，是不是因为自己的福气都报到了别人的身上，自己才会这么孤苦？

能够为人治病消灾，也算是一种行善积德、积累福报吧。想到这儿，许杭孤独的心里稍感慰藉。

再度回了内室，许杭拿出纸笔，沉思了一下，在上头一笔一画地写道："吾妹芳菲，虽再度叨扰，但我已无可求之人，还望能再支援……"

写完以后叠好，塞入信封，写好地址，贴上邮票，印上火漆，放进抽屉里，等着稍后出门让人送信。

好在顾芳菲也已经在回贺州的路上了，否则许杭真的不知道自己该怎么熬下去。

镇静剂真的很有用，一针下去，能让他安稳片刻。

许杭缩在床上，只是浅浅地睡了一觉，就噩梦连连，梦到蜀城，梦到大火，梦到父亲的尸体，而后陡然惊醒！

密密麻麻的疼痛从丹田席卷而来，许杭头疼欲裂，从床上翻了下去！

膝盖砸在地上，乌青一片，许杭想让自己站起来，却发现双腿使不上力气，一阵一阵抽筋般的疼。

手指漫无目的地在空中抓，许杭想抓住些什么，让自己有点依靠，可是抓来抓去，都是空气。

好难受，无法呼吸了。

外头突然传来声音："哟！司令来了！当家的正在休息，您要不坐一会儿？"

段烨霖的声音穿透力很强："不用，我去叫他。"

许杭陡然瞪大了眼睛，心想：段烨霖！他来了？

他将额头撑在地上，艰难地把自己支起来，一点点往床边挪。

段烨霖的脚步声近了……

许杭咬着牙，狠狠掐了一把自己的大腿才恢复知觉，双手攀着床沿，用尽吃奶的力气才把自己弄回床上。

当许杭刚刚把自己用被子包裹起来，闭上眼装睡时，门也恰好被段烨霖打开。

段烨霖本来带了糖水给许杭，一进来看许杭睡得沉，动作也放轻了，走到床边坐下。

许杭这才装作刚醒的模样，睁开了眼睛。

"我来看看，吵醒你了？"段烨霖见床头有点灰，伸手掸掉了。

"没有……也该醒了。"被子下，许杭死死掐着穴位，来分散精神上的折磨。

段烨霖掀开被子，许杭就松手了。

"盖这么厚，也不怕闷坏了。调查有进展吗？"

许杭怕被发现，刚想转移一下话题，就听到外头传来一阵可怕的尖叫声。然后是打翻东西的声音，有人跌跌撞撞地跑进内室。

"当家的！药徒！药徒他……他得瘟疫了！！"

许杭和段烨霖冲出去的时候，就看见药徒在地上疯狂地抓着自己，像是沙漠中干渴的人一样，瞪大眼睛，身子颤抖。其余的人不敢靠近，只因为药徒的身上出现了大量的疹子和红肿。

见没人去帮忙，许杭直接扑上前去，一把将药徒摁住，掐着他的胳膊给他诊脉。可药徒完全控制不住自己，一把推开许杭，冲一

160

边的水缸跑去："水！水！"然后他扑通一声，栽进了水缸里。

许杭马上吩咐："快来两个人，戴上手套，把他捞出来！药徒今天碰过的东西，都拿去烧了扔了！还有，快点烧艾草，再去买点酒精消毒！"

慌了神的众人这才领命去做事，一时间忙忙乱乱的。

药徒憋气太久，晕了过去，许杭让人收拾出了一间房将他关在里面。

段烨霖等许杭忙完了才问："怎么回事？"

许杭的手搭在药徒的手腕上，仔细地诊脉。

真的是瘟疫。

许杭回想了一下："今早我们去了那些发现尸体的地方，并没有做过别的什么。"

"你也去了？你有没有什么事？"段烨霖突然紧张地看着许杭，"你有没有哪里不舒服？吃了什么、喝了什么、碰了什么没有？"

"我没事……"许杭把他的手拿下来，突然愣了一下。

段烨霖的话点醒了许杭："喝了什么……对了，药徒喝过一口井的水！东郊外荒地的井水！"

那口井的水，许杭没有喝。

东郊？段烨霖想了想，似乎有些怀疑："你是说有人在东郊的井水里做了手脚？这不太可能。"

"为什么？"

"城里的水道我都调整过，郊区外的井都是死井，水也是死水，能在那里中招的人不多。如果我是下毒的人，一定不会蠢到在那里动手。"

如此说来，好像又有些解释不通了。许杭皱着眉想了一下："不管如何，先让人去取回那井水，我验一验再说。"

不过一个时辰，派去的人就取了水回来，许杭用它在老鼠身上做了实验。老鼠体形小，喝的水又多，发病比药徒快得多，且很多症状都有些像，这表示井水是有毒的。

许杭翻出之前段战舟给的资料查看，死的人当中，只有三四个人是来自东郊，其他的人离东郊远得很，那井水又是死水，不通别的井，难道别的井里也被投了毒？

为了验证这个想法，许杭取来了其他井里的水，喂给不同的老鼠喝，却没有一只死亡。

那源头就不是井水了，投毒的人不可能在一个根本不流通的井里下毒。可是这有问题的井水又要怎么解释呢？

调查陷入了僵局，许杭废寝忘食也找不出头绪来。

直到某天中午，蝉衣来送午饭给许杭吃，发现许杭连早膳都没动过，忍不住唠叨："当家的，人是铁饭是钢，你不能饿着自己呀！"

蝉衣要是啰唆起来，比三百只鸭子还可怕。许杭把手里的工具放下，赶紧拿皂角和艾草洗手消毒，在饭桌边坐下来："好了，我知道了，今天你做了什么？"

"五香煴白菜、蒜蓉蒸冬瓜、丝瓜汤，还有炒萝卜干。"

一样一样摆出来，都是素的。

"是我金燕堂穷得见底了，还是你蝉衣克扣了？"许杭笑了。

蝉衣努努嘴巴，老大不高兴："阿弥陀佛，现在这青菜比肉还贵呢。菜地的农民都说，今年收成不好，菜价涨得可快了，现在这一桌可金贵着呢。"

许杭夹了一筷子白菜："今年又不是大旱，怎么收成不好？我看一定是……"话没说完，他就顿在了原地。

菜收成不好，好像有点问题。

电光石火之间，许杭面前闪过一个画面：枯黄的菜、没人打理的荒地、死去的老鼠。

这几样东西串联起来，像是几个小零件拼接在一起，形成一把钥匙，顿时打开了许杭脑子里的锁。

啪地一下，筷子被拍在桌上，蝉衣吓了一跳。

"对！我怎么早没想到！"说罢，许杭一口饭没吃，冲了出去。

蝉衣在后面几乎要跳脚了："当家的！饭还没吃呢！你去哪儿啊？！当家的！"

许杭跑到郊外，在不同的地里摘下那些一看就濒死的枯黄的菜叶子，将它们一捆捆扎好，做了标记，带回药室里。

他将菜叶剁碎，混合着肉糜，一勺一勺喂给那些老鼠吃，然后搬了个小板凳坐在一边观看。

半个时辰后，老鼠们看起来有些躁动。

一个时辰后，老鼠们在笼子里跑来跑去，撞来撞去，啃咬着笼子边。

一炷香的工夫后，它们拼命地去找水喝，好像一辈子没喝过水一般，甚至争抢到互相撕咬。

又过了一壶茶的时间，许杭只是转身拿水的工夫，有一半的老鼠四脚朝天，嘴巴微张，皮肤溃烂，死透了，而另一半看起来没什么问题。

许杭面色凝重地放下水杯，这个瘟疫的源头，终于找到了。

不是井水，而是菜地。

有人在这些菜地里做手脚，所以菜才会枯黄而死。老鼠们啃了有毒的菜，发病起来会渴水，冲到了井里面找水喝，才溺死在井里，井水也因此被污染了。人是不会喝死井里的水的，但是会吃那些菜，头几天被下了毒的菜没有表征，时日久了才渐渐枯萎。

药徒不住在郊外，不知道水是死水，喝了一口，这才中招的。

观察了几天的老鼠，许杭发现，这毒药的药性还不稳定，发病率不是很高，只有一半的老鼠皮肤溃烂死亡。一旦这个毒药的药性稳定下来，再被投放到水路相通的井水中，只怕整个贺州……

好歹毒的心思。

许杭有些心慌意乱，想喝点水压压惊，水杯刚一碰到唇，就眉头一皱，扔了出去。知道了真相，真是连水都不敢喝了。

最要命的是，到现在为止，还没能研制出有效的解药。没有毒药的配方，单是对症下药，根本就是扬汤止沸，治标不治本。

药徒已经死了。治疗期间用的方子，也只是让他多活了几天，减缓了痛苦而已。

贺州这一劫，该怎么化解呢？

看来眼下，也只能先封掉全城的井了。

领事馆里，惠子和几名下属交谈完，抽了几口烟，袅袅娜娜往楼上走，推开茶室的门，自然而然地坐在长陵身边，头靠在他肩膀上，说："听见了？满意了？"

长陵的身子僵了一下，既不敢推开她，也不敢说什么。

这几日，他住在领事馆，因为惠子的话，他不敢离开，而惠子时不时就会做出这样亲昵的举动。

惠子靠着自己心爱的人，心里却很冷。这样强迫得来的温顺，其实没什么意趣。

可是心已经得不到了，再得不到这个人，她又剩下什么呢？

她幽幽开口："我很好奇，你为了贺州城，为了法喜寺，究竟能牺牲到什么地步？"

长陵偏头看了她一眼："你伤害他人，终究会报应到自己身上，我不想看他们受苦，自然也不会想看到你受苦。"

闻言，惠子坐直了身体，眼神中有一点点期待："你是在关心他们，还是在关心我？"

那灼灼的期盼太烫了，落在任何一个人的身上，都会让人惶恐的，何况是长陵。

他望着惠子的眼睛，有些仓皇地垂下自己的眉眼，小声地说："有何不同呢？"

惠子的眼神就这么一点点凉了下去，觉得身子有些无力，慢慢地跪坐下去："是呀，是我想多了……"

不知道该怎么说，只是看着她失望的眼神，长陵竟觉得有些不舍得，对她说："你还需要我做什么，才肯真正收手呢？"

惠子凉凉一笑，伸手捏住长陵的下巴，逼他直视自己的眼睛："我若是说，要你留下来陪我呢？"

长陵往后退了一分："文惠，你……"

"现在倒是肯叫我的名字了？长陵，我只问你，答应还是不答应？"惠子已经不在乎自己在长陵面前的样子了，他若是对自己无心，那么自己是清纯佳人，还是浪荡恶女，根本不重要。

或者就让他讨厌自己好了，厌恶还能让他记住曾经遇上这样一个女人。

沉默良久，惠子忽然站起身，把茶室的门推开："不用回答了，你的拒绝我已经明白了。你别说我强留你，你若做不到，随你走。我看你还是走吧。"

只有她自己知道，每个字都是一枚钉子，往自己心口扎。

"文惠。"

"你走！"

吼完这一通，惠子就跑回了自己的房间，把门锁上，背靠着门缓缓蹲下去，掩面哭了出来。

心真疼啊，像挖了一块肉，扑簌簌掉血，还灌风，呼呼作响。

原来，人在心不在，比人和心都不在要来得残忍。

他不在你的身边，你就看不到他的冷漠，听不到他疏离的话语，你可以自欺欺人，可以一厢情愿。可是他在你的身边，每分每秒都像是在折磨你。

真是残忍哪，爱上谁不好呢，偏偏爱上他！

茶室中，长陵并没有因为惠子的一句话而离开，但是他在起身的时候，看到了惠子遗留的手拿包，目光定住了。

思索再三之后，他打开了那个手拿包。

在看清包中的两张黄皮纸上的内容后，他面色微微一变，然后将其塞进了自己衣服的夹缝之中。

他刚准备走出茶室，就发现前面被人挡住了，是个穿黑衣的人，他抬头想看清人脸，突然被人撒了一脸的粉末。

刺激的花香钻进鼻子里，让人鼻尖很痒，忍不住想打喷嚏。

只是这个喷嚏还没打出来，长陵就觉得脑子昏昏沉沉，也看不清了。天旋地转了一番，他重重摔在地上，晕了过去。

这一觉不知道睡了多久。

他只觉得自己像醒着又像睡着，介于半梦半醒之间，身子沉重而且发烫，他想喊人给他倒杯水，却一点声音也发不出来，甚至对于自己在哪里、发生了什么都不知道。

好像有谁进了房间。

"谁？是……文惠？"他下意识就想到了这个名字。

对方没有回答。

迷迷糊糊间，香气扑鼻，长陵觉得自己的身子像是被什么给操

165

控了一般，不受控制。

空气中是轻微的檀香气味，外头月光漏进来。

长陵突然想到某一天见到文惠，那天天气很好，山上的泉水破了冰，刚流出来。他扫着寺院门口的雪，远远地看见惠子拿着一瓢冰水，试探着喝了一小口，冰得皱紧了五官，哈了一口气，可爱得像只松鼠。

她一偏头，发觉自己的小动作被发现，微微红了脸，扔了水瓢拎着裙子朝他跑来，边跑边笑，说："长陵，今日给我讲什么书？"

那个时候，她像只百灵鸟，长陵有那么一瞬间几乎要扔掉扫把，任由那只百灵鸟撞进自己怀里。他不由自主地喊着："文惠……"

对方轻灵地笑起来："我在。"

就是这一声笑，让长陵陡然清醒。这不是惠子的声音，她不是文惠。

刚清醒的时候还是混沌的，大脑如蒙迷雾，十分不清楚，渐渐地，理智回来了，眼前也清明起来。

和眼前人对上目光，长陵脸色一变。

对面是个美人，手还挂在自己的脖子上。长陵赶紧把她推开，冲进了院子。他跑到井边，打起冰冷的水往自己的头顶浇下去。

哗哗哗——

一桶接着一桶，夜里微凉，这样一浇，他冻得嘴唇发紫，直到手发麻，才跪倒在地上。活到现在，他第一次觉得害怕。

怎么会这样？

长陵跪在地上，半天都不肯起来，脸上淌着水，嘴唇都开始颤抖，几乎要起身跳到井里去！

这时，一个调笑的声音从另一边传来。

"何必找死？寻欢作乐不是很快乐吗？"健次从另一边走进来，表面挂着笑容，实际透着寒意。

听到这声音的刹那，长陵耳边犹如响起了晴天霹雳，整个人僵在原地。

"你？"长陵缓缓站起来，他见过这个人，也知道他对自己的敌意，瞬间反应过来，"是你！你为什么……"

健次笑了一下："为什么？当然是因为我爱惠子！与其让她那么痛苦地一个人忍受，不如让你也尝一尝这滋味，不好吗？你可真是冥顽不灵！你骗得了别人，骗不了我，我看得出来，你对惠子也是别有用心！既然你假模假样地伤害惠子，那我就帮你撕下面具！怎么样？感觉不错吧？"

长陵狠狠地攥紧了拳头，良好的教养几乎在这一天化为灰烬："我不想听你胡说八道。"

看到长陵想走，健次上去把他拽过来，狠狠给了他一拳头，把他打得嘴角流血，扑倒在地："我胡说？刚才在屋子里口口声声喊着'文惠'的不知道是谁呢。"

长陵张了张嘴，想说些什么，可是身子晃了晃，没能说下去。

他这样只会让健次更加肆无忌惮："怎么了，无话可说了吧？你喜欢惠子，连你自己也不相信，不接受，其实你早就喜欢上她了！"

"是你对我下了药？！"

"下药只能控制你的身体，你敢说你脑子里没有一刻想过惠子的脸吗？"健次抓着长陵的脖子咆哮。

长陵痛苦地闭了闭眼，额头隐隐跳动，五脏六腑像是被人揪在一起。健次把他狠狠地扔在了地上，蹲下身，盯着他看："如果你还有一点点良知和羞耻心，就让她彻底离开你！听见了吗？"

夜风起，湿衣冻骨。

长陵还呆呆坐在那里，半晌都没有起来，一时之间他竟然不知道自己该何去何从了，只能望着星空发呆。

怒气未消的健次冲回大厅，就被躲在门后阴沉着脸的惠子扇了一巴掌："我是不是警告过你，不准动他！"

刚才惠子听到院子里有人吵架，这才出去，虽然只听了一半，可是内容极为震撼。

还好健次的计划没有完全得逞，不然她真的会想开枪崩了他。

她不敢在那时候走出去，一是她怕长陵以为这是她的主意，二是她怕长陵无地自容。可是在看到长陵跌坐在地上的时候，她的内心涌出一股想哭的冲动。

健次的眼眶也是红的，脸色却铁青："惠子，你不敢做的事情，我帮你做了，你可以拥有他，你该谢我，不是吗？"

"我和他的事情不用你管！"

"晚了，我已经管了。"健次伸手摸了摸自己的嘴角，"我就是不明白，一向果断的你为什么偏偏在这种时候犯傻？你别忘了你自己的身份，任何一点风吹草动，就会引起别人对你的怀疑！你还敢为了那个长陵擅自推迟计划，不要命了？！"

"你别拿这个威胁我，有本事你就告诉他呀，我不怕！你这么做，难道不也是为了自己的私心吗？凭什么指责我！"

"这个人会让你耽误大事，我帮他戳破，不是正好让你得到他吗？呵呵，或许我其实应该把他送进你的房间才对，是不是？得到了，你就不用这么牵挂了。若他要是再这么顽固，就活该跟贺州城一起完蛋！"

愤怒使人失去理智，健次越说越过分，惠子压着嗓子低吼着让他滚。

健次在惠子耳边低语了几句，很是不满地离开了。

惠子靠着墙壁，激烈的吵架让她身心俱疲。

这一晚，没有人期盼新的一天来临。

因为，谁都不知道该怎么过下一天。

案牍堆得有半人高，中药散落，捣臼里都是粉末，趴在桌上睡觉的那个人手里还攥着一根药草。

顾芳菲一进药堂，就被浓浓的药味呛到了，咳嗽了两声，她把怀里的东西放下，拍了拍许杭的肩膀。

许杭这才从疲惫的沉睡中清醒。日夜不休地整理药方，熬红了眼睛，可还是收效甚微。

一看到顾芳菲，许杭揉了揉眼睛，问："你来了，镇静剂带来了吗？"这个东西很难买到，他只能求顾芳菲找门路。

如果可以，顾芳菲真的不想给许杭。她问道："你以后有什么打算？"

许杭没说话。

顾芳菲看着乱糟糟的桌面，她说道："我准备出国了，我想去找袁野。"

"你肯去找他了？"

"他给我写信了。"

许杭的眉头跳了一下："他……怎么样？"

"刚办完父亲的丧事，谋了一份工作，现在还可以吧。"

"你走了也好，"许杭看着她，目光很柔和，"能看到你们长相厮守，我很欣慰。"

"那你呢？"顾芳菲往前凑了一点，把手搭在许杭的手背，微微可见眼中有一点泪光，"我总有种预感，如果我就这么走了，以后怕是见不到你了。"

她很难得会在别人面前展露小女儿的样子，或许就是因为曾经把许杭当成家人，所以觉得自己永远都是那个可以撒娇的小妹妹。

许杭摸了摸她的头发和脸颊："芳菲，这就是我之前不想和你相认的原因。你应该当我死在十几年前了，不用顾念我、思念我的。"

顾芳菲反手扯着许杭，用力抓紧："答应我！你会好好的！不管你要做的事情成功与否，你都会好好的！"

她大有许杭不答应就死不撒手的架势。

感受到她的那份关怀，许杭的心一点一点融化，却也一点一点化为齑粉。他望向窗外遥远的天边，声音也有点虚无起来："好。"他慢慢转过头，"秋天到了，冬天快来了，过了冬，来年春天，等绮园的芍药开了，我请你听一出最好的越剧。"

顾芳菲的嘴角慢慢地上扬，定格在一个绝美的弧度，点了点头。

其实许杭现在心里所想的，真的有点异想天开。许杭无比期盼天上能掉个馅饼下来，砸在他的头上，然后顺顺利利地解决眼前棘手的问题。

说异想天开，还真的就天意难测。有一个馅饼，不大不小，刚刚好就悬在许杭的头顶，只差掉下来了。

这个馅饼说起来，还是始作俑者自己拱手交出来的。

自从被健次道破了心意以后，长陵就回了法喜寺，闭门谢客，每日不吃不喝。

小沙弥虽然年纪小，却也担心长陵的身体，整日里都是泪眼汪汪的。见惠子找上门来，小沙弥还拿石子儿砸她，边砸边说："都是你！遇到你，师父就变得怪怪的了！你是个大妖精！"

不理会小孩子的胡闹，惠子把他锁在了寺庙外面，独自往里走。

菩提树下，叶子落在长陵的身上，他的背微微弓着，衣服上也落了灰，脸上看着憔悴了些，也黑了些。

惠子慢慢走到长陵的面前，缓缓蹲下身，小心翼翼去触碰长陵瘦削的面孔："长陵。"

长陵眉心一皱，始终不肯睁开眼。

身旁的檀香落烬，惠子落了一滴泪："我一直都在劝自己，让自己不要再管你，可是我终究还是做不到。在你我的搏斗中，始终是你赢我输。"

说到这里，长陵才终于睁开双眼："你有你的人生，我有我的宿命，你不要再执着于我了。"

惠子难得对长陵强势起来："贺州城真的不安全了，长陵，我管不了别人，我只能管你。你若是不愿意，便是打晕你，我也要带你走！"

长陵定定地看了她一眼："身体你可以带走，心你却是带不走的。你带走一具尸体，有什么意义呢？"

"好端端的，为什么非死不可呢？"

长陵不说话。

他不说，惠子明白得很，她抓住了长陵的手腕："你再这样折磨自己的身体，我就报复在别人身上。你多折磨一日，我就让贺州城少一条人命。"

长陵马上道："你不要伤害无辜……"

看他还是有所忌讳的，惠子把心一横，直接说："跟我走，我们做一对夫妻，好不好？我带你离开贺州，等我完成这件事，我们再一起去各国游玩。相信我，我会给你比现在更好的生活。"

长陵睫毛一颤，眼睛往上一抬，对上了惠子的眼睛，又有些不自然地避开："不，文惠，你不要再逼我了。"

惠子靠近他："你的心跳得很快。"

"绝无此事！"

他不能承认，绝对不能。

他不是不能接受文惠，只是他无法背弃自己守护法喜寺的承诺，更无法弃贺州城于不顾，只顾自己活命。法喜寺长年受贺州百姓供奉香火，正因此，自己才能有所食，有所穿，有所住。他又怎能因为儿女情长而舍弃贺州？又怎能因为惠子而背叛贺州？

更何况，他做不到在知晓惠子间谍的身份和她要对贺州城做什么之后，还和她双宿双飞。

他们之间的结局，从开始就已经注定了。

想到这里，他用力地甩开了惠子的手，她长长的指甲钩住了长陵手腕上的手串，那手串骤然崩断，除了散落一地的珠子，一根黑色的细细的线也断裂飘落，正巧落在二人面前。

那黑色的细线并不是什么麻线，看起来十分有光泽，当它掉落的一瞬间，长陵就赶紧将它抢过来，抓在手心。

欲盖弥彰。

惠子只一眼就看清了那是什么东西，那分明就是一缕编起来的长发。

长发为君留，君知否？

当初她借着酒醉在长陵的房里留宿时，偷偷剪了一缕头发藏在他枕头底下，以前母亲跟她说，这样会使得自己的心意与睡在枕头上的人相通。

明知道是玩笑话，可她也愿意试一试。她以为发现了那缕头发，长陵会当作普通垃圾一样处理掉，可是没有想到，长陵竟然将它藏得这样深。

"原来你……原来你也……我不是一厢情愿，是不是？"惠子噙着眼泪笑了一下，表情一会儿悲一会儿喜，甚至都控制不好。

被看穿心意的长陵已经是万念俱灰，脸上是死人一样的灰败，眉头一个大大的"川"字锁死。他的拳头紧了又紧，一咬牙，把那缕头发扔进香炉之中。

"不要！"惠子大惊，想伸手去救，可是头发多么易燃，刚碰到火光，就蹿出了火苗，当即就烧没了。

好像烧毁的不是头发，而是惠子一寸寸的心。

"长陵！"

长陵偏过头不看惠子，用一种让自己信服的语气大声道："一缕头发而已，什么也证明不了。"

"怎会证明不了？！你心里是有我的！有我的！你到底为什么要屡屡拒绝我……难道就为了那个不值一提的诺言吗？！难道我连一个诺言都不如吗？长陵，你如此铁石心肠，倒不如皈依佛门，省得在这红尘中吊着我，让我难过。"

"你走吧。"面对惠子的质问，长陵长叹了一口气。

惠子热泪盈盈，咬了咬唇："你就宁愿自己死捱着，也不肯跟我走？难道对我动情这件事就这么不堪？！"

长陵摇了摇头，不说话。

惠子红着眼眶跑走了，跑到门边，她狠狠捶了一下门，抛下最后一句话。

"你不爱我时，我当是你我无缘，可如今，分明是你轻贱了自己的感情。好！好……你不是不肯离开吗？你不是死不承认吗？那我就毁了所有人，毁了整个贺州城！我看你还能嘴硬到什么时候！"

门板被摔到一边，凄惨地弹回来，吱呀声响了很久。

长陵俯下身，以头抢地，久久不起。

由爱故生忧，由爱故生怖。若离于爱者，无忧亦无怖。

长陵乍然站了起来，长久不进水米让他眼前突然一黑，险些摔倒，扶着树干才勉强站立。

他不杀伯仁，可伯仁因他而死。他是罪大恶极了。

终于还是只剩下这唯一的出路了。

第五章　渐行远

当许杭在药堂里为了最关键的几味药材而废寝忘食，却始终不得要领时，没想到解开谜题的关键，会是长陵。

那日，天还蒙蒙亮，下着淅淅沥沥的小雨，长陵戴着斗笠，穿着木屐，敲开了鹤鸣药堂的门。

许杭正在想是请他进来喝茶还是用早膳时，长陵却递了一个信封进来。

"这里是有关贺州城瘟疫的一份报告，还有一份是攻城计划，虽然不是很全，但或许对你和段司令会有些帮助。"

许杭打开了看了几眼，十分惊讶："你是从哪里得来的？惠子吗？你可答应了她什么？"

以这份文件的珍贵，绝不是轻易可以得到的。

长陵浅浅地笑了一下，雨水从斗笠边缘落下，自成雨帘，水汽氤氲之下，他的面庞显得那么温和："无须担心我，我很快就要离开贺州了，走之前想把重要的事情交代给你。"

这话分量很重，许杭把门敞开："有话你进来说。"

"不了，很快就好，"长陵谢绝，"我的徒弟年纪还小，我不在的这段日子里，希望你能替我照顾他。"

许杭当然不会拒绝，只是想到长陵多年以来从未出过远门，许杭很是讶异："你放心，我一定照顾好他，一会儿我就让人去寺里接他。"

像是放下了心里最后一块石头，长陵露出宽慰的神情，向许杭鞠一躬："如此，便多谢了。"

"你要去哪里？很远吗？"许杭听他的话中之意，去的时日还不短。

长陵的眼神很坚定，对于将要去的地方心中有路，回答说："去一个故人处。不远，我们很快会再见的。"

然后又是一鞠躬，破开雨幕，木屐嗒嗒有声，踏着石板路往远方走。这样的长陵，如烟雾如云朵，好像抓不住，太阳出来就要蒸发不见。

不知道是哪里陡生出来的不舍，许杭突然很想拽住他，于是提高声音喊了一下："长陵！"

漫天飘飞的银丝中，长陵止住脚步，缓缓回头。

"我的茶叶喝完了，等你回来，再给我晒一盅吧！"

隔得远，许杭没有看清楚长陵是什么样的神情，只知道长陵站着回望了自己一会儿，然后慢慢地，继续踏上自己的路。

关上门，抖了抖身上的雨珠，许杭点上煤油灯，仔仔细细研究起长陵送来的东西。约莫半个时辰之后，许杭抬起头，先是端起桌上凉透的茶水灌了下去，再是长长地舒气。

长陵送来的这份资料，可以说太有用了。

那份只有一半的研究报告，恰恰点出来了这瘟疫的破解之法，许杭当即就写了好几味药出来，等着一会儿试验效果，若是情况可喜，三天就能研制出特效药。

而另一份作战计划，对许杭之前一直想做而未能做成的一件事大有裨益。

因为这份计划里，提到了一个人的名字——章尧臣。

无论章尧臣是知情者还是被人利用的，他都逃不了干系。

这份报告一旦交上去，章尧臣的处境就是死局。许杭困扰了这么久，筹谋了这么久，一直在想的事情，没想到老天早已磨好了一把刀，锋利无比，正中敌人的心脏。

许杭喟然一叹。

长陵啊长陵，你可知道你送给我一份多大的礼吗？

许杭的手在信封边缘摩挲了一下，思考着今后的计划。这一次，自己无须再出马，也能让章尧臣亲自过来向自己求饶！

思及此，许杭把蝉衣叫了过来，让她找一个今日会去上海的船工，把一封信给递出去。

看着蝉衣在那里盖火漆，许杭突然说："你把金燕堂收拾一下吧，府里不重要的下人，这个月做完，都陆续遣散了吧。"

蝉衣倒蜡油的手一歪："当家的，这是要开始了吗？"

"不是开始，而是收尾。我有种预感，山雨欲来，金燕堂那薄如蝉翼的窗户纸，早就挡不住小铜关的破竹之风了。早一点做准备，好过措手不及。"

许杭推开药室的门，新鲜的空气涌进来，狂风扫桌，将纸张吹得漫天飞舞。

蝉衣就在许杭的背后站着，四年了，从她第一次被领进金燕堂的大门时，娘就指着许杭跟她说，这是她从前的旧主，要蝉衣像尊敬菩萨一样尊敬许杭。

从一开始，她就知道许杭要做什么。即便她心里也觉得段司令是个好人。但是，许杭是她的主人，是她的信仰。无论许杭要做什么，她都不会背弃。

只是她希望，这场风雨结束以后，绮园还能重见平和绮丽。

笼子里用来做实验的小白鼠身上的溃烂终于消下去了，老鼠也活了下来。整个药堂的人都兴奋得欢呼起来，就差把许杭抛到半空中庆祝。

闻讯赶来的段烨霖也很振奋，连问了三遍"是不是真的"。熬了好几个通宵的许杭揉了揉鼻梁，疲惫地说："你先别太开心，赶紧去找最近的医药制造所，把药剂样品寄过去，让他们加一些西药，改良之后大批生产，这样才能随时应对那边下黑手。"

"最近的军需医药所在临城，我马上就去联系！"段烨霖伸手拍了拍许杭的肩膀，"你辛苦了。"

高度紧张的神经突然放松下来，许杭感受到自己身体的颤抖，说："那后面的事情交给你，我想休息会儿。"

许杭走到一边，脱下身上的大褂，准备一会儿让底下的人拿去烧掉。

许杭身后，段烨霖看着他，发现大褂上掉落了不少头发。

什么时候少棠竟这样容易脱发了？段烨霖有些疑惑，难道是太累了吗？

说起来，除了一直掉下去的体重，许杭的眼窝也有些深陷，眼睛里的血丝一日比一日重，舌苔发白，颧骨微微有些突出，身上的经脉更加明显，看着还消瘦了不少，这种种迹象都表明身体状况的恶化。

真的只是太累吗？段烨霖总觉得这些征兆好像很熟悉，只是一下子想不起来。

"少棠，"段烨霖走到正在洗脸的许杭身后，"你的身体真的没事吗？"

一句话说得许杭心虚："我能有什么事，大概最近忙得吃饭太少，看着瘦吧。"

"不只是瘦，还憔悴了很多。"

许杭敷衍道："嗯，我以后会注意的。"许杭快要装不下去了，就使了一点劲推段烨霖，"那你就快走吧，让我休息会儿。"

段烨霖抓着许杭往外拉："那不行，你得吃点东西再睡。总这么饿着，你迟早熬坏身子。"

他们两人只往外走了几小步，就有一个士兵跑了进来，对着段烨霖敬了个礼，回禀道："司令！河里发现了一具浮尸，现在已经捞上来了。"

又是尸体。

许杭把段烨霖的手挣开："又是因为瘟疫而死的吗？"

士兵摇摇头："不是，咱们兄弟看了一眼那具尸体，干干净净，面色还很安详呢。不过瞧着有点眼熟，像是在法喜寺见过的……"

士兵像是在思索。

而许杭的表情，从疑惑到惊讶，再到迷茫，然后突然惊恐起来，嘴巴也因为震惊微微张开，最后拔腿往外面跑！

段烨霖甚至抓不住许杭箭一样的身体，就看见许杭弹射一般冲了出去，只能跟在后面跑："少棠！你怎么了？"

身后那个士兵也恍然想起，道："就是那个住在寺庙却不曾出家的长陵。"

许杭终于想起来一件事情。

故人，故人，长陵的故人可不就是法喜寺那位已经圆寂多年的住持！

去一个故人处……该死的故人处！

怎么现在才想起来！

第一次，许杭希望自己的聪明用错了地方，猜错了人。

不一定吧，不一定就是长陵吧，法喜寺有那么多人，不可能是他吧。

好不容易跑到河边，岸边黑压压站着一群人，众人交头接耳，指指点点。许杭有些粗鲁地把人拨开，顾不得旁人的咒骂声，挤到最里面去，彻底呆住了。

泡烂的斗笠、丢了一只的木屐……以及浮着一层死气和灰败的躯体。

那身衣服，那个身形，许杭很熟悉。

长陵……

法喜寺点起了长明灯，这是办丧事之时该有的规矩。

只是寻常人只会点一盏，不会像现在，从院子到庙堂，地上、桌上、窗台上全都点满了。

一点分明值万金，开时惟怕冷风侵。主人若也勤挑拨，敢向尊前不尽心。

千盏万盏的油灯点起，正中是一副棺材，很质朴，里头躺着已经被收拾干净的长陵。他穿着平日的衣衫，闭着眼安静睡着，写着佛家箴言的白纱覆在他的脸上。

许杭看了他一眼，把自己抄好的心经放在火盆子里烧了，拿着油勺围着棺椁转，一勺一勺地往灯里添油。

段烨霖安抚着在棺椁前哭得背过气去的小沙弥，抱着他回房间睡觉，这才出来陪许杭守灯。

冷风袭来，烛火晃了晃，许杭伸手去挡，生怕它会被吹熄。

段烨霖见状就把窗户关上了。

许杭叹了口气，说："我们认识的人，一个一个，走的走了，死的死了，剩下的还有谁呢？"他的眼神有些空洞，"这么说来，我果然很不祥。"

段烨霖："别胡说，这和你无关。"

许杭的眼神晃了晃，放下了手里的勺子。

"长陵的死闹得沸沸扬扬，瞒是瞒不住的，我想过不了多久，惠子就会过来了。长陵虽然送了一份药物研究给我，但是关于他们的计划我还不是很了解，再好好问问她吧。"许杭隐瞒了那份作战表的事情。

段烨霖回头看了一眼长陵的尸体，目光变得深邃："问？只怕她别当场疯了，就算万幸了吧。"

说曹操，曹操到。

门被"吱呀"推开的瞬间，所有的灯火都晃动了一下，一阵灌堂风进来席卷一番，竟没有一盏熄灭。

这是惠子第一次这么没有形象地出现在人前，她头发凌乱，裙摆也有些破损，大概是跑上山的时候摔倒钩破的。她未施粉黛，脸色煞白，眼睛瞪得几乎要跳出眼眶。

她哪里算是跑进来，应该说是跌进来才对。从她那副失魂落魄的样子便能看出来，她有多么恐慌。

抬起头的瞬间，满室的灯火几乎烫坏了她的一双眼睛。正中的那副棺材还没有盖棺，敞开在那里，像是等着人来凭吊一般。

仿佛被人掐住了喉咙，惠子一下子说不出话来，她原地而立，不敢往前走，也不敢往后撤，只是傻傻摇头。

不会！不会是他……

她瞪大眼睛看着一旁的许杭和段烨霖，开口的声音像是从十八层地狱里刨出来的一般："是谁？是什么事……逼死他了吗？"

许杭看着她自欺欺人的行为，心中滋味难言："你该明白，能逼死长陵的还能是什么呢？"

惠子顿了一下，冲到棺椁边，揭下盖住长陵脸的那块白纱。她要亲眼看着，才肯相信。

白纱之下，长陵的脸因为泡水而有些浮肿，可是那眉毛，那眼角，那鼻梁，那耳廓……没有一处不是他。

死了，死了，死了啊。

这种感觉像什么？像她躺在榻榻米之上，侧望着窗外枯败的枝叶时的感觉。

了无生趣，行尸走肉。

她被家族遗弃、牺牲，被他人控制，这一生她从荣宠到衰败，从清白到污秽，从幸福到堕落，只用了仅仅二十几年的时间。

一个人若是生来不幸，好像也并不会因为落差太过崩溃，只有登高跌重，才会一蹶不振。

她爱惨了长陵那颗干净的心，无论她是贫是贵、是善是恶，他的眼睛都干净纯粹，不夹杂一点点的鄙夷和欲望。

只有在长陵面前，她还能记得自己豆蔻芳华时的娇羞可爱。

她会捧着茶杯，闻着新晒的书香，央着长陵说："你再给我讲一个故事，好不好？"

长陵总会给她蓄一杯茶，把书扣过来，浅笑着道："今日太迟了，明日再给你多讲一个。"

如今想起来，那么岁月静好的日子，难道不是世间最珍贵的宝物吗？得到也变得不重要了，只要他在那里，静静坐着，会说会笑，她愿倾尽一切去换。

大概惠子僵着的时间太久了，段烨霖见她不哭不闹，反而有些发怵，低声在许杭耳边道："她该不会真疯了吧？"

许杭也是一眨不眨地看着惠子，他本来已经准备好看这个女人哭闹打滚、呼天抢地，甚至迁怒于自己而大打出手，可是现在太过安分了。

是痛过头了，不会哭了吗？

于是许杭也不敢出声，只是微微摇了摇头。

"他一句话也没留下吗？"惠子终于开口，说完又是那副雕塑般的样子，要不是许杭真真切切听到她的话了，还会以为是哪里传出来的幻音。

"重要吗？"许杭略带讥讽，"人都死了，多一句遗言少一句遗言能改变什么？这样你心里就会舒服吗？得不到便逼死他，现在还问什么呢？我倒是想问你，你究竟做了什么，让他一心求死？！"

要不是段烨霖拽着他，许杭会忍不住往前冲。

惠子还是那副要死不活的模样，在听到许杭的话以后，脸色稍微恢复了一点点，一步一步缓缓朝许杭走去。

段烨霖侧身上前护住许杭，以防惠子做什么手脚。

看着段烨霖的举动，惠子惨淡地笑了一下，然后说："段司令在这里，不就是想知道我们的计划吗？是，时间、地点、方式……我都知道，现在……你们愿意回答我的问题了吗？"

虽然有想过长陵的死或许会让惠子转变心意，但是这么顺利，也实在是意料之外。可见她对她的上级也并非忠心，只是那是她无处可去的依靠罢了。

长陵一死，她还有什么值得坚持的？

他就是为了贺州而死，他就是在回应惠子的威胁，若要屠城，他便要做第一个踏入黄泉之人。

她怎么能去伤害长陵用性命守护的贺州城呢？她怎么敢？怎么忍心？

许杭还是没有直接回答，追问道："你到底对长陵做了什么？"

惠子转身回去，倚靠着棺材，望着长陵的遗容笑了一下，伸手从自己头上生生扯下一缕头发，打了个结，放在长陵的手掌心："没什么。"

于长陵而言，承认爱意、接受爱意是一件比挖肉剔骨更难接受的事情。于惠子而言，他的不承认也是一种摧心挠魂的折磨。

再多说就显得多余了，许杭长长叹了一口气，走上前去，抓起惠子的手腕，把四颗珠子放在她的手里："这是长陵被打捞上来的时候右手死死抓着的东西，我们两个人一起用力才把手掰开，大概是留给你的。"

许杭给了段烨霖一个眼神，然后说："这里留给你，我们在寺庙外等你，你的时间也不多，待久了，他们会怀疑的。"

佛堂的门就这么被关上了。

惠子背靠着棺椁，慢慢地把手掌心打开，那四颗珠子，是来自长陵断裂的那串手串，每一颗都有长陵摩挲过的痕迹。四颗珠子每一颗表面都刻了一个字，像是新刻上去的，虽然不够精致，但是字迹很端正。

连起来是一句话——我心悦你。

说到这里就够了。

他承认了。只是他那么固执，一点也不肯背弃信义，一点也不肯割舍寺庙和贺州，万般无奈，他只能一起负了。

万年孤寂的法喜寺爆发出一阵声嘶力竭的呐喊，惊得山林中的飞鸟忽而振翅逃离，生怕被悲痛席卷进去。

那无边无际的苦楚和绝望像是一张大网，没有可逃的角落，四面八方笼罩下来，如山间的风，粗鲁地迎面而来。

没有人敢推开门去看里头的状况，不忍，不忍。每一声凄厉的喊叫都是在折磨人的耳膜，像利爪狂挠，又好像声带要撕裂。

总觉得那不是人发出来的叫声，而是野兽才会发出的声音，那么澎湃，那么震撼。

除了那一日，之后长陵盖棺，下葬，甚至头七，惠子都没有出现。她只是在那天出佛堂的时候告诉段烨霖——下一个猎物就是贺州。

时间紧急，临城那边的医药所已经发来电报，需要配方撰写者前去一起帮忙。许杭便在家里收拾了一下，直接坐上去临城的火车。而段烨霖则留下，向军部总部报告这件事情，申请援兵。

此去不过三四天的工夫，可是段烨霖没由来地觉得不舒服。

在许杭踏上火车的时候，他说："少棠，早点回来。"

许杭点点头："很快的。"

车轮就这么滚动着远远地走了。

段烨霖在月台站着，盯着地上看，把鞋子前的小石头一踢，小石头骨碌滚得老远。

在他身后，请假许久的乔松终于再度回到岗位上，小声说道："司令……"

"回来了？"段烨霖听说乔松回去以后，把大半的财产折成了现钱，给了他的妻子，随即二人便离婚了，"家里怎么回事？"

乔松垂下眼睛，又把帽子压了压："那姑娘年轻，以后贺州打起仗来，有个万一，给我守寡就太可惜了，所以……"

其实那姑娘也只是为了报恩才嫁给乔松，若细算起感情，当真没有多少。只是乔松回去这么一提，那姑娘觉得白领了乔松的恩情，却并未有什么报答，只说当个丫鬟替乔松照顾父母，若是乔松真的出了意外，她又看上了别人，再为自己张罗。

如今也不是古时候了，离婚改嫁也没什么稀奇的。

在乔松的坚持下，她还是收了那些钱，吃住都跟着老人家。老人家少了个媳妇，就当多了个女儿。

"这叫什么话？怎么能为了不一定会发生的事耽误自己的日子呢？"段烨霖有些不理解。

个中情况，乔松没法和他说得太细，支支吾吾也就过去了。后来他像是想起什么事儿，道："司令，乔四爷从蜀城送了个人来，已经到小铜关了，您要回去看看吗？"

段烨霖的瞳孔收缩了一下。

乔道桑的动作真快，都已经查清楚了吗？

许杭前脚刚走，后脚资料就送到了，冥冥之中，命运真的很有意思。

段烨霖还没想好究竟接不接受，觉得头疼，摆摆手："你先替我安排他住进小铜关，改天我再问吧。"

这时候，一个小兵跑过来，敬了个礼："司令！有个叫蝉衣的丫头找您，说让您把许大夫拦下来。"

"她晚了一步，车都开走了。她有什么事？"

"说是许大夫的奶娘不行了，等着见许大夫最后一面。"

这个奶娘，段烨霖听许杭念叨过，可惜了，没能赶上这一眼。黑发人送白发人，这也算是好事了，索性他就替许杭去这一次吧。

临城，医药所。

许杭从车上下来的时候，就看见远处停了一辆很眼熟的车子，车里模模糊糊有个戴着帽子的身影。

那人透过窗户看到许杭，打开了车门，缓缓下来，把帽子一摘，越发老态的脸暴露在光天化日之下。

远远看着他，许杭眯起眼睛，嘴角往上扬了一下，一步一步往前，一直走到彼此说话能听见声音的距离才停下。

"参谋长，别来无恙。"

章尧臣胸前被金钗扎过的地方还在隐隐作痛，他接到许杭送来的信件时，立刻从病床上挣扎着下来，一路赶到了临城。

风起了，许杭道："外头冷，您的身子禁不起折腾，咱们还是找个温暖的地方说话吧。"

所谓温暖的地方，也就是医药所里的一个休息室而已。

泡了两杯咖啡，没有奶和糖，所以格外地苦。大概最近章尧臣喝药喝多了，也不觉得苦，许杭就更不必说了，从不畏惧苦味。

重伤在身，章尧臣时不时拿着手帕掩着嘴巴咳嗽，许杭歪着脑袋看他："我倒是有点庆幸那时候没杀死你，不然现在，我可能会失去一点乐趣。"

"看我痛苦，你觉得心里的气能顺一些，是吗？"

"不，不会。我只是享受你走投无路的样子。"

章尧臣看了许杭一眼，摇了摇头："我现在才发现，你和你母亲并不像，她……她是那么善良……"

"所以她才被你活活害死了，"许杭面色一冷，直接一杯咖啡泼到章尧臣的脸上，"我是不是警告过你，不准提她？"

那咖啡是刚泡好的，很烫很烫。

章尧臣没有去擦，任其一点点滴落下来，然后道："算了，说正事吧。"他长叹了一口气，"你要怎么样才能放过我章家？放过我一双儿女？"

在接到许杭的信件时，他差点心梗而死。

一旦这份报告往上传……不，只要稍微一公开，他就是被枪毙十次，都算是轻的。

这也罢了，最要紧的是他的两个孩子，一个病体缠绵的章饮溪，一个残废了的章修鸣。以他章家得罪过的人来看，只要章尧臣倒了，他们二人必会被报复至死。

毫不夸张地说，许杭这是抓住了他的罩门，他不得不来求许杭。

许杭给自己重新倒了一杯咖啡："参谋长还真是不会拐弯抹角，够直接的。我其实很好奇，如果章家倒了，会是什么光景？章小姐声名在外，想必不少以往对她垂涎之人都会蠢蠢欲动吧……至于章少爷，你也不用担心，正好残废了，给一个碗让他沿街乞讨，应该也活得下去吧。"

不是许杭夸张，自古多少豪门显贵一朝失势或者银铛入狱，下场与这个比是有过之而无不及。章尧臣自己也搞垮过很多人，自然也亲眼见过他们的下场。

章尧臣咬了咬牙，从怀里掏出一把枪来。许杭目光一凛："想杀我？你觉得我死了，就没人知道了？"

这道理章尧臣明白，许杭不会这么草率。

他把枪放在许杭面前，双膝一跪，垂头道："不，这枪是给你的。一切的仇恨都是对我的，你取我的命，不要伤害我的孩子。"

那把枪看起来挺精致的，许杭拿起来，把子弹匣打开看了看，都是实弹。他摸着枪身："你杀我全家一百多口人，害我亲人身首异处，就凭你一个人，就想我收手？"

太便宜了。

章尧臣自然也是老狐狸一只，他今天来，就没打算安然无恙地回去："孩子，有什么条件你就提吧，我明白，你是要跟我做交易才通知我的，不是吗？如果不是，你大可以直接公布那份报告，我便会万劫不复，何必多此一举与我相见。"

而且他有把握，这件事，一定只能是他才能帮许杭做到。

许杭把枪随意地一扔："不愧是参谋长，人心也摸得挺透的。"许杭身子往前一靠，"你说得不错，我可以保你章家不倒，一切就看你配不配合。"

即便知道章饮溪和章修鸣死不足惜，但对于许杭来说，他们不欠自己，自己也没有向他们讨债的理由。

许杭像是章尧臣肚子里的蛔虫，把他心中所想的都猜中了，一句句往下说："只要你章尧臣不是因为叛国通敌被打倒的，你章家就不算倒。即便你死了，至少还留得住万贯家财，也算是个贵族吧，你的儿女若是安分守己，安度此生总不是问题。"

话是这么说，可是过惯了挥金如土的生活，章家的儿女怎么可能惜财，便是金山银山，想要耗尽也只是早晚的问题。

章尧臣苦笑道："我还有拒绝的权利吗？"

不仅没有，还必须俯首帖耳。

"当然有，你若齐家一心，宁为玉碎不为瓦全，我也没办法。"许杭故意说一些话刺他。

章尧臣舍不得自己的骨肉，便说："我是为人父的，自然该做出牺牲。"

"呵呵……"许杭的勺子在咖啡杯里搅啊搅，看着咖啡倒映出自己的脸庞，那般刻薄的模样，"父母之爱子，必为之计深远。参谋长，你只记得你现在的一双儿女，何曾记得你的糟糠之妻为你所生的沈京墨？虎毒不食子，你比虎还毒。偏偏你生的三个孩子里，只有最不受宠爱的那个如今得到了最好的结果，这就叫报应。"

想到沈京墨那双无法复明的眼睛，许杭也很想把章尧臣的眼珠子挖出来，扔在他面前，让他试一试黑暗的滋味。

无论如何，被一个小辈这么当面指责，章尧臣的老脸还是有些挂不住的，他语气一硬："你到底想做什么？直说吧，不要再浪费时间了。"

到这个时候，许杭也不想再跟他多说什么，直接道："我记得有一份特派员的差事，专管军需用品。凭你参谋长的身份，替我谋一份差事应当不难。"

"是有这么个位置，由我写信盖章作担保上书，不过三四天的事情。只是你要这个位置做什么？"

这个职位很特殊，可以直接与战时供应品联系。甚至，在特殊时期，身份可以大于司令级别。

"你不需要知道，只需要办到。"许杭说到这里就收住了，他淡定地从怀里掏了一份纸笔出来，"这或许是你死前的最后一点价值了。"

看着那支笔，章尧臣喉头一哽。虽然已经做好了准备，然而真正要赴死，总觉得很是煎熬。

他铺开纸，按照写公文的一般格式，一点点在纸面上写下来，最后在落款的地方，拿出随身的印章，在上面盖了个戳，递到许杭面前。

这张纸薄薄一页而已，只有许杭自己知道接过这张纸他是什么心情。

如斯之轻，何能承受四年之重呢？

眉头狠狠一跳，许杭暗暗咬了咬舌尖，缓缓将它接过，折叠，再折叠，放进了袖子里，然后转身就要往外走。

章尧臣有点惊讶："你不杀我？"

章尧臣问完就有些后悔，好像自己在求死一般，嘴巴张张合合了一下，觉得有些窘迫。

许杭果真止步了，似笑非笑地看着他："在过去这十一年里，每当我痛苦的时候，我就在想，要让你们得到什么样的惩罚比较好。是让你们感受当年蜀城百姓烈火焚身的绝望，还是让你们感受凌迟的滋味，每一刀都去忏悔自己的罪过？可最后我发现，不够的，怎样都是不够的。再惨烈的方式，都不能使你们的血洗刷掉曾经的罪恶，只会让我更加恶心罢了。"

袁森和汪荣火的事情之后，许杭洗了很久的澡，却依旧觉得那血腥气蚀骨难消。

"所以，这一次，请你走得安安静静的，不要脏了我的眼。"

章尧臣眉头一皱："你是要我……自尽吗？"

"你要是受不了，也可以。"许杭突然莫名其妙来了这么一句，听得章尧臣稀里糊涂的。

"受不了什么？"

许杭走回去，手在章尧臣喝过的那个咖啡杯边沿抚了一下，意有所指地问："咖啡好喝吗？"

咖啡里有毒！

章尧臣一下子就明白过来了，狠狠掐着自己的喉咙，好像刚才喝的是硫酸，现在已经将他五脏六腑都腐蚀了一般，面色如土。

不知道为什么，这一次，许杭并没有多少大仇得报的快感。或许是因为一切都在计划之中，毫无意外，所以才显得寡淡。

许杭一步步走到门边，手搭上了把手。

"你以为你的仇报完了吗？！"章尧臣突然开口，拦住了许杭出门的动作。

一生都顺畅的章尧臣，年轻的时候也是叱咤风云。在上海滩混到今天，他打败过多少敌人，可是最后败在这个小孩子的手上，说甘心，那也是假的。

他很矛盾，一方面他知道自己是报应临头、自作自受，另一方面他又歹毒作祟、人心不足。

或许人在绝望的时候，总是会想着拉别人下水。

"十一年前，蜀城的那场火，是我玩火自焚，我认了。可是你真的觉得你的仇就报完了吗？"他似乎要吐露出什么骇人的故事。

许杭心中一动，面上却仍是没有表情，仿佛章尧臣是在说一件趣事。

章尧臣道："我，袁森，汪荣火，是我们害了你们，可是段烨霖就无辜？我记得清清楚楚，当年他是个小队长，蜀城纵火的军人中也有他！你口口声声说要报仇，可有想过段烨霖也在其中？！"

房间里的温度，像那杯咖啡一样，一度一度凉下去。

许杭却没有任何反应，仿佛根本未曾听到，他很随意地转过身："你以为你说这样的话，就能在临死之前也报复我一番，好让你那颗丑陋的内心觉得平衡一点吗？"

"你……难道你不相信？！"这个反应太出乎章尧臣的意料，"只要去查就能查出段……"

"我知道。"

许杭淡淡地回答他，一下子就击碎了章尧臣最后的獠牙，让他的张牙舞爪显得那么滑稽可笑。

直到这时，章尧臣才终于明白，凭什么许杭这个看起来柔弱的小孩子能把他逼上绝路。只因为许杭把一切都准备好了才出手，没人看得穿许杭，也没有人知道许杭的弱点。

不怕敌人的强大，只怕自己对他毫无伤害，便是如此了。

许杭好似看油锅中垂死挣扎的蚂蚁一般看了章尧臣最后一眼，拉开门，往外走。灰色的衣摆拂过门框，飘逸如一阵清风，让人抓不住，更像是从未来过。

"参谋长，一路好走，恕不远送。"

啪的一声，门被合上了。这场诀别的交易就算到此为止了。

门里头是怎样的不甘和无奈，暂且不去管。

只是门外面，许杭惨白着脸走了几步，身子往旁边一软，靠在墙上，紧紧掐住了自己的胳膊。

金燕堂里头的一处偏僻小院里，胡大夫正在熬着药粥，蝉衣顶着哭肿的眼睛进来端药。胡大夫说："行了，端去吧，让老人家走的时候少些痛苦。"

病入膏肓，无可救药。

段烨霖一踏进院子，蝉衣就扑上去了："司令！当家的……"

"来不及了。"段烨霖摇了摇头，蝉衣明白许杭已经走了，这便是错过了。

他们进了房间，床上躺着一个头发半白的老人家，因为病痛的折磨，人已经很憔悴了，嘴巴上是大片的青紫色，要不是双手不受控地微微颤抖，他们甚至会以为她已经去了。

蝉衣去把自己的娘扶起来，给她喂粥，可是怎么都喂不进去，老人家嘴里念念叨叨，像在说着什么。

段烨霖走上前，接过碗，靠近老人家，就听见她嘴里一直念叨着："杭……"

段烨霖舀了舀粥，对着神志不清的老人说："奶娘，许杭很快就到了，您喝一口粥，好不好？"

不知道老人有没有听进去，段烨霖试着喂了一下，可是老人家还是吞不下去，好像知道他不是许杭，不肯喝一般。

"您喝一口，喝一口，许杭就回来了，相信我。"

然而还是不行。

蝉衣急哭了，段烨霖拿手帕给老人擦了擦嘴角，有些怜悯道："如果少棠现在在这儿，怕是会伤心的。只是少棠回来若是知道没能看到你最后一眼，也会很悲痛。"

蝉衣眼泪吧嗒吧嗒的。

可这个时候，奶娘突然有了反应，她一下子抓住了段烨霖的衣袖，眼睛里也稍微有点光亮，拼尽力气一般，也只是发出气音："少……少……棠……"

段烨霖一下子就明白她想说什么，拍着她的背给她顺气："对，少棠就要回来了！"

看着娘亲有回光返照之相，蝉衣舀起粥又给她喂了喂，这回倒是一口没吐，全部吞下去了。

只是她一直抓着段烨霖的手，半天都不撒开，老半天才从自己怀里掏出一个老银子打的平安扣，一看就是给那种小婴儿用的。年头很久了，表面都发黑了，然后颤颤巍巍地放在了段烨霖手里。

那平安扣正面写着平安如意，反面只刻着一个"杭"字，应当是许杭小时候戴过的。

或许是把段烨霖认成了许杭，老人家安详地看了一会儿，然后闭上眼，断了气。

在蝉衣的哭声中，段烨霖把人平放好，盖好白布，略看了一会儿，慢慢从院子里出去了。

乔松就在院子外头站着，段烨霖马上吩咐他："去准备一下后事吧。"

"不需要让人赶紧通知许大夫吗？"

"少棠的脾气我知道，不会把重要的事情做到一半撒手回来的。与其让少棠难过地忍着，不如回来再告诉他吧。"

乔松明白了："好。"

段烨霖仔细吩咐道："去买些白色的灯笼、纱帐、白蜡烛……还有黑色的庚帖，对了，还有黑色的纸，让人剪出姓氏，贴在灯笼上挂着。"

"是。不过，蝉衣她娘姓什么呀？"

段烨霖想了想："一般从主人家出殡的，要挂主人的姓氏吧，少棠应该也是愿意的，就贴'许'字……"

说到这里，段烨霖突然卡了一下。

姓氏？名字？

大脑中像是有两股电吱吱一下碰撞出火花来，段烨霖发觉自己似乎一直遗忘了一件事情。

方才在照顾奶娘的时候，他说"许杭"，奶娘没有反应，可是一喊"少棠"，奶娘就突然像是认出他来了，这不是很奇怪吗？

是奶娘病糊涂了，还是他想多了？

奶娘认识"少棠",却不认识"许杭"？

他马上从口袋里把那个平安扣掏出来反复看，那个"杭"字也显得很诡异。会有人在刻平安扣的时候，只刻名不刻姓吗？这个行为太过反常。

他突然又想到乔道桑之前跟他说过的话，在蜀城，他并未找到本家姓许之人。

那个时候，他有怀疑过许杭可能是冒用了别人的身份，也有可能他就不是来自蜀城，"许杭"这个名字也是不愿意让别人知道自己的过去才随口诌的。

现在想来，不是还有一个最简单的解释吗——许杭不姓"许"。

段烨霖一下子扯住准备去买丧事材料的乔松："乔四叔送来的那个人，在哪儿？！"

乔松被他摇得蒙了一下，才反应过来。

那人是祖籍就在蜀城的一位说书人，名叫姜升，年约四十，除了蜀城发生战乱时外出逃窜，其余时间都在蜀城。因为人缘好，记性也好，消息又灵通，也有人当他是百晓生的。

这个姜升不知道司令找他做什么，只是那个乔老爷给了他一大笔钱，让他知无不言、有问有答，其他的不必放在心上。

于是他给段烨霖行礼："见过司令。"

段烨霖开门见山："乔四叔让你给我带什么消息？"

"乔老板没有让我给您带消息，只是说有一些蜀城往事，您想知道的都可以问我。"

段烨霖想了想，请他坐下，然后慢慢描述起来："你们蜀城二十几年前可有什么富豪贵胄之家吗？"

姜升摇了摇扇子："那可太多了，不知司令想知道哪一家？"

这可把段烨霖难倒了，他想了想："我也不知道……哦，他家有个主母，是贺州人，其他我也不太了解。"

他此刻才发现，对于许杭的过去，他了解得是这么浅薄。

听闻此言，姜升把扇子在手里拍了拍，眼睛眨了眨，说："贺州人？二十几年前，倒是有一位贺州的千金小姐嫁到蜀城，我那时年纪小，那个灯河十里的景象至今还念念不忘呢！就是不知道司令想问什么？"

"快仔细说，那家人是什么情形！"段烨霖加快语速，呼吸急促。

偏偏姜升是一边回忆一边缓缓道来："那位小姐姓金，名叫金燕钗……"

金燕钗。金燕堂！

咔嚓！段烨霖捏碎了一个茶杯，把姜升吓了一跳。他虽然脸僵着，却说："你继续。"

"是，"姜升试着把话说得快一些，"二十多年前，那户人家可是蜀城首富，人也心善，十里八乡是无人不知无人不晓的。这家人世代以行医治病为生，开了家最大的药堂，名叫'言午药堂'，药铺当家的姓杭，名叫杭鹤鸣，一时之间风光无限，夫妻二人也是一段佳话。"

嘭！

段烨霖的耳边像是打着擂鼓，再仔细听下去，才发现那是自己的心跳声。

言午，言午，连起来正是个许字，原来他不姓许，也不叫许少棠，而该叫"杭少棠"才对。

他没想到许杭竟然连真名都瞒着。

"后来呢？"

"后来？没有后来了。"姜升把扇子一合，对蜀城的遭遇惋惜不已，"蜀城一火，把所有的都烧干净了，他们一家都死光了，一个也没剩下。"

"都死光了？"

"是啊，全都没逃出来。唉……老天不长眼，又能怎么办呢？"

喋喋不休地哀叹的姜升一点没注意到段烨霖的手垂在那里，眉眼也耷了下来，脸上竟渐渐浮上一点灰败的沉色。

姜升走了以后，段烨霖给乔道桑打了一通电话，又聊了很久，然后一个人去了金燕堂。

蝉衣他们在金燕堂的偏院里守灵，整个园子空空荡荡的，一点人气儿都没有。

段烨霖站在绮园那条曾经开满芍药的小路上，蹲下身，忍不住笑了出来。

这笑声让他的背弓起来一颤一颤的，仿佛那根筋脉被死死扯住，一下一下地往上扯着。

戏结束了，该散场了，该露出来的都露出来吧。

段烨霖没有注意到，一身麻衣孝服的蝉衣在绮园门外瞥了一眼，一溜烟地迈着小碎步往外跑走了。

特效药的研究很顺利，已经投入生产，不过两周的工夫就能完成。同样顺利的，还有传来死讯并且见报的章尧臣。

报纸上写得很含糊，说发现尸体的时候，表皮溃烂，喉头插着一支金钗，像是自尽，又像是他杀的。

时日今日，听到这个人的死讯，许杭内心已经无悲无喜，就像唱完一场本就熟悉的折子戏一般。

许杭只是想着，今日该回贺州去了。临走的时候，医药所的人热心地送了许杭一包临城特产的百香糕，许杭原本嫌难带，可是转念一想，或许段烨霖爱吃，便放进包裹里。

当日没有直达的回贺州的火车，只能在边上的一个镇子下车，再花钱租车回去。

离贺州还有五里地，许杭选择在驿站的一个茶屋休息，喝盏茶的工夫，远远就看见一辆车急匆匆从另一边开过来。

不偏不倚，正正好就停在许杭的面前。

车上下来一个司机，把一个食盒放在许杭的面前："许大夫，这是顾小姐让我给您送的饺子，是她亲手包的。"

许杭盯着那个食盒，面色凝重。

无缘无故为什么突然送了一盒饺子？而且自己今日就能到贺州了，还非得马上送过来？

"你家小姐？"

"准确地说，是您府上的丫鬟让我们小姐特意送来的，小姐现在可能已经在出国的船上了，她说您看了就知道了。"

带着疑问，许杭打开了食盒，只看一眼就盖上。他低头沉默了很久，然后才对司机说："辛苦了，能麻烦您帮我跑一趟吗？"

"您吩咐就是了，小姐说了，让我全力帮您。"

许杭从自己的怀里拿出一份文件，用牛皮纸包好，交到他手里，说："麻烦您在临城待几天，三日后去临城招蜂路四三零号那户人家门前，把这个扔进绿色邮箱筒里就行了。辛苦您了。"

"您客气了。"司机收了东西，很快离开了。

那盒饺子，许杭没有吃，手指在食盒的盖子上一下一下地轻轻敲击，好像在细细地思量着什么。

这不是一份食物，而是一份信息，因为里面每一个饺子都露馅了。露馅了，露馅了。顾芳菲和蝉衣这是在提醒许杭，自己的事情，在段烨霖面前露馅了。

这里已经靠近贺州的地界，就是要跑也来不及了。不过也用不着跑，这一天早晚都要来的，只是比预料的早了那么一点点罢了。

顾芳菲出不来，只能让司机来见自己，还用这么隐晦的方式，说明金燕堂以及整个贺州跟自己有关的人，都被控制或者监视了。

现在，段烨霖估计在等自己回去吧。

也好。

许杭站起身，开始往城里走。

说来也巧，还没靠近贺州的城门，他就看到了一辆军用卡车朝自己开过来，车上站着乔松，以及几个士兵。乔松远远瞧见许杭，就从车上跳下来，却不敢离许杭太近，道："许大夫，我……我是来替司令接您回去的。"

许杭看着这架势，有些陌生，失笑道："是接我，还是抓我？"

"这……您请上车吧。"乔松明白他话里的意思，低头，手往车上指。

许杭上了车，还没有坐稳，车子颠簸一下往贺州城开去。泥泞的路上，车轮子碰上一块小石头，车身颠簸了一下，许杭包裹里的百香糕就掉了出来。

许杭脸色微微一变，赶紧伸手抢救，却还是眼睁睁地看着它与指间擦过，只来得及抓住用于包扎牛皮纸袋的麻绳。

麻绳一下子解开，百香糕散落出来，一个个滚到地上，任由车轮狠狠碾压过去。软糯的糕饼变成一团垃圾，香甜的馅料也被迫挤出，看起来脏兮兮的。

一个不剩，全都糟蹋了。

乔松怕许杭翻下去，一把将许杭扯回原位："小心！许大夫，你掉了什么东西吗？需要我下去帮你捡吗？"

许杭看着自己抓空的手，微微摇了摇头："没什么，不重要了。"

捡不回来了，这就是天意吧。

站在金燕堂的门前，看着随风飘荡的白纱，许杭心里已经明白了。可惜的是，现在不是因长辈的去世而哀伤的时候。

许杭一小步一小步往里走，明明是自己家的门，却这么难走。是呀，这条路走了四年，当然不好走。

越过门槛，往前走过一重门，再往前，不过十步就是正厅了。段烨霖颀长的身姿立在那里，看起来威武不凡，但是落寞疲惫。

他缓缓转身，撞上许杭的眼神，就像两个空心的玻璃球撞在一起，清脆作响。

许杭抬步，如千钧重，这十步是他最艰难的路程。

漫长的时间过去，许杭稳稳地站在了段烨霖的面前，慢慢抬起头，一双如山间清泉般的眼睛直直望着段烨霖，还未说话，先皱了眉头。

段烨霖开始后悔了，后悔见那个姜升，不见，他就可以继续笨下去，继续装作无知的模样，任由许杭骗自己，任由自己骗自己。

骗了今天还有明天，可是窗户纸已经捅破了，风灌进来，根本不能装看不见。

段烨霖干巴巴地说："你……回来了。"

许杭深呼吸了一口，下巴微微扬了扬："好安静啊，段烨霖，就好像这个贺州城只有我们两个人似的。"

像是在印证许杭的话，风把窗户吹得吱呀响，然后啪嗒一声关上了。

在段烨霖犹豫怎么开头揭开伤疤的时候，许杭先直白地说了出来："你知道吗，当初我从蜀城的废墟里爬出来的时候，我家也是这么安静，只有我一个人的声音。从那以后，无论我身处怎样嘈杂的乱世，耳中也只听得见坟墓般的死寂。"

刺啦——某些无形的东西终究被扯破了。

这份坦率让段烨霖苦笑一声："你还真是一点都不掩饰了，杭少棠。"

听到这个名字的瞬间，许杭的睫毛狠狠颤动了一下。

"这个名字真熟悉呀……却又那么陌生，已经有十一年没听到别人这么叫过我了，我还真反应不过来。"许杭似乎想扯着嘴角笑一下，却发现提不起力气来。

杭少棠这个名字，在满门被灭之时，已经和当初的那个自己一同被掩埋在了废墟下。

改名，一方面是为隐藏身份，另一方面只是不想已经变得面目全非的自己背负着蕴含父母美好期望的名字去做血腥的事情。

说起来，许杭也没有认认真真地藏过自己。

只不过是段烨霖不追究而已。

这份弥足珍贵的信任，此刻在段烨霖的眼中，成了一个笑话，它象征着自己的愚蠢。他狠狠抓住许杭的胳膊，一点点收紧："我今天才知道，为什么你那么讨厌清明节，为什么讨厌听到有关蜀城的事情，为什么见我准备蜀城的食物就要发火！你有这么多的故事，我竟然一个都不知道！这只手……长得这么好看，救人之余，竟然是拿来杀人的？"

极端的情绪让段烨霖失了力道，许杭疼得皱了皱眉头，可是他既没有把手缩回来，也没有失声叫唤，就那么硬捱着。

段烨霖发现了却更为恼火，但还是把手松开了，只是握着许杭的肩膀："杭少棠，是不是这世上任何人任何事都不能让你敞开半分真心？！"

"真心？"许杭露出了一种讥讽和自嘲的笑容，不是淡淡的笑，而是真的笑出声来了，他把段烨霖的手打开，退了两步，"我不知道你从谁那里听到了所有的故事，是被粉饰过了还是被添油加醋过了……但你大概都清楚，我是怎么一步一步走到今天的。我若真的有那种东西，四年前就已经死了！"

许杭越过段烨霖的肩头，看到正厅的那幅画，便往画前走去，手停在自己画的那只燕子身上："所有的人都是我杀的，从汪荣火开始，到今天的章尧臣，所有的事情都是我干的。被章修鸣绑走，是我故意的；上海滩枪战，也是拜我所赐。那个让你们苦恼惊惧的金钗杀手，就是我！"

许杭一把扯下墙上那幅《火中飞燕》，目光中带着浓浓的哀切："这幅画，是我用鲜血和颜料所作，亲手将它置于正厅，时时可以看到，就是要提醒自己是怎么从尸体堆里爬出来活下去的，为了'血债血偿'四个字，我什么都可以舍弃！"

话落，许杭狠狠将画扔在地上，木板碎成两半，那只燕子也被摔断了。

燕子已经出了火场，不需要再局限在小小的木框中了。

段烨霖眉间用力地拧着，舌苔也微微发苦，喉咙干干的，胸口闷闷的："所以你就利用我，拿我当作踏板，完成你宏伟的计划！我甚至不过是你计划中的棋子而已！"

许杭咬了咬下唇，说："说起来，我是该谢谢你，没有你段司令的'帮忙'，我无法这么快就完成自己的夙愿。"

"为什么要这样？！"段烨霖吼道，"为什么你就不肯信我？哪怕你对我有一点点的信任，事情都不会变成今天这个局面！"

许杭眼神空洞："段烨霖，把我逼到这个份上，你也有一份。"

段烨霖像被施了定身术，整个人一僵，半天没法动弹，他瞪大眼睛不敢置信地看着许杭。

许杭的手轻轻搭在他一边的肩上："你还记得吗，你后背靠近肩膀的地方，那个小小的咬痕？"

段烨霖大概知道许杭想说什么了。

"那是我咬的。"

"是你？"

旧事如一场雷雨，劈头盖脸砸下来，把本来就没带伞的一颗心淋得七零八落的。

段烨霖看着许杭一张一合的嘴唇，听着那里头蹦出来的一个个字眼，宛如隔着重重滂沱暴雨，一片混乱，又格外清晰地钻进耳朵。

"十一年前，你还只是一个小小的队长，焦土政策既出的那一夜，你奉命行事，和所有的士兵一样，在蜀城里放火，是不是？多有趣啊，段烨霖，放火的是你，救人的也是你！推我入火坑的是你，拉我出地狱的也是你！你说……我该谢你，还是恨你？"

段烨霖连连后退，一直退到一张椅子前，踉跄一下，跌坐进去。

蜀城之夜，他想起来了。

那一日，他们全军队都被下了命令，要求放火焚城。军人的天职就是服从命令，他虽然觉得这古城历史被破坏实在可惜，但也无可奈何。

只是他们所有人都以为，百姓早已经被转移走了，却没想到，汪荣火、袁森和章尧臣竟然欺上瞒下，不顾全城百姓的死活。

放火是在深夜，万籁俱寂，像一座空城。

火光起，燎原之势。

当求救声在城中此起彼伏地响起，段烨霖就知道这是一场空前绝后的阴谋和骗局。

他带着几个兄弟灭火救人，可是救火的永远赶不上放火的，他只扑灭了一小间屋子，另一边一条街就烧光了。

他一遍遍冲进火场，一次次扛着受伤的人出来，可是更多的是被烧死的人，尸体的臭味在整个城里蔓延。

那一夜太混乱了，他自己都不记得是在哪个园子里，被许多尸体压着的奄奄一息的小孩子，脸脏得都认不出来了，看着有气，他就背在身上，出了火场。

大概是太害怕，小孩子在他身上狠狠咬了一口。

他还听到那孩子压抑的哭声，心里头不忍心，也就没在乎那点小伤。

到了安全的地方，他放下那个孩子，才看见那孩子黑漆漆的脸上，一双眼睛盛满了仇恨与绝望。

后来他精疲力竭，差点死在火场里，最后还是被同期的军友扛出来，才捡回一条命。

命运真是个好玩意，兜兜转转，竟然又绕回来了。

他怎么会想到，那个在他身上留下牙印的孩子，竟然会是许杭。

段烨霖愣怔地看着许杭："你是什么时候知道的？"

许杭嘴唇抖了抖，说："从一开始，在绮园见到你的第一眼，我就认出你了。"

轰的一声，段烨霖左耳听到许杭的回话，右耳里就像有好几道闪电噼里啪啦地响。

这话是真的，的确不是章尧臣说了许杭才知道。当年的绮园宴会，隔着园林一望，那眉眼和脸庞，许杭就认出来了。

换句话说，如果不是段烨霖，许杭未必会和他成为朋友。

段烨霖的手紧紧抓着扶手，几乎要将它掐断："我是不是可以庆幸一下，你在复仇计划中把我排在最后一个？"

许杭的心也是一颤一颤的。许杭当然知道，那件事不该全怪段烨霖，他只是做了别人手中的一把刀而已。可是他们之间的情谊，千疮百孔，修不回去了。

见许杭沉默，段烨霖阴沉着脸走上前："那你告诉我，你给我准备了什么样的结局？"

终于到这一刻了。

许杭闭上眼睛，长长吐了一口气，转身走到正厅的主位，在椅子上端正坐下，用不容拒绝的口吻掷地有声地说："我希望你离开这里。从此之后，你是楚河，我是汉界，泾渭分明，再无联系。"

"我若是不呢？"

许杭从怀里抽出来一个证件："你以为我还是那个普普通通能够任你处置的许少棠吗？"

段烨霖等着看，看许杭还能给他什么"惊喜"。

许杭眉毛一挑，砸在段烨霖的胸前："段烨霖，你看清楚了。这是特派员任命证，我已经是钦定的特派员，我的身份不比你低。"

许杭正面对着段烨霖，双手背在背后，死死掐着自己腰间的肉。

段烨霖已经不知道是第几次因为许杭的话而震惊了，他垂眸看着摊在地上的那个证件，上面鲜红的印章表明它的真实，许杭的名字被印在上面，清清楚楚，不容有假。

难怪许杭这一去，章尧臣就突然死得不明不白。

段烨霖竟然有些不寒而栗，他甚至开始怀疑，过去的日子，许杭是不是曾经也用猎人看一个猎物般的眼神看着自己。

他眼前这个人哪，在那无辜的皮囊下，究竟是怎样曲折的九转心机和似海的城府？

他一脚踩上那个证件，绷着脸说："特派员？好！真好！要不要我跪下来向你这个新官表示一下欢迎？"

"段烨霖，你别逼我。"

"你以为弄来这样的东西就能让我没办法了？你出去试试，看看我段烨霖的兵会不会听你这个新上任的特派员调遣！"

许杭推了他一把："你以为我要和你硬拼吗？我当然知道你的士兵有多么忠诚，可是段烨霖，你别忘了，我前几日去临城是为了什么？"

临城……那批特效药！

"你……"

许杭的声音越来越大，他靠着虚张声势把自己身体上的那些不舒服统统压下去："按照你们军部的规矩，为了防止被间谍拿走药物，会由特派员以暗号与医药所联系，取得药物。"他凌厉地看着段烨霖，"换句话说，没有我的授权，你拿不到那批特效药！"

直到这一刻，无力感从下往上吞噬着段烨霖，他终于明白，他和许杭之间的鸿沟是再也弥补不了了。

"我跟你之间的事情，为什么要牵连到百姓的安危？许少棠，你不是这样的人。"

他认识的那个少棠，会帮乞丐治病，会替穷人试药，不管风里雨里，只要有病人，都会愿意出诊。

他认识的那个少棠，不会说安慰的话，不会给好看的笑脸，但是药方之上的用量，他会用心斟酌，反复思量。

只是他不知道。那个他认识的少棠，现在正在同自己做斗争，嘴里已经被自己咬出了血，一口一口和着唾沫咽下去，只为让自己看起来"很正常"。

始终不离开的段烨霖让许杭几乎崩溃，说出的话也变得如刀锋一样犀利，伤人而不自知："每个人都有可能变成恶魔，只是时机的问题罢了。对于现在的我来说，最想听的话，就是你发誓，永远都不会在我面前出现！"

段烨霖揪住许杭的衣领，瞪着他说："好，我就和你赌这一把，许少棠！一个月内，我不会踏进金燕堂一步，不过你也别指望能从金燕堂离开。我就让你看看，没有你这个特派员，我也拿得到那批药！"说罢就是极快地一撒手。

许杭一个不稳，往后退了两步，腰撞在茶桌上，茶桌晃了晃，桌上的瓷瓶落到地上，砸成碎片。

许杭就那样扶着桌子，没有站直身子，也不抬头。

段烨霖漆黑的眸子在许杭身上打量了一番，沉重地闭上了眼，转身离去。

看着段烨霖从金燕堂的门口走出去，许杭才终于松了口气，膝盖一软，像一块豆腐，软绵绵跪倒在地上，整个人不受控地痉挛。

如果那家伙再晚出去一刻，自己就要出丑了。

许杭双手往前爬着，一点点挪，移动到门槛边。

"蝉……衣！蝉衣！"

偏厅的蝉衣其实一直在留心听着正厅的情况，直到听到许杭有些嘶哑且奇怪的叫唤，她才冲了出来。见到许杭那副惨样，她吓得六神无主。

"当家的！当家的！"

她扑上前去，把许杭扶起来，让许杭靠在自己的怀里，一摸他的额头，发现不烫，甚至冰凉凉的，只是他整个人就像被电击了一般，手脚都在抽抽。

蝉衣抱着昏迷过去的许杭，早已泣不成声。

金燕堂被封禁的第一天，整个贺州也被封禁了。

健次冲进惠子的房间："惠子，你知不知道，段烨霖已经研制出了特效药！我们现在就要动手！"

惠子坐在镜子前，穿着白色的交领裙，没化妆，没戴发钗，洁净到底。

健次已经很久没有看过穿黑衣以外的惠子，一时间有些看迷了，直到惠子慢慢转过头来。

"好啊，"惠子抬起头，淡淡一笑，"那就动手吧。今晚，把所有毒药带齐，我亲自开车送他们过去。"

"好，我这就去！"

当夜，一辆卡车从领事馆缓缓开出，到门口时车停了一下，健次有几分担心地说："就你一个人去？我有点不放心，我陪你吧？"

惠子绷着一张脸说："不用。"

"那好，那你小心点，我等你回来。"

健次等了一整晚，没有把惠子等回来，倒是等到第二天正午的时候，一个惊人的消息传到了小铜关里头。

据说二十里以外的山林着火了，士兵去检查才发现，一辆卡车翻下山崖，所有人无一幸免，全部罹难。卡车因油桶爆炸而烧毁，车上的毒药试剂也通通化为灰烬。

一女十三男，无一生还。

看到尸体的时候，段烨霖从一具女尸手上的珠串认出了那是惠子。他摆了摆手，让人将其他尸体送回领事馆，却把惠子的尸体拉去法喜寺外的一棵树下埋葬了。

段战舟听到消息赶了过来，说："现在毒药都被毁了，咱们也可以放心了。"

"放心？"段烨霖的愁色丝毫没有半点消减，"这样一毁，只是暂时拖延罢了。"

"所以还是非要特效药不可？"段战舟拿出打火机，点了几下，没打着，再试了几次，最后才噌地一下冒出火花来，他抽了一口烟，"许杭怕是不会乖乖交出来吧？你是打算关着许杭直到最后期限？那也实在是太被动了。"

这倒是提醒了段烨霖："你说得对，单单是关着也无用。"

"而且你不觉得许杭太安静了吗？"

"太安静？被几十个带枪的守着，还能做什么？"

"哥，你可别忘了，许杭可是在重重守卫之下杀了汪荣火，废了袁森，让章尧臣自尽的。在你发现他的真面目之前，许杭一直都是胜券在握的，你怎么保证，许杭的局不是早就布下了？"

段烨霖想到一件事："我突然想起来，前段时间，许杭突然遣散了家里所有的下人，除了蝉衣，其他人都出府去了。现在有一些人还待在贺州，有些人已经离城了！"

"什么时候的事情？！"

"在去临城之前。"

好端端的，怎么会突然遣散所有下人？

段战舟马上跟着这点蛛丝马迹合理推断下去："如果这其中有人手里拿着许杭给的证明和暗号，去医药所接手了那批特效药，再藏起来，你可就输了。许杭园子里下人不多，应该好找，我现在就让人去重点追捕，省得夜长梦多！"

自几日前，金燕堂就被封禁了，段烨霖派了人团团守着，每天会送新鲜的菜食进去，却不准人出来。那里头，只有小沙弥、蝉衣和许杭。

许杭大概也清楚段烨霖的手段，这是他们之间的一场拉锯战，从开头到现在，许杭都没有试过闯出来，一直安安静静待在里面。

根据段烨霖的吩咐，士兵们只在外面看着，所以没有人知道许杭怎么样了，里面的人也不知道外头是什么情况。

段烨霖日日听着士兵"没有异常"的报告，心一点点凉下去。他或许还有那么一点点期盼，期盼许杭会放下身段，跟他求饶。

想想也不可能，他跟段战舟要了根烟："总之我是没有更好的办法了，许杭的嘴有多硬我再清楚不过了，只能严防死守。我若是把贺州和金燕堂守得如铁桶一般，许杭总会无计可施的。"

这也只是计无付之。

在日益森严的守卫中，贺州城的气氛一点点变得严峻起来。

城门的守卫变得异常严格，甚至建造了临时的更衣帐篷以供搜身。而那些从前和许杭交好，以及鹤鸣药堂的人，一律都被列进黑名单之中，不得出城。

这日大早，正是来往人员最密集的时候，更衣帐篷里走出一个穿着长袖棉麻宽旗袍的女人，旗袍虽然宽大，但是难掩她姣好的身材。给她搜身的女警卫做了一个放行的动作："已经搜过了，没有东西。"

警卫员多看了两眼，只因这女子笑起来颇为可爱，虽无妆容，但清水出芙蓉，尤其是浅浅一笑，顺着脖子捋了一下头发，是那么朝气可人。

在没人注意的时候，女人微微勾起了嘴角。

在这个女人离开检查点且进入城中六个小时以后，一通电话就火急火燎地打进了小铜关。

昨天一早，临城的那批特效药被拿着特派员授权令的人给领走了，一点不剩。

"千防万防，怎么还是被捷足先登了？！"段烨霖握着电话的手收紧。

乔松在电话那头一直道歉："对不起，司令，我们已经派人去追查了。从临城到贺州，不坐火车就只有一条路，我们的人一路追过去，好像只差一步……还是让那个人进城了。"

段烨霖让自己冷静下来："那人不可能带着药进来，你先把临城的废弃仓库、码头、破庙等都搜查一遍，看看能不能找到被藏起来的药！"

"是！那个进城的人怎么办？"

"我会派人继续追！至于城里……看紧金燕堂就行，不让他们有机会通消息，先这么做吧。"

段烨霖刚把电话挂掉，段战舟就敲门进来了，刚刚在外面听了全程的他忍不住叹气："我就知道，那许杭不是个简单的家伙，即便被你关着，也能把手伸到外面，这下可棘手了。"

段烨霖一直在低头沉思，琢磨究竟是哪里让许杭得了手。

"之前许杭放出去的那批下人，都抓到了吗？"

"就在刚刚，最后一个下人也被找到了，所有的人都被我暂扣了，他们最近的行踪都问过也核对过。所以……不是他们。"

不是他们？难道许杭还有别的帮手？会是谁呢？

袁野还在国外，顾芳菲也刚刚离国，段烨霖实在想不到，究竟还有什么人能为许杭卖命？能做到这种份上，一定得是个极其忠心的人。

越想越觉得恼火，不仅仅是被将了一军，更有种被人当猴子一样戏耍的感觉。

士兵敲开了段烨霖办公室的门："司令，金燕堂里有动静。"

段烨霖放下写满作战计划的笔记本："什么事？"

士兵满脸为难："是他们家的丫鬟，那个丫鬟吵着说要见司令，硬是要冲出来，士兵拦她，不准她出来，她还拿着匕首抵着脖子。我们怕她出事，这才先把她押过来，您要不要见一见？"

段烨霖啪地一下合上笔记本，他正因金燕堂里那个精明家伙气得一肚子火呢，这会儿正好撞在枪口上："不见，让她回去！"

士兵咽了咽口水，说："她说有要紧的事，事关……她家主子的性命。"

果然，段烨霖的眉头蹙了起来，有些不解道："什么意思？"

"她不肯跟我们说，只是反复说要见司令您。"

真有紧急的事情，怎么会遮遮掩掩的？

"那就是没有要紧的事，让她走吧。"

听段烨霖这么吩咐，士兵哪里还敢说些什么，只能一溜烟跑走了，可是没过一会儿，就又跑来敲门了。

"司令，那姑娘在外面磕头磕得厉害，我们一要拉她走，她就寻死觅活的，您又不准咱们伤了她，弟兄们不知道该怎么办……"

"蠢货！就不知道打晕了送回去吗？！"段烨霖显然动怒了，一掌拍在桌上，"她要跪就让她跪，跪累了自然会回去！"

士兵吓得脸都白了，傻愣愣站着。

段烨霖又把笔记本打开，厉声喝道："我要处理公务了，别再来烦我，不然我以妨碍公务的罪名处置你！"

于是，这次门合上后，就很久没有再打开了。段烨霖看着紧闭的门，心中积郁之气久久散不去。

段烨霖大约处理了十几份文件，喝完了三壶茶，抽了四五支雪茄，肚子开始有些饿了才重新抬起头，这时已经是四五个小时以后。

段烨霖刚想站起来，就听到门被人撞开，刚才那个士兵着急地冲进来，差点跌倒，帽子也歪了，他急急地扶了一下才开始结结巴巴地说："司令，那丫头晕过去了！"

真是个倔强丫头，跟她主子一个德行。

段烨霖叹气："让人找个大夫去看看，抬回金燕堂。"

"不，不，不是！那丫头不是跪晕过去的，她切了自己的小拇指！说……说要让您知道，她来见你真的是有十万火急的事情……"

"什么？！"段烨霖的眼珠子瞪得极大，马上站起来往楼下冲。

大厅里，一群士兵围着蝉衣，有几个人递上纱布想给她进行急救。段烨霖把那些碍事的人推开，低头一看，只见蝉衣一只手拿着匕首，另一只手正颤抖着流血，地上是一小节指头，脸上全是汗水和泪水，凄凄楚楚，疼得牙关打战。

"段司令，求求您了……当家的真的要撑不下去了……"

许杭醒来的时候，发现自己是睡在地上的，只不过身上盖着被子，脑袋下垫着一个软枕。

许杭动了动自己的四肢，然后缓缓从地上爬了起来。

有点晕。

许杭艰难地扶着脑袋走到桌边，拿起水壶，摇了摇才发现没有水。他怏怏放下水壶，推开门往外走，一步一跟跄地慢慢走到厨房，打开水缸，用葫芦瓢舀了一瓢水。

直到这时，许杭才想起来，蝉衣似乎不见了。

"蝉衣？"

许杭走出厨房，一面扶着墙，一面低声叫唤。按理说，蝉衣不会离得太远才对。

晒衣院、偏厅、正厅、下人房……除了在熟睡的小沙弥，一个人都没有。

想着蝉衣反正离不开金燕堂，许是去了偏院，许杭便再度走回正厅，将角落的柜子抽屉打开，那是曾经放置镇静剂的地方，现在已经空空如也。蝉衣之前说她将所有的镇静剂都销毁了，看来没有骗自己。

双膝一软，许杭跌坐在地上，大口大口地呼吸。

谁能想得到，那个清风朗月一般的许大夫，如今变成了这副样子，目光涣散，手脚发抖，面色发灰，舌苔发白。

许杭看到镜子中的自己，几乎都要不认识了。

许杭嘴唇颤抖着，一拳打碎了那块镜子！

血从指缝间滴落，大大小小的镜子碎片掉落在地上，像破败的人生。

许杭忍不住笑出声来。

自己这一生，满是杀戮、利用、背叛，最后沦落到这样的结局。这就是报应。

许杭脸上带着似笑非笑的表情，颓然萎靡。

要是死在金燕堂，也算是一种不差的归宿吧。

这么想着，许杭慢慢把眼睛给闭上。

下一瞬，金燕堂的大门被人一脚狠狠地踹开，一阵急促而有力的脚步声传来，紧接着正厅的门也被踹开，迷迷糊糊之间，一个身影靠近。

一双有力的手将他扶了起来，猛然的失重感之后，是急促的命令声："傻愣着干什么？！给我把医生叫过来！现在！马上！"

然后便是一颠一颠的，似乎有人抱着他在跑，过了一会儿才停下来，将他放在一个柔软的地方。

"医药箱呢？快去拿！"

"给我烧水去！"

"找件干净的衣服！"

"什么叫医生在给洋人看病？你们在这儿看着，我亲自去抓！"

那暴怒的声音一直萦绕在许杭耳边，像是一只吞了火药的狮子，到处喷火。过了好一会儿才渐渐安静了下来，直到一条温热的手帕在他的额头和脸颊上擦拭时，他才有点力气睁开眼睛。

眼前是眼泪汪汪的蝉衣："当家的……"

"你……"许杭都快发不出声音来了，"谁准你去找他的……"

即便神志不清，许杭也认得出段烨霖的声音。

蝉衣咬了咬唇："我知道，您心里过不去。可我也知道您心里很矛盾，不是吗？您当这个特派员，拦这批药，不就是因为您知道司令身边有细作，替他掩护吗？"

"和他无关……我只是不想让那些细作得逞而已。"

许杭头一次发现原来蝉衣这么能哭，眼泪像断线的珍珠，一直没停过。

蝉衣抽抽噎噎道："当家的，我不能眼睁睁看您死。您可以不爱惜自己，我却不能！"

许杭现在病恹恹的，没有力气，也没有心思和蝉衣争论什么，便把脸偏了过去。

此时，段烨霖已经抓着一个被吓得魂飞魄散的军医从外面进来，丢在许杭的床前："快给我治好！"

医生二话不说，掏出医药箱里的酒精和消炎针就准备给许杭进行急救。

段烨霖走上前去，将许杭轻轻扶了起来。

许杭说："我不需要你救我……"

段烨霖真的很想掐死在这个节骨眼还这么倔强的许杭。

他黑着脸，帮忙摁住，不顾许杭微弱的挣扎，抓起许杭另一边没有受伤的胳膊，催促医生将调好的药物注射到许杭体内。

随后，他恶狠狠地说："许少棠，我段烨霖不吃你的激将法，从前不会，现在、以后更不会。"

抛下这句狠话，也不知道许杭是听进去还是没听进去。总之药效发作，许杭睡着了。

金燕堂里，灯笼都被挂起来了。

段烨霖抽着烟，听完军医的话，把烟灰弹了一下，目光在烟圈里变得深沉。

细碎的脚步声响起，乔松从外面跑进来，对段烨霖敬了个礼，附在他耳边说："司令，能搜的都搜过了，实在是找不到那批药。许大夫真心要藏的东西，是不会让我们找到的。另外，周边的兵力都已经整理好了……"

乔松看了看四周，又把声音压了压，还把衣领立起来挡在唇边："据可靠情报，敌军会是这个数，中秋发动总攻，我们只剩下不到一个月的时间了。"

乔松的手比了一个数字，让人足够心惊胆战的数字。

不到一个月……换了从前，段烨霖应该住进兵营里去，训练士兵，部署工作，整理军情，开会讨论应对策略。

可是现在，他手边还有件棘手的事情。

初秋天气，段烨霖觉得有点躁，便扯了扯衣领，说："让全城百姓撤离，往安全的地方走，清除城中所有的危险人物，尽量多备下枪械弹药，同时和总部联系制订作战计划，让他们尽快进行支援。哦，对了……还有医护人员也要多备一些。"

他一件一件事先安排下去，乔松在心里记着，脸上的愁云却渐渐变浓："司令，你是想……"

"这两个星期，我不会离开金燕堂半步，你也别让任何人进来，有军情急事你随时来通知我。两个星期之后，带着所有兵在金燕堂前集合，全军备战，我们要在中秋前先下手。"

天暗得更快了，亮起来的灯笼也更多了。蝉衣说她做好了晚饭，只是一些药粥，段烨霖亲手端着餐盘走到许杭的门前。

推了推门，门是紧锁的。他记得之前来过一次，许杭还睡着，门还开着。

他一下子口气就硬了："许少棠，你是自己打开，还是想看我怎么把门卸下来？"

里头的人先是沉默了一下，门随即缓缓打开。许杭换上了一身宽松的白色睡袍，是蝉衣为了换药方便，特意给许杭找的。

"段烨霖，如果你还想拿到那批药，是不是该注意你的态度？"

听到这话，段烨霖皮笑肉不笑地看着许杭，看着许杭眼底的一点不安和羞愧，是秘密被发现了之后那种难以言表的局促。

段烨霖道："是不是觉得很生气？很屈辱？差点把自己弄死也不想让我知道的事情还是被我知道了。许少棠，你的自尊心受不了，对吧？在这个节骨眼上，欠了我的人情，是不是让你很难受？你自负心机深沉，觉得很了解我，难道我就不了解你吗？真正该注意态度的是你，许少棠！"

许杭抬手想把那碗粥打翻，段烨霖眼睛一瞪，说："你打翻一个试试？你浪费多少，我就加倍给你喂下去！"

就这一句威胁，让许杭生生定住了。他瞪大眼睛看着段烨霖，然后收回手，有些气馁地说："只要你离开这里，我就告诉你药在哪里。今后，我们互不再犯。"

间谍已经不在了，不会再有人打那批药的主意，药已经安全了。

许杭不想再起波澜。

"我凭什么相信你？骗人是你的专长。"段烨霖往后退了一点，"那你倒是先说说，究竟是谁替你办那件事的？"

这一点，段烨霖怎么都想不通。

许杭闭上眼睛，吐出一个既熟悉又陌生的名字："阮小蝶……"

汪荣火死后，许杭就和阮小蝶约定，当她看到报纸上登出章尧臣的死讯时，就回到临城，到招蜂路，自己会把要做的事写在信里，放在邮箱之中。

招蜂，即为引蝶。

任谁都不会想到，潜逃那么久的阮小蝶还会再回来。时隔太久，早就没人记得当初那个轰动全城的案子了。

她要混入城中实在是太方便了。

这一招真的是让人料想不到，段烨霖也喟然长叹。

他把粥碗往前递给许杭："喝完它。"

许杭顿了一下，只能接过，仰头饮下："这样就够了吧，你也不用再在我这里浪费时间了。"

"我不觉得我是在浪费时间，"段烨霖没有表情地看着许杭，"被你耍了这么久，风水轮流转，终于也有你折在我手里的时候，我怎么会轻易让你好过？"

许杭没有见过这样的段烨霖，好像一点人情味也没有，冰冷得像个审讯官。他道："你想做什么？"

看出许杭的紧张，段烨霖嘴角勾了一下："你说呢？"

不祥的预感笼罩在许杭的头顶。

"章修鸣给你下的药，也不是只有用镇定剂的办法。你放心，我帮你，法子很好使，不过就是疼了点。"

许杭的嘴唇微微颤抖，丝毫不见血色，整个人像是要爆发的小火山。他安静了一下，又乍然坐起，冲着段烨霖就要打过去，吼道：

"段烨霖！你走！你滚出去！"

段烨霖单手压制住许杭，不容拒绝地说："你还是省着点力气吧。接下来的两个星期，有你受的！"

许杭咬牙切齿的样子，真的像是要啃咬段烨霖的血肉。

第一个夜晚还算平静地度过，可从第二天鸡鸣开始，金燕堂的清晨从一阵木板碎裂的声音中开始。

段烨霖从偏房跑进来的时候，就见许杭倒在地上不断地抽搐，死死咬着下唇，已经出血了。

怕许杭咬到舌头，段烨霖用厚厚的帕子缠在木棍上，然后塞进许杭的嘴里。

痛苦到发不出声音的许杭只能用尽气力咬那根木棍。

段烨霖吩咐蝉衣："你出去，有事我会叫你的，到晚膳的时间你再熬点粥过来。对了，把房间里所有易碎品都拿走。"

蝉衣光是看着，眼泪就要憋不住了，应了几声就掩上门出去了。

段烨霖禁锢着许杭，只是片刻，便已经汗湿了被褥。许杭一会儿热得皮肤发红，一会儿又冷得打寒战，似乎已经疼得理智涣散了，只是下意识地抖动和哼声。

段烨霖担心地说："少棠……快点好起来。"

许杭做了一个很长的梦。

这个梦他从前也常常做，一大片芍药花园，烟雾缭绕，蝴蝶飞舞。在梦的尽头，是一个温婉的女子，头上戴着一支金色的发钗，正遥遥冲自己招手。

今天又是这个梦，溯溪而上，走到花香的尽头，没有母亲的面庞，而是一个军装笔挺的身影，然后就醒了。

"醒了？"段烨霖发现许杭睁开了眼睛。

许杭偏过头，看到窗台上的那盆花，上一次见它还只是一个花苞，今天已经开出来了。

前几日他一直浑浑噩噩的，醒过来也没有什么自我意识，所以不清楚到底发生了什么。

许杭想开口说什么，嘴巴刚张开，就疼得又闭上，整个口腔都酸麻不已。

段烨霖说："你咬了好几天的木棍，肌肉都酸痛了，慢着点说话吧。"

大概是精神太过折磨，许杭没有多少表情，只是有气无力地看着段烨霖给自己擦脸，问道："这种医患游戏你还要玩多久？"

段烨霖不甚在意地说："到我不想玩了为止。"

许杭突然伸手抓住段烨霖的手腕："段烨霖，你清醒一点，破碎的花瓶哪能完好复原？"

段烨霖目光动了动："哦。"

像一拳打在棉花上，毫无反应。

许杭憋了一肚子气，无话可说。

段烨霖给许杭找了一身干净的新衣服。

"我现在要去书房处理一点事情，一个小时就会回来，你最好安分一点，什么事也不许做。"

想到几天前根本动弹不得，如鱼肉一般的状态，许杭皱了皱眉："知道了……"

得到满意答复的段烨霖出门而去，许杭倒在床上，瞪着眼睛发呆，良久才伸出一只手遮住了自己的眼睛。

说是有事处理，其实是乔松来给段烨霖提供战报。正如惠子之前所给的情报一样，敌军倾巢而出，三面布军，意图围攻，以这一仗彻底结束战场。

背水一战，破釜沉舟了。

"百姓都转走了吗？"段烨霖坐在椅子上，头往后仰，累得睁不开眼，这几天他都没好好睡过觉，一直关注着许杭的情况。

"全部通知到位，到今天为止，绝大部分已经离开贺州了。"

段烨霖揉了揉太阳穴："难怪这么安静……战舟回来了吗？"他记得前几天段战舟说要去借兵。

乔松摇了摇头："他是回来了，只是没借到多少兵，所以干脆就地征兵，倒是征了一万。"

"也难为他了，我这几天想了一些防备和突袭的计策，你一会儿部署下去，这场仗难打。"

乔松听到这里，眼皮子剧烈地跳了一下。从前，哪怕敌军横行霸道，以三倍之数的兵力强压城外，段烨霖也不见惊慌，以少胜多，守住了疆土。

那个时候，段烨霖都没有说过一个"难"字。

这一次却……

强压下心里的不安，乔松认真和段烨霖商讨战事中的细节。三个小时之后，段烨霖听完乔松的战时汇报，双手在脸上用力搓了搓，让自己精神一点，问道："我在这儿多久了？"

他最近生物钟颠倒，生活作息一片混乱，连具体的时间都记不太清了。

乔松提醒他："到后天就满两周了。司令，还是按照原计划出兵吗？"

"不变，"段烨霖揉了揉太阳穴，"后天一早，集兵出发。"

乔松前脚刚出去，军医后脚就进来了，他刚给许杭做完检查，不用等段烨霖问，他就先道喜："恭喜段司令，许大夫的身体正在好转。不过，这一遭也确实挺受罪的，许大夫元气大伤，得好好调理调理才是。"

段烨霖放下心来。

看着许杭一点点好起来，蝉衣的心情也好极了，今日难得不是青菜豆腐稀粥馒头，做了一桌挺丰盛的菜，还特意杀了一只鸡炖了汤，要给许杭补补。

她忙里忙外，走到许杭面前时，被许杭抓住了手腕——那只手戴着手套，小拇指的地方空荡荡的。

蝉衣紧张地抽回来，藏在背后："当家的……您……您有事吩咐就行了，不用拽着我。"

许杭微微抬头，看着这个纤细瘦弱而忠诚的丫头，说不感动是假的。自己这个主人没能给蝉衣带来什么大富大贵，何德何能接受她这样的馈赠？

于是，他长长地叹了一口气："你这个傻丫头……"

许杭太瘦了，被折磨得只剩一副骨架子，以至于这么长舒一口气都让人觉得像是精气外泄一般。

蝉衣不想勾得许杭难过，只一味傻笑着，不让许杭见着自己的半滴眼泪。

鸡汤上桌的时候，段烨霖也来了。

鸡汤看起来很清淡，少油少盐，段烨霖拿汤勺舀了半碗放到许杭的面前。许杭捧起汤碗，慢慢啜饮，用了很长时间才喝完。看许杭把碗放下，段烨霖又夹了一个荷包蛋和水煮的肉给他。

他自己倒没吃，而是看着许杭软绵绵地拿起筷子，目光似是放空，又似乎只是认真地在看盘中餐。

许杭吃荷包蛋的时候很有意思，他会拿筷子尖将半熟的蛋黄戳破，看它流出来，裹着整个蛋，再一点一点吃掉。许杭似乎是无意识地做这个习惯的动作，等整个鸡蛋被他消灭干净了，段烨霖才给自己盛饭，边盛边说："后天我就走了。"

许杭吃饭的动作停住了。

段烨霖吃得倒是挺畅快的，心情一点没受影响，他囫囵往里塞，咽了下去，道："如果你不想死得比我早，就自己注意点吧。"

看着许杭有些狐疑的眼神，段烨霖补充道："我只会帮你到这里，至于今后，都不归我管了。帮你，算我以前欠你的。现在咱们就算两清了。"

说到这里，段烨霖停住了，似乎是在想接下来的话该怎么起头。

这时候，许杭把筷子放下，终于开口了："你是想让我告诉你药在哪里，对吗？"

"除了这个，咱们之间没什么好说的了。"段烨霖快速地吃完了碗里的饭，极为平静地说出这句话，所以他没看到许杭的睫毛颤了颤。

许杭轻轻呼了一口气："阮小蝶已经进城了，你要找到她应该不难。"

段烨霖笑了一下："找到人有什么用？能为你所用，就不会轻易出卖你。许少棠，你就把恩怨放一放吧，把药交给我。"

他们这么心平气和地讲话，真像在讨论明日准备去哪里郊游一般自然。

许杭沉默着。

段烨霖以为许杭还执着于仇恨，便开起了自己的玩笑来，语气半真半假："你要是看我碍眼，很快也就看不到了。战事迫在眉睫，我是要上战场的人，这条命没办法交代在你手里，若是运气差一点，死在战场上，你就开心了……"

"你不会死。"许杭打断他，定定地看着他，用筷子戳着碗里的米饭，"你死了，就没人能再护着贺州城了。所以……你不能死。"

"那药？"

"我知道了。"许杭站起来，往门外走，"你既然后天走，那我后天再告诉你吧。"

第六章　戏幕落

贺州，空城萧瑟，兵马横行。

日头将出未出，远处阴云未散，乌泱泱的人群集结在金燕堂门口，肃正站立，等着门内的统领者出来。每个人都是慷慨就义、英勇无畏的神情，每个人都肩扛着保家卫国的重任，他们知道这一去九死一生，但他们无所畏惧。

过了一会儿，金燕堂的上空飘起一阵黑烟，抬头望去，就见园林一角的一棵枣树着了火，都烧到顶了。

段烨霖这天也醒得很早，不过是在闻到一阵浓郁的烟熏味后才走出房门。

院子里，许杭面对着一段正在燃烧的树干站立着，火势很大，连空气都像扭曲了一般。

火光之中，许杭把手里的火棍一丢，缓缓转过身来，望着段烨霖，轻飘飘地说："段烨霖，你来一下。"

段烨霖不知道该怎么形容那一刻他眼中许杭的神情，不是恬淡也不是锋利，不是悲哀也不是痛苦，不是兴奋也不是愉悦。

好像脱胎换骨，变了一个人。

段烨霖一路跟着许杭走到了正厅，正厅里摆着一个小圆桌，桌上是一个圆盘，盘子里是两个杯子，都装着酒。

许杭在一边坐下，对着另一个空位摆了一个"请"的动作，示意段烨霖坐下。段烨霖把军帽脱下，看着这些富有仪式感的摆设，眉头一拧："别告诉我，你是想给我饯行？"

许杭摇头，苍白的嘴唇慢慢张开："昨夜我想了一宿，清算了一下我们之间的债，你来我往，加加减减，发现清得差不多了，除了一件事……完成那一件事，一切就都抹平了。"

"什么事？"

"我还欠你一杯四年前的酒。"

段烨霖不解："酒？"

"记不记得当年你给了我两杯酒，一杯生酒，一杯死酒，当初我选择活下来。现如今，我也还你两杯酒，"许杭把面前的圆盘一转，两个杯子顺着圆盘不停交换位置，等到停下，已经不知哪杯是哪杯了，"这里有两杯看起来一样的酒，不一样的是其中一杯是用'独活'酿的。独活，这味药的名字，同它的毒性一样猛烈。这坛酒，我四年前就埋在绮园里，直到今天才开封。"

独活，独自活着，独自死去。

许杭意味深长地看了段烨霖一眼，把圆盘推到他的面前，说："我让你先选，你不用喝，但是，我会喝掉剩下的那杯，就看上天选择让谁活着吧。"

生死抉择！

段烨霖没有想到，刚捡了半条命回来的许杭竟然会做出这么草率的决定，语气不禁加重了："你一定要这样吗？"

"是，一定要这样。"

"不必做到这个份上，我说了'两清'就是两清。"段烨霖一拳捶在桌面上，杯子里的酒溅出来几滴，"我若是死在战场上，正合你意；我若是活着从战场回来，自然不会再与你见面。我说到做到，倘若背弃此言，便黄沙盖面，尸骨不全！"

许杭看着酒杯里倒映着自己的嘴角，扯出来的笑容还真是假得尴尬："你倒是难得会说这么狠的话。"

段烨霖也自嘲："我要是没从你身上学到一分半点，不是白糟蹋了那么多年吗？"

两个人都缄默了。

许杭重新抬起头，加重了语调："那你也该知道，我有我的坚持。你选吧。"

许杭指了指外门："从这里走出去，到门口，正好五十步。我若喝到了死酒，你迈出金燕堂的那一刻，就是我咽气的时候。"

段烨霖呼吸都变重了："你既然想要这样，那不是应该让我喝下那杯有毒的酒才对吗？"

许杭笑出了声，听起来好像很轻松，但是仍有几分苦涩，也有几分苍凉："我已经不确定自己做的决定是对是错了，当初我有得选，所以这条路走到现在，落到什么地步我都是认的。只是我很好奇，如果我没得选，而是听天由命，上天会不会觉得，我许少棠这个人，活到那个时候就够了？"

段烨霖看着坐在自己面前的人，愤愤道："我刚说完生死由你，你就这么迫不及待地糟践自己的性命……早知道你想死，我就该由着你在金燕堂里自生自灭！"

许杭迎着他恨铁不成钢的目光："没有人逼你，是你自己多管闲事。"

"是，是我多管闲事，"段烨霖承认，"你胆子真大，一个人就赢了所有的局。"

"你还没选，结果未知，怎么确定我是不是在糟践自己？"

许杭抬起眸子，过去很长一段时间，这双眸子都没有什么色泽，今日终于又多了一点亮光："记不记得我曾经说过，你总是那么自信，我希望你永远都能自信下去。来，选一杯吧，看看命运最后是会眷顾自信的你，还是同情落魄的我？"

说到这里，段烨霖明白了，结果不重要，许杭就是在逼他做这个抉择。

这两杯酒，是许杭无声的回答。

其实段烨霖何尝不知呢？他也明白许杭的心思，该报的仇已经报完了，剩下的人生一下子没了意义，怆痛太大，难以愈合，活着不如死了好。

真是没得选了。

段烨霖闻着那酒香："是不是我选了，你就会交出药来？"

"是，无论结果如何，我都会交出药的。"

"那就够了。"段烨霖已经有了决断。

不带一点犹豫，他端起离自己近的那一杯。

见段烨霖做了选择，许杭拿起剩下的那杯。段烨霖径直把杯子贴到唇边，一仰头全数喝下。中药酿的酒有点苦，很烈，是段烨霖爱喝的那种口味，酒烧灼过喉咙，一路烫到胃里去。

在许杭拿起另一杯还没来得及饮下时，段烨霖一把抢过许杭手里的那一杯，一起喝下了！

见过渴水的时候抢水喝的人，但是真没见过抢毒饮的人。

"你！"许杭微微瞪大眼睛，手指抠着桌沿，几乎要站起来。

段烨霖将杯子倒置，以示喝尽，随后潇洒地一丢，白瓷酒杯应声而裂。

段烨霖眼睛里满是红红的血丝，他压着嗓音道："你说你当年有得选，其实你错了。当初那两杯酒，都是生酒。许少棠，既然我当初承诺于你，便不会言而无信，这条命就当我践行诺言了。我想告诉你一件事……纵然你我之间有着深仇血恨，我依然没有后悔与你朋友一场。"

说完，他退了两步，拿起帽子戴上，遮住自己的眼眸。在许杭的目光中，他昂首挺胸，披风摆动，从容地向那道门走去。

金燕堂大门敞开。

没有一个人看出来他是在赴死，在他的士兵眼中，他们的司令气宇轩昂，永远都是战神的模样，自信满满地走了出来。

其实每往死亡的边界跨一步，段烨霖的心就往下沉一分。

他就这么满怀心事地走到门前，一步踏出了大门，直到这时，他才感觉到不对劲。

没有毒发，没有痛苦，他的身体并没有任何不适，安稳得像个没事人。

没事？

他惊诧地回头。许杭就倚在另一重门的边上，脸上已经不知道该摆什么表情才好，既无奈，也怅然。

倚门回望，也无风雨也无晴。

许杭的脸上镀了一层被打败后的无力感，单薄的身子逆着风往前走了两步，说："连这样的难题都被你解了。"

独活，这么哀凉的名字，其实是一味镇痛的药，无毒。

许杭用两杯生酒，还了段烨霖的两杯生酒。四年前，四年后，不约而同，不谋而合。

许杭只是想给自己一个借口，可是到了如今，段烨霖的初心竟不曾变过。

反观自己，真是太难看了。

许杭垂头，履行了诺言："我烧那棵树，是给阮小蝶信号。她会在城外等你，告诉你藏药的地方。你走吧，一切都了结了。"

累了，想要回屋了。他刚一转身，又被段烨霖叫住。

"许少棠！"段烨霖最后问道，"你还有什么话要对我说吗？"

话吗……许杭僵在原地。

外头段战舟的马嘶鸣起来，左右踏步，有几分不耐烦，像是在催促段烨霖启程。

许杭转过身，从袖子里拿出一个小小的东西，远远地掷给段烨霖。段烨霖大掌在面前一挥，牢牢地抓住了。摊手一看，是他送给许杭的那个芍药香囊。

再一抬头，许杭的唇动了动，嘴巴张了张，却只是吐了一口气出来，没有半个字。

段烨霖捏紧香囊，手搭在门上，拧着眉，闭着眼，咬牙转了身，将厚重的门合上了。

啪嗒。门里门外，就此隔绝。

乔松将马牵过来，段烨霖跃上马背，接过一个酒碗，二两烈酒过喉头，随即狠狠地往地上一摔，掏出手枪对着天空鸣了三枪。

"走！"

全军将士气沉丹田，发出一阵整齐的吼叫声，以壮大士气。

乔松旗帜一挥："出发！"

整齐有力的脚步声从金燕堂前一直绵延到巷子外头，从碎石子路的缝隙里一路渗透，让空荡荡的贺州城多了一点悲壮的韵味。

"万里江山皆风火，十年胸中尽怒潮。拼将一腔义士血，直向云天逞英豪。"

或许没有人听得到，在这出阵曲的背后，那被遗忘的金燕堂里，一声微弱的、九曲回肠般清泠的越剧戏腔，像钩子一样钩着从军人的脚后跟。

它绵长纤细，转瞬即逝，似哼似吟，将诉未诉。

"送兄送到藕池东，荷花落瓣满池红；送兄送到小楼南，汝今日去何人安；送兄送到曲栏西，来时欢喜去悲凄；送兄送到画堂北，今日别后何时来——"

唱到最后，许杭陷在椅子里，望着紧闭的大门，终是唱不动了。

抹掉粉墨，就不是真戏子了，而自己的戏，荒腔走板，是再也听不得了。

贺州城外。

段烨霖背靠战壕壁，耳朵被震得有些听不清，黏热的血浆顺着额头流进眼睛和嘴巴。

段战舟匍匐着爬过来，在段烨霖耳边吼："哥！撑不下去了！往后撤！"

段烨霖目光深沉，他们已经往后退了三次，这次再退，离贺州城就只有十里的距离了。十里，意味着下一步就是失守。

身边的士兵一个个面色凝重，这么多天过去了，援军没到，他们明白这是什么情况。他们被放弃了，唯一的作用就是拖延时间。

看着段战舟的目光，段烨霖把肩上的炮筒一推："撤——！"

往回撤的途中，段烨霖忽然想起什么，大吼道："乔松！乔松！"

过了会儿，不知从哪个角落冒出来一个脏兮兮的血人，一瘸一拐地跑来。

"司令？"

段烨霖快速说道："骑我的马，回城里看看金燕堂的人都走了没有。"

"这……全城的人都走光了，许大夫怎么可能还留在那儿？"

"你去看一眼，我才放心。没走就让他们赶紧走！越远越好！"

乔松呆住了，不过很快他揉了揉眼睛，坚定地点头，又一瘸一拐地跑走了。

段烨霖舔了一下嘴角的血，又投身到热战之中。

金燕堂中，蝉衣在收拾一些杂物和常用的东西，小沙弥在院子里抄写佛经。

岁月太平得连一点紧张感都没有。

许杭走出来，看了他们一眼，突然说道："这仗打了快一个月了吧？"

蝉衣晒衣服的手停了一下，掰着手指掐算了一番："都过一个半月了呢，这炮声越来越近，听着就跟在门外似的，城里又没人，听着就更清楚了。昨儿个半夜的那一炮，可吓死我了！"说着她抖了抖衣服，细小的纤维在阳光下被抖搂出来，在半空飘舞。

蝉衣原本以为许杭会喝令她带着小沙弥去避难，她都做好打算了，若是许杭开口，她就是跪死在金燕堂也绝对不会弃许杭而去的。可是没想到，从头至尾，许杭根本就没有提过。

后来想想，大约许杭也明白，以蝉衣的忠心，就是刀架在脖子上她也是不会走的，反正也是多费唇舌，还是算了。

到了该做饭的时间，小沙弥去菜园子里摘菜，蝉衣去生火。许杭听见一阵急促的敲门声，便前去开了门。

门一开，是一个满身黄泥灰尘的士兵，许杭辨认了好几眼，要不是他开口讲话，许杭都认不出来那是乔松。

"许大夫，您怎么还在这儿？！"

"乔松？"许杭看他身后空无一人，"你怎么回来了？仗打完了吗？"

"我没时间跟您细说，快走吧，这里很危险！"

乔松半句废话也没有，噼里啪啦表明来意。

许杭听完，扶着门框的手僵在那里，脸色虽然没变，可是手指关节却微微发白。许杭先是深深吸了一口气，然后慢慢吐出来，低声问："贺州，保不住了吗？"

乔松把帽子一摘，在下巴处擦了一把血汗，说："保不住了。我们……被放弃了。"

许杭略微抬了抬下巴，往远处的天空看，喃喃道："难怪他打了这么久……"

乔松见许杭这副安然的样子，觉得真是皇帝不急太监急："您也别收拾了，拿点值钱又好带的，赶紧走！"

"我为什么要走？"

"许大夫，快走吧！当我求您了！"

闻言，许杭的眼神突然变得凌厉起来，他直勾勾地看着乔松，一字一顿道："我不走，蜀城已经毁了，没理由再让我离开贺州。"

"许大夫！"乔松一掌支在门上，拦住许杭关门的举动，"我奉司令的命令而来，您要是不走，我就是打晕您，也得扛着您走！"

不承想这句威胁一出，许杭三两步上前，扯下乔松腰间的手枪，摁下保险栓，塞到乔松手里，抵着自己的额头："那你就打死我，带着我的尸体走。"

"这……您冷静！冷静……"乔松吓傻了，连忙把自己的手抽出来。

许杭干脆一撒手，把乔松推出门外，迅速地把门合上，落锁，一点反应的机会都不留给乔松。许杭径直往园林深处走，对乔松的叫喊不理不睬。

"许大夫！许大夫！您听我说！这真不是开玩笑的，您……许大夫！"

乔松用力地拍着门，吼了半盏茶的时间，最后实在没奈何，便再没声响了。

入了夜，天黑沉沉的，但远方的天空像是镀了一层红边，火光冲天，那里的声响听得人心也跟着一颤一颤的。

这个晚上，所有人吃饭都吃得没什么滋味，后半夜也睡不着。小沙弥搬了板凳坐在院子里看星星，许杭拿了件衣服给他披上，然后坐在他身边。

"我好怕呀……这声音像打雷一样。"小沙弥把头缩进许杭的怀里，肩膀微微抖动。

许杭摸了摸他扁平的后脑勺，这个孩子还那么小，强忍着不哭已经是很懂事了。许杭没怎么带过孩子，想了想，问他："你喜欢放烟花吗？"

"喜欢。"

"那你就当这是有很多人在远处放烟花，这样就不可怕了。"

小沙弥这么想了想，发觉确实不可怕了。他把自己的脑袋抬起来，扑闪着大眼睛，问道："城里的人都走光了，你为什么不走呢？我想留下，是因为师父的墓在这儿，庙也在这儿，我哪儿都不想去。你呢？你是因为有父母吗？"

许杭眼神落寞："没有。"

"那兄弟姐妹呢？"

"没有。"

"那朋友呢？"

"也没有。"

"那……那……"小沙弥实在不知道还有什么人可以说了，最后一拍脑袋，"那你还有什么牵挂的人呢？就像……就像蝉衣姐姐牵挂你那样。"

这个问题，许杭没有马上回答，所以小沙弥好奇地望着许杭。

许杭望着天上一闪一闪的星辰，似千万只眼睛，密密麻麻的，看着自己，不允许自己在它们的审视之下说谎。

许杭伸手，把小沙弥搂在怀里，拍着他的背："你知道为什么那么多身强力壮的男儿郎要在前面扛枪打仗，哪怕马革裹尸也不肯回头吗？对于某些人来说，是为了保家卫国，但那只是极少数心怀大志的人才有的想法。对于成千上万的士兵而言，他们的目的小到不能再小了，他们只是为了保护自己家人。"

小沙弥被许杭拍得很舒服，渐渐地也不觉得吵了，困意上头，许杭的话也在耳边绕来绕去，他听得稀里糊涂。

"他们在浴血奋战的时候，一回头，就可以看到家的方向，他们所爱之人的性命就系在他们的血肉城墙上，所以，他们才会咬紧牙关，抵死反抗。可是，如果守的只是一座空城，一点后顾之忧都没有，他们就会破釜沉舟，玉碎共尽……死而后已，成为战场上的一堆黄土。"

夜风中，有谁叹了一声。

"人哪，一定要有了后顾之忧，有了念想，才会拼了命地想要活着回来。"

说到这里，小沙弥已经打起了呼噜，天上的星星一个个都不说话，只是闪得更醉人了。

许杭轻轻笑了一下，怀抱着这个熟睡的孩子，耐心地坐在院子里，守着这个凄清的长夜，守着这个荒芜的园林，守着这座被弃的古城……

段烨霖裸着上身，裹着绷带，站在一片高地上，仰望就是天空，俯瞰便是尸堆，身后是贺州城。高处的空气很稀薄，他身上的伤口太多了，军医都忙不过来了，索性就随它去了。

乔松把许杭的话带给段烨霖，段烨霖吐了个烟圈，声音没什么起伏："大概是想留下……亲眼看看我的结局。"

风如刺刀，割开心口，让人喘不过气。

乔松单膝跪地道歉："司令，对不起，我没能劝动许大夫离开。"

段烨霖道："不怪你，我了解少棠的性子，或许只有我死了，他才会走吧……"

"司令！"乔松吓得脸色煞白。

段烨霖又抽了一根烟："干吗那么惊讶呢，乔松？你也是打仗的好手，你该看得出来，能撑到现在已经不容易了。作为一枚弃子，我已经尽我所能了。"

乔松心头一阵揪痛。

"那……还打吗？"乔松小心翼翼地问。

段烨霖把烟头插进泥土地里："打。就算战至一兵一卒也要打，能拖一刻是一刻。"

他指了指贺州城墙前的土地："乔松，等会儿你把他们引到城墙前那条地下井道边，那底下四通八达，地表脆弱，如果我们把炸弹埋在那里，破坏力会很强。"

那条井道是早期荒废的，构造复杂，绵延面积极广，一旦爆炸，就会造成地面塌陷，且井道很深，人若掉进去，不摔死也要摔个半身不遂。

"可是，可是现在哪儿有时间去埋伏？"

段烨霖拍了拍乔松的肩膀："确实没时间了，所以你带人去迷惑他们，我带炸药下去。"

乔松一听就急了："不行！司令！让我下去吧！"

段烨霖一眼就看出乔松遮掩的伤痕："只能是我去！就你的腿，根本爬不下去！"

那厚厚的军裤下面，乔松的腿已经血肉模糊，都有些化脓了。

"那……那……"乔松哑巴了，他没脸说出让别的士兵代替段烨霖送死的话，只能捏紧双拳，表达自己内心的痛苦。

段烨霖大力地拍乔松的背，让他抬起头挺起胸来："不许这样！咱们做军人的可以死，但是绝不能弯腰！"呵斥完以后，他又笑了一下，"别那么沮丧。"

段烨霖躲在战壕里，把炸药包都背在身上。段战舟走过来看了一眼，表情没有太大的波动，只是说："我是不是应该哭两声表示对你的不舍？"

段烨霖正在那里咬死结："得了吧，有命给我收尸再哭吧。"

段战舟干笑了两下，生死之际开点小玩笑，总比苦大仇深地告别好。

关于这点，他们之间还是很有默契的。

"战舟，这一击若能重创他们，你说不定能带着剩下的兄弟们走。"段烨霖道。

段战舟嗤之以鼻："走什么走？你还指望让我回去给老段家传宗接代吗？"

段烨霖捶了一下段战舟的胸口，两个人都扯着嘴角笑。

整理完毕，可以出发了，段战舟突然从后面拦过段烨霖的肩头，用力抱了一下他："不管是死是活，咱们都是兄弟。"

他从兜里摸出来一根雪茄，塞在段烨霖的裤子口袋里，这是他剩的最后一根烟了，一直没舍得抽，留到了现在。

"临了发现没什么可送的，给你了。之前你一直找我要烟，我还舍不得给你，现在想再多给你几根也没了。"

血浓于水，血缘真的是个很奇妙的东西，它带给人力量，也带给人感动。

"好弟弟，我先走了。"段烨霖握了握他的手腕，很用力，甚至留下了痕迹。

随后，在一队突击兵的掩护下，一个身绑绷带、背扛炸药的身躯，侧迎枪林弹雨，像一支箭一样，冲向那个炸毁了一半的井道出口。

段烨霖几乎是跌落进井道的，背部重重砸在地上，疼得他大脑一下就麻痹了。

他艰难地坐直身体，将连着引线的炸药一包一包地往井道深处丢，从最远到身旁，他将最后一包放在了自己怀里。

做完这一切，他仔细听着井道上方传来的脚步声，那声音离得越近，头顶的黄土就越剧烈地往下掉，落在段烨霖的伤口上。

他静静等待着点燃引线的那一刻，他把手伸进裤兜里，拿出那根雪茄，在摸打火机的时候，摸到了另一个东西。

是许杭还给他的那个芍药香囊。

真是要命，都到这个份上了，陪着自己去黄泉的竟然会是这个东西。段烨霖忍不住笑出了声，扯得伤口很疼。

想了想，段烨霖把烟点上，好好抽了一番。

最后一支烟了，味道果然好到极点，几口下去，就觉得胸口微微发烫，半条命都回来了。

井道里的臭气、烟土气、炸药味都与这浓郁的烟味混合，让人几乎嗅觉失灵。

段烨霖拿起了那个香囊，死之前，他还想重温一下绮园初见的香气。他拍了拍香囊表面的土，目光变得柔和了许多。

将香囊置于鼻下，轻轻一嗅，段烨霖皱紧了眉头。

那不是芍药的香气，像是一味中药，香气浓郁，味甘，辛，微苦。

这气味他并不陌生，甚至绝大多数人都能分辨出它的味道，它随处可见，而且有一个特别的名字。

段烨霖伸手去解香囊，因为动作太急，里头的东西一下子漏出来，掉了一地。

他倒抽了一口气，用力地抓了一把，在掌心揉搓着。黑暗的井道里，他的眸子亮晶晶的，还带着点氤氲水汽。

香囊里的，不是芍药，而是——当归。

何药能医肠九回……却簪征帽解戎衣。

当归当归何不归？

临行前，他问许杭，还有没有话要对他说的时候，许杭给了他这个香囊。

这是在告诉他，要活着回去。

耳边是千军万马奔来的声音，他的身上有黄土簌簌落下，他安稳坐着，手里摩挲着一把当归。

这个时候，他的眼前没有鲜血狼烟，只有绮园里那个翻舞着水袖，点翠缠头，云步留香一个圆场，顾盼神飞惊艳亮相的许少棠。

那曲越剧怎么唱来着？

段烨霖哼哼着调子，眯上了眼睛，红色的烟头几乎快烧到头了，从他的嘴边掉落，滚了滚，凑近了引线。

随后，整个大地像发怒一般剧烈摇晃起来，一股抹杀万物的气波从地底下源源不断涌上来，冲破了大地的外壳，直冲云霄，将地面上的所有东西都往上狠狠一带！

整个地面出现了一处巨大的塌陷，黄土与泥沙倒灌，一时间，飞沙走石让人根本睁不开眼。

地上的裂痕还在扩展，塌陷一步步扩大……

乔松望着惨不忍睹的大地，双膝一软，跪倒在地上，满面泪水横流，胸腔里爆发出一声直击灵魂的痛呼。

"司令——"

声音若是有灵，就会传到人的梦里去。

金燕堂里，院落内，正在睡梦之中的许杭突然惊醒，满身冷汗，翻身打翻了茶杯，从躺椅上跌坐在地上。

许杭一只手扶着脑袋，觉得头疼欲裂，好像有谁拿着刀子深深扎进他头顶一般。

好吵……怎么会这么吵？

今日的贺州城，除了炮声，好像有哪里不一样了。

许杭还来不及细想就感到眩晕，整个地面摇摇晃晃，一屋子的东西砸得七零八落，破碎声从四面八方传来，屋子里蝉衣和小沙弥尖叫不断。

地震？不对，不像。

过了一会儿，声音停止了，贺州又突然陷入了死寂。

许杭心里打着鼓，鼓点飞快，几乎要跳出来。

许杭不由自主往门口跑，一把推开了金燕堂的大门，冲着城墙的方向看过去。

只看了一眼，瞳孔收缩，连呼吸也不会了。

城墙没了，贺州的军旗也倒了。

军旗是一个军队的灵魂，军旗倒了，就意味着输了。

输了呀。

头又开始疼了，许杭扶着门，大喘着气，往外走了两步，被两个狂奔的人撞了一下，三个人都倒地了。

撞倒许杭的人穿着段烨霖所属军队的军装。许杭眼睛一亮，抓住他的手腕问："你……你是段烨霖的兵吗？你怎么会在这里，仗……打赢了吗？"

被许杭拉住的士兵嘴里絮絮叨叨："打什么打，早就输了。"

许杭一个没站稳，语气却很执拗："那段烨霖在哪里？"

"段司令……他去井道埋炸药，被……被炸死了，估计是死无全尸了……"

听完，许杭的手马上就松开了，脸白得像一张纸，眼神有些涣散，好像听不懂一般。

许杭这么失魂落魄地走了几步，连一脸担心站在面前的蝉衣都没发现。

蝉衣眉头都耸起来了："当家的？当家的，你理理我，你怎么了？当家的！当家的！"

许杭一路走，蝉衣一路小跑跟着，扶着，护着，生怕许杭跌了撞了，就这么陪着走到了绮园里。

许杭前脚刚迈过门槛，整个人就往前一倒，蝉衣往前一扑，死死地把许杭搀住了，两个人重重跪在地上。

"噗——"

一口鲜血"哇"地一下洒在石子路上，触目惊心！

"当家的！"

"喀喀……喀……"许杭接连吐了几口血，血里带着点黑色，他以头磕地，背抖一下耸一下，腹部一阵痉挛，每次咳出来的不多，但像咳命一样。

蝉衣甚至不敢拍许杭的背，双手无处安放："怎么回事呀？这是怎么回事？当家的，求求你了，你千万不要吓我……"

许杭吐够了，身子一转，就地倒在石子路上，仰面看着太阳，脑子里空空一片，嘴里苦得难受。

许杭擦了一把血，放在眼前看："真好。"

蝉衣不知道发生了什么事，心急如焚："您病糊涂了，这……这好什么呀？"

许杭这么躺在被太阳晒得发烫的石子路上，皮肤传来灼热感，他不想动，也起不来。

耳边好像有哭声？谁在哭？

远得像是从上个世纪传来的。

哦，是蝉衣呀。

许杭遮着眼睛，气息微弱地说："蝉衣……连他都走了。"

蝉衣愣住了："当家的？"想了一下，蝉衣才意识到"他"指的是谁，一下子捂住嘴，不敢置信，"您不会是说段……不是的！不会的！"

那个段烨霖，所有人都当他是战神，无往不胜，许杭也差点就信了，以为他是不败的，总是能转败为胜。

他怎么可以就这么没了？

许杭忽然又明白了。他果然是个最不祥的人，但凡和他沾亲带故的人，都不得好死。

许杭笑了，笑得嘴唇都干裂了，血溢出来，和嘴角的血迹黏在一起，看着就让人心疼。

"走了，都走了……你说，我和一个乞儿有什么区别呢？"

"当家的，我还在！我不会走的！"

这话在许杭的耳中已经没了丝毫的意义。

灼热的阳光带走身体的水分，也带走了生机。时间一分一秒过去，许杭一动不动，像一具尸体。

良久之后，许杭沙哑的嗓音像地窖深处发出的杂音，压抑的口吻如二胡的尾调。那不是一个活人该有的样子，完全的绝望和失落。

"蝉衣，帮我整理行头吧。"

"您想做什么？"

"我要……再上一次红氍毹。"

绮园戏台重新点灯拉幕了。

来看戏的人是贺城城新的掌管者，他们堂而皇之地进入这个园子，从偏厅搬来大留声机，放上戏曲的唱片，又从地窖里抬出酒缸，所有人都笑得很大声，都等着角儿出来。

戏台后的化妆间里，许杭已经扮上了。

化戏妆十分讲究，敷粉，描眉，勒头，穿戴行头……一项一项下来，要耗上一两个时辰。

铜钱头鬓贴在额头，胭脂色在眼角抹开，粉墨贴上白色的肌肤，美得不真实，美得很绮丽。

许杭从未认真看过自己的戏妆，以前是被迫，自然多一眼都不会看。而今天对着菱花镜，许杭细细地看了会儿，伸手在口脂盒子里蘸了蘸，嫣红上唇，留下一抹血色。

蝉衣走上前，拿梳子梳顺许杭的长发，叹的气比发还长。

"蝉衣，你去吧，我自己来。"

许杭站了起来，莲步缓缓，到了幕后，接过蝉衣手里的泥金扇，展开一看，扇面是一株并蒂芍药。许杭纤指轻抚，掀开帘子，和着音乐开腔上台了。

台下人纷纷吹起了口哨。

第一出戏是《贵妃醉酒》。

"海岛冰轮初转腾，见玉兔，玉兔又早东升，那冰轮离海岛，乾坤分外明。"

许杭什么戏都会唱，京剧、越剧、昆曲都学得炉火纯青。说起来，段烨霖明是最爱听许杭唱戏的，可是却没听到过几次。

听不到了，没机会了。

水袖翻了一下，坐在台下正中间的少将浪速眯着眼喊了个"好"。

从《贵妃醉酒》听到《游园惊梦》，又听到《苏三起解》，这些人都被这神秘绝美的戏曲韵味深深吸引，酒气熏着他们的眼，他们跟着曲调摇头晃脑。

浪速也鼓着掌喊："唱得好，喝完了再唱一出《梁祝》。"

许杭嘴角带着若有若无的笑意，点了点头。

唱片换了一张，这回是越剧，调子很哀怨。

戏台上的许杭化作祝英台，两眼凄苦空洞，望着远处，双膝缓缓跪地，从袖子里抽出泥金扇，像一只折翼的蝴蝶。

"老父逼嫁声声紧，大红花轿门前停，梁兄为我身先去，又怎能身穿嫁衣马家行？"

西皮流水一阵加快，许杭一个微颤，把手里扇子舞得像蝴蝶翅膀，往前微微一颔首："梁兄啊，与子偕老生前定，执子之手不了情，我定要黑坟坟旁立红碑，海枯石烂地老天荒，生死永随梁山伯——"

最后这一声拔高，喊得极响，声音的穿透力令人咋舌，好像一腔倾诉只有一个小小的发泄口，才会这么有力量。

底下的浪速拍了两下手，他坐直了身体，想开口把许杭叫下来，却突然看见许杭面前的那把泥金扇子缓缓合上，背后冒出一个黑洞洞的枪口！

是暗杀！浪速马上把兜里的枪掏出来抬手射出一枪，同时身子一倒，往边上一闪。

许杭迅速一个翻滚，跳下戏台，站在浪速前面十几步外开阔的地方。他伸手扯下头上的点翠冠头，狠狠砸在地上，长发凌乱，目光凌厉。

这个变故让安心听戏的人都抖了一下，酒杯砸地，桌子掀翻，椅子碎裂，士兵把刺刀扛了起来，将浪速团团护着，刀尖齐齐对着许杭。

"混账！竟然敢对我动手，活腻了吗？"浪速眉毛耸起。

许杭没有回答，"砰砰"两枪过去，浪速立时拉过一个士兵挡在身前。

与此同时，许杭丢掉了枪。那把枪里总共只有三枚子弹，刚才已经全数用尽。

在不可能战胜的敌人面前，没必要玩什么心理战，白刃肉搏最是直接。如果换作以前，这个有着九曲玲珑心的许大夫或许还会精心计量，细细谋划该怎样用仅剩的武器打倒敌人。可是今天，都无所谓了。

许杭本来就没指望能活过今夜。

浪速彻底被许杭弄得恼火："你是来替段烨霖报仇的？！"

许杭看着浪速，森森然道："犯我贺州者，来则诛之。虽然我嫌你们脏了绮园，但是可惜……我没有更好的选择了。"

浪速看着许杭单薄可怜的身躯，下令道："给我上，把人给我钉在地上，我要一刀一刀剐了！"

"是！"

士兵们将许杭团团围住，闪着冷光的刺刀一晃一晃的。

一刀从背后刺过来，许杭竟然赤手捏住。他奋力抵抗，打开泥金扇，一个回身就划破了士兵的喉咙——那把扇子的边缘竟然是用刀锋组成的，方才还是手中玩物，柔情辗转，此刻却杀人无形、咄咄逼人。

许杭就这么拼命地搏斗，看似英勇，不过片刻，脸上、身上就到处沾染血迹，像个血人一样。

刀尖挑落的血珠染红了绮园的花草树木，很快，许杭就露出了败相。

就在一个士兵挑落了许杭的扇子后，另一个人迅速用刀刺进许杭的肩膀。许杭顿了一下，直直冲上前，任由那把刀贯穿自己的躯体，然后赤手掐住那士兵的脖子，把他压到墙上，从头发里拔出一支金钗，将人了结。

所有人都吓着了。他们想不到，这个瘦瘦弱弱的伶人，竟然这么狠辣，受伤这么严重，却仿佛没有痛觉一般。

浪速见士兵有些退缩，拿枪对着许杭瞄了好一会儿，看准了才射出去。许杭堪堪躲过，但是后背被擦出一片巨大的创口，整个人往前扑了一下，撞在一个刀口上。

浪速只剩一发子弹，不敢再打，踢了一脚士兵："浑蛋！就一个人还半天拿不下！"

话音刚落，绮园一角传出一阵剧烈的爆炸声，整个园子霎时间热浪四溢，有些士兵站得离爆炸点近，被炸翻在地，就连隔得远的浪速也觉得皮肤如被灼烧一般疼痛。

所有人被炸蒙了，耳朵轰鸣，疼得难受，直到浪速愤愤地咒骂，一个个才站起来。

这是戏开锣后，许杭让蝉衣去点的土雷，是以前一些农民用来炸地窖的。

爆炸使许杭如疯如魔，许杭仰天长啸，继而发出酣畅淋漓的笑声，与四面八方的火光和爆炸声融为一体，壮阔凄厉。

满园之中唯有许杭一人岿然不动，像雕塑一样，好像没有被方才的爆炸伤到一点。许杭脸上的戏妆已经花了，头发凌乱地散着。

浪速开始后悔自己方才的狂妄，一开始就该一枪打死这个家伙，不然自己也不会在阴沟里崴一脚。

剩下的士兵站起来，满脸阴鸷，提刀围攻许杭。

扑哧——是尖刀没入身体的声音。

"喀喀……"许杭呕出一摊血。

一个士兵大叫着把刀扎进许杭的肩膀中。

许杭浑身颤了颤，像是烧到头的蜡烛，背脊一挺，手一松，脖子上的青筋暴起来，隔着浓重的粉都看得清。

其他士兵怕许杭再动，接连上去补刀。

一刀，两刀，三刀……最后，双肩一前一后被刺刀贯穿，脚踝和大腿也被刺中。

许杭闷哼一声，彻底被制住，真像个傀儡一样，被钉在原地。

浪速站在许杭面前，怒不可遏地说着些什么。许杭一点也听不见，他眼神放空，面上的妆在融化，像泪珠一样往下流，膝盖之下血流成泊，前胸后背没有几块好皮，能站着，也是因被刀架住了。

有士兵从后面抓住许杭的头发，逼着许杭抬起头。许杭像个娃娃一样，眉头都没皱，下巴扬起，对着浪速的脸。

浪速阴着脸，把枪抵在许杭的头顶："就凭你，也敢暗杀我？去死吧！"

冰凉的枪头贴着命门时，许杭闭上了眼睛。

许杭微微喘着气，迫不及待地接受自己的结局。

至少是在绮园，至少还在这个地方。

生死之事，没什么好担心的。不过是从一个寂寥无人的地方，到另一个有家人有兄弟姐妹有朋友的地方去。

活到现在，已经够了，许少棠。

浪速的手搭在扳机上。

砰！

这一声后，原本就被爆炸毁了一半的六角亭像是被震得一抖，另一半也跟着倒塌，琉璃瓦片碎了一地，稀稀落落，雕梁画栋粉身碎骨。

在众人的目光中，一道身躯应声倒地，动作很慢，如西洋电影一般，扬起了一阵烟尘。

似一个荒诞故事的草草结尾，似一首经典乐章的休止符号，在人们的注视中，走得不合常理却不容反悔。

绮园沉默了，安静到连细小的尘埃落到地上、头顶的汗珠滑到嘴角、地上的鲜血往池子里滴淌的声音都听得清清楚楚。

因为倒下的不是那个疯子般的戏子，而是执枪的浪速。

他还没有气绝，眼睛瞪得很大，往上一看，这才发现自己身后的墙头上立着一个士兵。那人手里扛着枪，准确地对着他。

不，不止一个，宛如变戏法一般，墙头上冒出来一群士兵，每一个都扛着枪，俯视着他们这些囊中之物。

前一刻是狂欢人，下一刻是断头人。

浪速到死都还没明白这是怎么回事。

刺刀掉落在地上，许杭失了倚靠，跌坐在尸体之中，整个人还是那副浑浑噩噩的样子，没有半点反应，甚至连此刻的形势逆转，也没有意识到。

直到有人从绮园外走进来，走到他身边，道："许杭？"

几乎是下意识地，许杭抓起身边的刀甩了出去。那人吓得一躲，与许杭过了两招。

"许杭！你疯了？敌我不分了吗？"那人高声喝道，"许杭！我是袁野！"

如长风入堂，一扫所有的烟尘雾霾，许杭突然瞪大眼睛，视线慢慢聚焦。

许杭看清了，眼前的人皱着眉，一身白色西装，头发梳得很整齐，皮肤有些黑，但是五官很熟悉。

"袁……野？"

在这种时候遇到故人，许杭实在不知道该用什么表情迎接才比较好。

袁野看许杭恢复正常了，转而扶住许杭的肩膀，言简意赅地说道："对，是我，我是袁野，也是军械设备护送员。"

只是他到得太晚，听说贺州已经失守了。

幸好他在路上遇到了一队贺州兵，又知道浪速来绮园的事，这才能杀个措手不及。

说起来也是真的好险，他要是迟来一步，许杭可能就死了。

许杭听了他的话，脸上一点劫后余生的庆幸也没有，还是那么无神地站着，一副要晕倒的样子。

这时一个士兵走近，对袁野说："袁先生，这里都处理干净了，咱们人不多，司令的意思是得赶紧走……"

袁野点点头，回道："知道了，你快找点干净的布过来……算了，你帮我扶着点，我记得我车上有急救箱。"

士兵刚准备伸手接过许杭，袁野怀里的许杭突然动了一下，他扯着袁野的胳膊，抬起头，满脸的表情有几分奇异，问道："哪个司令？"

袁野没听清许杭问的是什么，一脸困惑地看向许杭。

许杭强站起身子，又抓住了那个士兵。他现在的样子有些可怕和难看，士兵哆嗦了一下，便听见许杭有气无力地问："你说的……司令……是谁？"

"段……段……司令。"

许杭妆容斑驳的脸猛然凑近，目眦欲裂："全名！"

"段烨霖，段司令。"

许杭倒吸了一口气，然后憋住，咽不下去，吐不出来，过了一分钟以后，才"哗"地一下喘出来。

许杭退了两步，胸膛剧烈地起伏，如木头人一般定住，眼珠子左右转动，牙关轻轻地打战，整张脸的肌肉都抽动了一下。他拨开袁野和士兵就往外冲，可刚跑出去一步，人就跌倒了。他失血太多，身体实在是太虚弱了。

这时，蝉衣一边哭一边笑，从门外跑来，喊道："活了！活了！当家的，我就说段司令不会死的！"

在地上用力一撑，许杭拼着最后一点力气站起来，跑到了门口，脚在迈出步子的一瞬间，停住了。

仿佛世界暂停，万籁俱寂。

门外，段烨霖站在那里，头上带伤，身缠绷带，全身脏兮兮的，眼窝深陷，虽不是军装笔挺，但眼神真挚明亮。

段大司令从战场上活着回来并不是什么奇迹，只是有人用自己的牺牲换了段烨霖的大义。

这个人，就是段战舟。

在井道里的时候，段烨霖抽完烟就觉得舌根麻麻的，浑身都动不了，他眼睁睁看着段战舟跳下井道，把他五花大绑，还捡起烟头笑着说："对不住了，哥。"

段战舟在雪茄里下了麻药。

段烨霖当然想阻止他，可是有心无力，只能任由自己被士兵拉出井道。

随后，爆炸，毁灭。

再后来，遇到袁野，反将一军，安然无恙地站在这里。

世事就是这么无常。

许杭的头发都被血糊在脸上，一绺一绺的，嘴角挂着血，脸色是那么的白，虽说敷着粉，可也看得出那历经大悲大喜之后的惨淡面色。

段烨霖下意识地开口了："谁伤你了？"

许杭咧开嘴，用最后一点力气轻笑了一下，然后，他的手像断了线的木偶一样，软绵绵地滑了下去，无力地垂着，左右晃动一下。

段烨霖震惊得瞪大眼睛，看许杭在他面前微微往后仰着脖子，如一只被折断脖子的天鹅，缓缓向后倒。

最后，段烨霖眼睁睁地看着许杭的胸膛抽动了一下，那结着血痂的嘴角又有新鲜的血液流出，脖子一歪，死死地合上了眼睛。

如果故事听到了这里，那么打开窗子看一看，雨早就停了。

点的檀香应该已经落尽香灰，空气里的气味都溜光了，这一曲越剧也该听完了。

起身动动筋骨，摸一摸脸颊，会觉得好似苍老了几十岁一般。

然后可以合上书，去等着下一个雨天读一段新故事，不必太往心里去，也不必记着什么人物。

至于结局，听不听都一样，很老套的。不听，你也许会茶饭不思地惦记着，但是听了，你又会觉得其实你早就猜到了，没有什么稀奇的。

结局是这么说的——

没过多久，敌军战败，保家卫国的千万亡灵终于得以安息。

贺州活了过来，逃难的人们回到他们熟悉的城中，一砖一瓦重建家园，一切都在复原，除了三个地方——

一个是小铜关，它已经被炸毁了，贺州城的建筑家们将它改建成了一座公园。另外两个是鹤鸣药堂和金燕堂，人去楼空，大家纷纷感到惋惜，惋惜那样一个医术高明、妙手回春的大夫死在了战争之中。可你再往数百公里之外走，从一个名叫蜀城的地方看过去，绵延城外的芍药花圃旁，隔墙建着一座武馆和一间药庐。

武馆里的厮打声十分响亮，从清晨一直到晌午，大门打开，一

239

群腰酸背痛的学徒互相搀扶着走出来，嘴里发着牢骚："段师父，你也太用力了，这得青肿好几天呢！"

段烨霖从门里走出来，把外套往肩上一搭："出门左转，包治百病。"

学徒们又翻白眼叫唤了："您也太会做生意了吧！"

"记着呀，报我的名字，跌打药酒八折。"

"得了吧，"一阵哄笑声响起，"不报您的名字还好，上回一报您的名字，还涨了一倍的价呢……"

段烨霖听完一愣，笑了笑，从后门拐进药庐去。

药庐中一阵花香，新采下来的芍药花瓣铺在地上晒，一片一片慢慢脱水，有人坐在矮凳子上翻着一封信看。

段烨霖从后头跳出来："少棠，在看什么？又是信？"

许杭一抬手推开段烨霖："一边儿去，一身汗。"

段烨霖不管不顾往前凑："给我念念。"

许杭把信折了折，说："袁野说乔松在他那里干得挺好的，小沙弥也已经进了学堂读书，等放假了蝉衣会带他来蜀城。还有，芳菲二胎害喜害得厉害，让我给开点药。"

段烨霖一面听着，一面坐在桌上，灌了一整壶的茶水，说："他也很会操心，山高水远的也要找你，这都是这个月第五封了吧？我还记得他媳妇怀头胎第八个月的时候，发脾气都揪着袁野的头发，要不是我亲眼看见，我都不敢信那个人是顾芳菲。要我说，你该开点药让袁野补一补才对，省得他年纪轻轻秃了头。"

"你又没生过孩子，你懂什么？"

"说得好像你生过似的。"

段烨霖要完嘴皮子，突然正经起来："不说他们几个了，最该注意身体的是你才对。"

血杀绮园的那晚，许杭受的伤真的太重了，什么药和针都用上了，最后吊着一口气，乘船赶到了上海滩，借袁野的面子才终于让洋医生给救了下来。

中间他一度停过心跳和呼吸，睡了整整一个月才终于醒过来。

许杭大概永远都不会忘记他醒过来的时候段烨霖的表情。

这世上没有段司令了，段司令为了保护贺州，为了国家大义，牺牲在了前线。面前的这个人，是再也不需要穿军装、可以过上普通人的日子的段烨霖。

择城而居的时候，许杭做了一个让段烨霖十分惊讶的决定——回蜀城。

只有完全放下了的人，才会丝毫不介怀过去。

蜀城经过多年前的焚烧，早就看不出多少当年的模样。这个城市已经重生了，活在这座城市的人没理由还沉湎过去不能自拔。

武馆和药庐开张的时候，萧阁过来剪过彩，他在战时出国避难去了，留在上海的全部身家都变卖为钱，买了军需设备贡献给军队，再度回国，算是从头开始。

为此，他还故意哭穷，在蜀城白吃白喝和蹭药，赖了好几个星期，直到他那帮属下找上门来叫他回上海处理事务才露了馅，被段烨霖扫地出门。

没有再多的伤亡，没有再多的诀别，一生所愿皆在触手可及的地方，没有比这更叫人安心的事情了。

许杭笑了笑，说："我好得很，反倒是你，又在打什么主意？"

今日段烨霖关武馆的时辰比往常早了一点。

段烨霖回："今年的芍药开得好，收拾好后咱们去看看灯河夜景怎么样？今日是你的生辰，就把活儿放一放，我下午也不去武馆了，晚上陪我喝点酒，好不好？"

这是段烨霖头一次能正正经经地给许杭庆生，他谋划很久了，沿街河岸的河灯都被他包下了，河上撑竿的船夫和每一艘点灯舟都在等着给这个寿星一个庆典。

大约只有段烨霖自己觉着天衣无缝，偏偏他那双熠熠生辉的眸子早就出卖了他。这个做了大半辈子军人的家伙，大概天性就不怎么会准备惊喜。

许杭看了看，还是把笑意忍下去了，指着满地的东西说："这满院子的芍药干花都等着磨成粉，就这么放着，难不成它们自个儿会跳进石磨里不成？"

段烨霖叹了叹气，认了这个任务："好，我来帮你磨。"

拾起芍药干花，扔进桌上的小石磨中，使着小劲儿一点点转动，嫣红的花瓣被碾碎成粉，从另一头细细密密地落下来，像女儿家用的胭脂粉。

日头从院子上方照下来，一半暖洋洋的，一半凉津津的，段烨霖嫌这活儿没什么趣味，便打了个哈欠，道："少棠，给我再唱一曲怎么样？"

许杭用细软的兔绒刷子把芍药粉收到一个小臼中，又捏着刷柄轻敲了两下臼沿，将刷尖上的粉末抖下："想听什么？"

"嗯……十八相送？"

"昨儿也是这出，前儿也是这出，你竟还没听腻。"

"不腻，我就喜欢这一出。"

有这么捧场的戏迷，还能不开嗓吗？

清凉圆润的歌喉，带着水磨一般的曲调散在空气中，像微风吹起千万花瓣，在空中飞扬起舞，翩翩旋转。

硝烟散尽，人复还。

山河破碎，又复原。

这一出戏，总该落幕了。

番外一 俏狸奴

近日武馆里的人有点不对劲，从早到晚都没听到打拳的声音，只听到猫咪吱哇乱叫的声音。

起因是夏日里蚊虫太多，学徒们在院子里练不了多久就被咬得浑身是包。许杭虽然配了药，但架不住这些男子汗流浃背，还是招蚊子，他索性扔了樟脑草让段烨霖种下去。

这草是长出来了，蚊子也不来了，但野猫也来了一堆。

有瘫倒在地的，有满地打滚的，有喵喵乱叫的。

那些个五大三粗的男人一看啊，那心就跟被棉花压过似的，贼酥软。所以段烨霖进门的时候，就看到那些家伙人手一只猫，玩得不亦乐乎，还逗猫说："来，给爷喵一个。"

段烨霖太阳穴突突两下，然后一掌拍得那家伙差点吐血："爷给你喵一个怎么样？"

学徒们听到这声音，差点趴到地上去，猛一回头，就见段烨霖双手抱胸站在那里："行啊，一个个都不用练拳了是吧？都给我出去围着镇子跑一圈回来！"

学徒们慌里慌张地往外跑，段烨霖又吼了一句："人出去就行了，把猫放下！"

等到武馆里的人都走了，猫也被吓得逃走了。段烨霖低头一看，见一只白底黄花纹的奶猫竟不怕他，在他脚边走来走去。

段烨霖拎着小猫的后颈，将它放在自己的肩上，献宝似的去了隔壁的药庐。

"少棠，你看我给你带了什么……"段烨霖笑得一脸灿烂，脚还没迈进门槛，就瞧见一个清瘦且微微佝偻的背影，马上冷汗一冒，把脚收了回去，打算悄悄地走。

他刚转过身，就被叫住了："给我回来！"

唉……

于是他只能有些无奈地硬着头皮走进去，打了一个招呼："四叔……您来了。"

"哼！"乔道桑背着手、黑着脸走过去，"你还记得我是你叔？你看看你现在像个什么样子，啊？穿得流里流气的，还……还养什么猫？！"

又来了，两年来，乔道桑不管什么时候过来，都会用一模一样的话骂他一遍，喋喋不休。

段烨霖往许杭的方向看了一眼，许杭在那儿磨药磨得很开心，一点没搭理受苦受难的他。

段烨霖只能等着对方骂累了再把这事儿揭过去。果然，骂了一会儿，乔道桑这嗓子就有点不太行了。谁知这时许杭突然插话，问乔道桑："四叔，您渴不渴？"

乔道桑咳了两声，觉得很难受："是有点渴。"

一杯清茶奉上，是放凉了的。

乔道桑啜了两口，觉得嗓子舒服多了，又开始唠唠叨叨地骂了起来。

段烨霖心想，真是又"贴心"又"善良"啊。

直到段烨霖肩膀上的猫都睡着了，许杭才站起来，揽着乔道桑的肩膀，让他坐到躺椅上，轻声细语地说："四叔，站久了不舒服，我给你熬了膏药，现在帮你贴上，你就躺在这儿消消气，贴过几次，下雨天就不怕疼了。"

热乎乎的膏药往穴位上一摁，那股股药力渗透下去，乔道桑舒服得鼻腔里发出一声闷哼。只是他嘴巴上还犟着："别以为这样就能贿赂我……哐，往左边点，哎，哎，对，对了，对了，就是这个位置。"

"舒服吗？"

"舒……喀，凑合吧。"

见猫崽已经卧在乔道桑的膝盖头打起哈欠了，老爷子摸着小猫的后颈哼着黄梅调。

段烨霖伸出手想把猫抱走，手背却被乔道桑狠狠拍了一下。

"别动！"乔道桑给了段烨霖一个白眼，"去，给我点烟去。"

段烨霖看着自己手背上的红印子，真是哭笑不得："您老人家不是刚才还嫌弃我养猫吗，这会儿又喜欢得紧？"

乔道桑老脸一绷："我才没有喜欢，我就是膝盖冷，拿阿咪焐一焐。"

越老越像孩子。

"阿咪这名字也太常见了，既然要养，还是换个不同些的吧。"许杭已经拿了两个碗出来专供这小家伙用。

取名这个事情就有那么几分为难段烨霖了，他摸着下巴："这猫是我捡的，我的猫自然得跟我姓，要好听又好记，还得响亮、大气，让人一听就知道是我家的猫。嗯……有了！"

院子里一老一少一猫都抬头看着段烨霖。段烨霖黑色的眸子亮闪闪的，难得透出点学富五车的学子气度："就叫'段振华'！"

许杭不语。

乔道桑沉默。

猫："呜……"

院子里一阵穿堂风扫过，那叫一个尴尬。

震惊于这个不同凡响的名字，许杭显得有点接受不良，把杯子里的凉茶喝下去压了压惊，转过去对乔道桑说："四叔，我觉得叫阿咪也不错。"

乔道桑点头如捣蒜："同感，同感。"

段烨霖不乐意了："怎么，不好听吗？"

这么明显的问题，乔道桑都没兴趣驳他："就你那破名字，叫一声看看它答不答应？"

"它一准喜欢！"段烨霖的自信心冲破了天际，得意地冲猫咪叫他取的名字，那模样像是教官在点新兵，"段振华！"

猫咪懒洋洋地伸了一下腰，看着这个傻大个儿满是期望的目光，舔了舔爪子，终究还是歪了歪脑袋，软绵绵地应了："喵。"

番外二　喜佳偶

袁野和顾芳菲的这场婚事，拖了这许久，总算要办了，请帖加急送到了蜀城那两个几乎算是在养老的人手里。

　　这次贺州之行匆忙，待不了几日，有从前的同行大夫认出了许杭，扯着许杭的衣袖愣是不让他走，说贺州城少了这样一位医者实在可惜。许杭推辞不过，便应下来说离去之前会在街边坐诊，想学医术的都可以来看看。

　　自大战之后，许杭深感西医之能，便试着让这些中医大夫学些西医手段。

　　"扎这儿。"许杭让段烨霖按着桌上一只白鼠，指挥一年轻大夫扎进血管里头，年轻大夫拿着针头的手颤颤巍巍，好半天不敢扎，最后一咬牙一跺脚，头一扭，猛地一扎。

　　"可扎进去了？"

　　"扎个屁，"段烨霖一脸凉薄，"你睁开眼睛看看，你扎的是我的手！"

　　之后是一通牢骚。

　　乔松给段烨霖包扎的时候还贫嘴："以前您在战场上挨枪子儿也不吱声，现在是屁大点伤都要吭一下。"

　　段烨霖一脚踹开乔松，让他一边凉快去，把自己那芝麻大的伤硬凑到许杭眼皮子底下。

　　许杭宛如在看傻子，随后从木匣子里掏出一瓶伤药，拿指头点了点，在针孔上晕开，问："还疼吗？"

　　段烨霖说："不疼了。"

　　"那便好，"许杭转身示意后头的大夫们，"你们来排队，扎他。"

"好嘞！"

过了一会儿，段烨霖看着自己手上八个针孔陷入了沉思……

再说顾芳菲和袁野的婚礼。

许杭当初送的那顶凤冠砸坏了一次，他费了不少工夫找匠人精心修理了一番，这才重新给顾芳菲送了过去。

除了凤冠，还有一件小礼物。

顾芳菲描眉点唇的空隙，许杭胸前别着红花，推门而进。顾芳菲借着镜子看见了，笑盈盈转过身："我可都瞧见了，别藏了，拿来吧。"

一双柔荑摊在面前，纵使年纪不小，但仍是娇俏女儿的神态，宛若在同自家亲人讨糖吃。

许杭从背后拿出风筝，递给她："说好的凤凰风筝，可再不欠你的了。"

那风筝上的凤凰是手绘的，活灵活现，细细一闻，还带着一点药香。

"今日你能来看我，我已经很欢喜了，只是我……"顾芳菲说着，带着几分抱歉地低下了头。

上次顾芳菲婚事黄了是许杭和段家人的手笔，纵使顾芳菲知道里面的恩怨情仇，顾家人却未必能理解，且其中弯弯绕绕太多，解释多了反而惹事，故而顾家人心里还记恨得紧呢。

因而顾芳菲的婚宴上，许杭和段烨霖没能上桌。

许杭从妆台上拿了木梳，为顾芳菲栉发。顾芳菲乖乖坐着，就像儿时那样，那时许杭会给她编小辫子。

一梳梳到老，二梳白发齐眉，三梳儿孙满地，四梳相逢遇贵人，五梳翁娌和顺，六梳夫妻相敬……

栉发说吉利话是送新娘子出门的老传统。

顾芳菲看许杭只顾着梳也不张口，忍不住道："那话莫不是还没背顺呢？"

"那倒不是，"许杭仔仔细细地帮她将凤冠戴上，"那些吉利话不合我的心。"

凤冠上金银花片碰撞作响，许杭的声音淡淡的，温雅好听："我是你'娘家人'，我不忍看你老，不忍看你遭受生子之苦，不忍看你落入需要操心人的境地，不忍看你应付妯娌，不忍看你只能相敬如宾。所以，我祝你一梳容颜不旧，二梳长爱不衰，三梳亲朋兴盛，四梳无忧无愁。"

说着说着，顾芳菲泫然泪下。

许杭只能停手，先给她擦泪："都说哭嫁哭嫁，怎么真哭了？"

顾芳菲转身抱住许杭："你不要离开贺州好不好，从蜀城搬回来好不好？"

这撒娇撒的，许杭笑了笑："不论在哪儿，我那儿都是你第二个'娘家'。"

这次的婚宴没有上回那么折腾人，只是自家亲戚聚一聚，虽排场小了些，但看袁野和顾芳菲的笑靥，远胜从前。

许杭远远在门外，只从未合上的门扉看去，视线虽窄，却更清晰。顾芳菲的终身大事，是许杭的一桩心事，到了如今，真真切切地瞧见她嫁与袁野，瞧见她的笑靥，许杭才全然安心。

喝交杯酒的袁野看见远处的许杭，举起酒杯示意了一下，众人只以为他是敬给全场宾客，许杭点头致意，两下里交心自知。

后面就是袁野的求饶声了。

"各位自家兄弟饶了我，再不能喝了……"

"红包必少不得的……"

"哈哈……好，好！"

热热闹闹了大半天，新人也该进洞房了，萧阁和沈京墨算不上袁野或顾芳菲的熟人，只简单随了个礼，就跟着去蹭许杭和段烨霖的饭了。

说是简单的随礼，但鬼爷胜在财大气粗，差点买断了全城的花灯和乌篷船，从东街璀璨到西街。

许杭沿着河边走，望着望着就出神了。段烨霖也看了几眼灯河的景，知道许杭是在思念母亲，倒也不点破。

走着走着，两人差点撞上牵着狗的沈京墨。

"哎哟——"

"汪！"

许杭扶住了沈京墨，左右看看，不见萧阆身影："方才还在，怎么转眼就不见了？"

沈京墨解释道："不是的，他的手下都在角落里站着，我方才坐在这凳上吃茶，坐累了便想站一站。"

"他呢？"

"唉……我随口说了句'想听丝竹'，他就让我等等，都已经不见半小时了。"

几人还在聊天，却听远处一艘船上，琵琶、古琴、二胡、中阮、洞箫的声音一齐传来。沈京墨耳力比旁人好，最先转过头去，纵然看不到，却也知道是谁的手笔。

岸上的人都伸长脖子去听，全都是来凑这个热闹的，因没见过这么新鲜的场景，一时间嘈杂纷扰。

听着听着，沈京墨便笑了："难为他这么火急火燎地凑了人来，这都奏错了调子。"

诚然，即便不通乐理的人也听得出来，这一船的声音，实在算不上好听，行家们各吹各的，仿佛要一山比一山高似的，只顾着自己卖力演奏，倒像是乐器在拌嘴。众人听了半晌，也没人指出来这究竟是首什么曲子。

许杭眯着眼看了好一会儿，船太远，有些看不清："萧阆也在上头吗？"

段烨霖扬扬下巴："在的。"

许杭指着船中间个头儿最高的那个，问："啃甘蔗的那个？"

段烨霖纠正："他在吹箫。"

许杭："……"

不忍卒闻，许杭和段烨霖憋着笑，匆匆告辞一声就离开了这荒唐的演出现场。

贺州已经不是他们二人所熟悉的模样，小铜关、金燕堂、鹤鸣药堂，甚至他们吃过的糖年糕铺子都改了店面，探清街从东南向改为了向城郊连着马鞍路。他们迷了好几次路，全靠贺州人体恤他们这些"外来客"人生地不熟，给他们指路。

踏上那座千年的石板桥，许杭伸手拽了一下段烨霖的衣袖："他们都不记得你了，即便你是那个保护过他们的英雄。"

"和平年代不需要英雄，我开心于他们忘记我了，这说明他们终于过上了太平安生的日子。"他压低的声音温厚有力。

许杭本无表情的面容像是水上的玉莲花，从骨朵开始一点点地盛开。

"我说得好笑吗？"

"不是，你说得甚好。"

时间过去，百姓会忘记伤痛，会忘记战乱，但他们不会忘记和平日子里长河花灯的耀眼、新人对交的酒杯，还有那一河倒影斑驳的奇妙乐声。

（全文完）